百年文学主流

★

小说大系

总主编 张清华

翟文铖

本册主编 翟文铖

喜 事

革命与生产
解放区的翻身小说

山东城市出版传媒集团·济南出版社

图书在版编目（CIP）数据

喜事 / 西戎等著. — 济南：济南出版社，2022.1
（百年文学主流小说大系 / 张清华，翟文铖主编）

ISBN 978-7-5488-4946-9

Ⅰ.①喜… Ⅱ.①西… Ⅲ.①中篇小说—小说集—
中国—当代②短篇小说—小说集—中国—当代 Ⅳ.
① I247.7

中国版本图书馆 CIP 数据核字（2022）第 001737 号

百年文学主流小说大系·喜事
本册主编：翟文铖

责任编辑：宋涛 张慧敏
装帧设计：牛钧

出版发行：济南出版社
编辑热线：0531-82772895
地址：山东省济南市二环南路 1 号
印刷：济南新科印务有限公司
版次：2022 年 1 月第 1 版
印次：2022 年 1 月第 1 次印刷
成品尺寸：148mm×210mm 1/32
印张：7.75
字数：168 千字
印数：1—5000 册

定价：56.00 元

总序

　　自从 1918 年 5 月 15 日 4 卷 5 号的《新青年》上刊载了现代中国第一篇白话小说《狂人日记》至今，新文学已走过了百余年历史。百年以来，新文学始终与现代中国社会历史的风云变迁相互交织激荡，从启蒙到救亡，从民族解放到社会变革，所有重大的事件、历史的转折，还有这一切背后的精神流变，都在文学中留下了生动的印记。

　　因此，本套丛书的出版目的，即是要通过对经典作品的系统梳理，完整而形象地再现这一过程，展示其历史与精神景观。每篇作品都承载着一段民族记忆：或是一个历史的瞬间，或是一个生活的小景，或是一朵思想的火花，或是一道情感的涟漪，但这一切都与大历史的变迁息息相关，都与社会进步的洪流汇通呼应。

　　为了尽量完整地呈现这种历史感，我们按照时间线索，依循文学史演变的轨迹，选择了若干重大的现象，它们或属文学流派，或是文学运动，总之都是百年新文学中最接近于社会主流运动的部分，故称之为"百年文学主流"。这一名称，得自丹麦文学史家勃兰兑斯的《十九世纪文学主流》的启示，同时也贴合着百年新文学的实际。

这套丛书的定位是普及本，阅读对象首先是普通读者、文学爱好者，包括广大学生读者，其次才面向专业研究人员。因此，主题内容上的积极健康是我们选编持守的一个基本标准。选文尽力容纳每个时代最具代表性的作品，因为它们更多承载着时代的主导价值和进步的精神追求，且能让我们以最直观的方式感受到历史跳动的脉搏。

除了上述要求外，最能体现本丛书编选特色的，是我们还特别关注作品的艺术性和可读性。尽管是"主流"，但绝不意味着对于艺术标准的忽略。同样是某一时期的作品，我们会尽量选取那些艺术上更为成熟和讲究的，如孙犁的《铁木前传》、宗璞的《红豆》、王蒙的《组织部来了个年轻人》这些脍炙人口的名篇；甚至还有一些特别富有艺术探索倾向的作品，像魏金枝的《制服》、萧红的《手》、端木蕻良的《爷爷为什么不吃高粱米粥》、萧平的《三月雪》等，都采用了儿童的叙事视角，通过对视野的限制和陌生化处理，使叙述显得更富有诗意。

正是因为对艺术标准的注重，这套丛书还选入了一些相对"另类"的篇目，在其他普及本中难得一见。如洪灵菲的《在木筏上》、曾克的《女神枪手冯凤英》、秦兆阳的《秋娥》、徐怀中的《十五棵向日葵》、海默的《深山里的菊花》等等，不一而足。这些作品要么在人物与故事上更加新奇，要么在风格上更为独特和陌生，总之都会给读者带来更新鲜的体验。

长篇小说是"百年文学主流"中的砥柱之作，但篇幅所限，无法像中短篇那样尽行选入，只能在今后该丛书的其他分类卷次中一一展现。

丛书以历史的流变和风格的趋近为划编依据，分为以下10卷：

《天下太平》　　普罗文学与"左联"小说

《没有祖国的孩子》　"东北作家群"小说

《暴风雨的一天》　抗战时期的"左翼"小说

《喜事》　　解放区的翻身小说

《一颗未出膛的枪弹》　解放区的战争小说

《喜鹊登枝》　"十七年"的合作化小说

《十五棵向日葵》　"十七年"的革命历史小说

《明镜台》　"十七年"的探索小说

《第十个弹孔》　新时期的反思小说

《阵痛》　新时期的改革小说

　　将"东北作家群"独立编为一卷，是有特别的考虑。早在九一八事变以后，东北作家群已开始了四处漂泊的生活，创作出大量以悲情怀乡与抗日救亡为主题的作品，这应该是中国最早的"抗战文学"了。这个作家群后来与"左翼"作家非常贴近，萧军、萧红等深受鲁迅影响，亦是人所共知的事，因此，他们又被视为"左翼"创作的重要力量。将他们单列出来，除了因为其作品数量庞大，当然也是为了凸显该作家群的渊源与风格的独特性。

　　另外还需交代的，是每卷前面有一个编选序言，简要说明了该卷所涉作品的总体倾向、艺术特点、文学史地位等。每篇作品均配有一个简要的导读，分"关于作家"和"关于作品"两个部分。"关于作家"是一个作家小传，介绍作家的生平和创作简历；"关于作品"则主要介绍所选作品的思想艺术价值。所有导读文字，力图做到学术性和通俗性的结合，以让中学生和普通读者能够读懂。

至于文本版本的选定，原则上原始版本（初刊本或初版本）优先，亦选用"新文学大系"等权威选本中的文本，还有作者本人声明的定本或其他善本。每卷的字数大体均衡，约为 16~18 万字。此外，为保持作品原貌，使读者更易对写作时代的特点和笔触的风格产生深刻理解，对其中与现代用法不尽一致的字词暂做保留。

本丛书的编选者，或在高校任教，或在研究机构任职，或在国内外修读博士，但都是专门从事中国现当代文学专业研究的学者。依照本套丛书的选编顺序，编者们的具体分工如下：第一卷和第二卷由周蕾负责编撰，第三卷由黄瀚负责编撰，第四卷和第七卷由翟文铖负责编撰，第五卷由施冰冰负责编撰，第六卷由张高峰负责编撰，第八卷由刘诗宇负责编撰，第九卷由薛红云负责编撰，第十卷由陈泽宇负责编撰。

成书之际，适逢建党百年。百年风云舒卷，百年洪流激荡，百年文学亦堪称硕果累累。作为这一"主流"的一个汇集，一个展示，足以令人心潮澎湃。愿此书能够给亲爱的读者们带来一份慰藉，一份喜悦。

张清华　翟文铖

2021 年 6 月 8 日，于北京师范大学京师学堂

序

　　解放区当时是中国革命的圣地，很多知识分子都怀揣理想来到这里，积极参与到文化建设之中。在解放区的小说中，战争、革命、生产三大题材的创作数量相对较多。除了第一类战争小说编选在《暴风雨的一天》卷，之外的那些作品该如何归类和命名呢？我翻阅了多种版本的文学史，却找不到现成的答案。思虑再三，姑且总结为"解放区的翻身小说"吧。

　　这里的"翻身"，大致包括四层意思：其一是思想解放。解放区移风易俗，不断教育群众从封建文化的束缚中解放出来，在此意义上民众获得了精神上的翻身。其二是妇女解放。在传统社会中，妇女受到各种歧视，特别是媳妇在家庭中遭受虐待的情形普遍存在。解放区政权采取各种措施，致力于让妇女获得与男性平等的社会地位，赋予她们参加社会生产和社会事务的权利，让她们翻身成为社会的主人。其三是土地改革。通过阶级斗争，发动土改，从减租减息到剥夺地主阶级的土地分配给农民，这直接导致的结果是无论在经济地位上还是社会地位上，农民都获得了翻身。其四是生产自救，实现经济自给自足。没有经济做基础，一切解放都会流于空谈。解放区政府领导农民发展生产，荒年时帮助他们自救；革命政权还组织部队和机关屯田，垦荒种地，放牧牛羊，减轻农民的赋税，逐步实现经济上的自足。有了经济的保障，才能保证生存，改造社会，支撑抗战。经济上的翻身是其他一切翻身的基础和保障。前三个方面属于革命，第四个方面则属于生产。无论是革命还是生产，都可以用"翻身"来概括。因此，战争题材之外的解放区小说，大致可以命名为"翻身小说"。当然，也不排除个别小说溢出这个命名范畴。

　　单就长篇而论，解放区的翻身小说主要有丁玲的《太阳照在桑干河上》、周立波的《暴风骤雨》、赵树理的《李家庄的变迁》、柳青的《种谷记》、欧阳山的《高干大》、草明的《原动力》、康濯的《黑石坡煤窑演义》等。本册没有编选这些长篇小说，编选的是中短篇作品。除了出于篇幅考虑之外，也是因为中短篇作品更加重视技巧，审美价值并不逊色，但其光环平时往往被长篇小说遮蔽，很难进入读者的视野。

　　五四时期启动的思想革命，特别是其中反封建的部分，在解放区得到了延续。有一些作品，作家们正是站在启蒙立场上，对社会上存在的封建文化和国民劣根性予以批判。贵莲（力群《野姑娘的故事》）的父亲受重男轻女的传统意识控制，还受迷信观念束缚，认为女儿的生辰和属相都不吉祥，因此平日里对她百般虐待。当他试图用包办婚姻的形式把女儿卖掉的时候，女儿被迫出走，参加了革命队伍。贵莲的命运自此改变，在那里她找到了个人的价值和尊严。作品前半部分是对封建迷信思想的批判，后半部分是对革命军队的歌颂，思想革命主题和翻身解放主题弥合无间。丁玲更为激进，她从知识分子的立场反思解放区内部的精神病灶。陆萍（丁玲《在医院中》）带有丁玲精神自传的意味。她不怕苦，不怕累，工作热情，独独对庸俗、懒惰、敷衍、乐于传播流言的庸众绝不妥协——她所持的还是"五四"知识分子的价值立场。在这个作品中,丁玲对优秀医生在医院里得不到应有尊重的现象予以批评,这在事实上提出了尊重知识、尊重人才的吁求。作品的结尾处她对知识分子过于清高而同群众隔离的问题也做了反思——即便如此,她依然相信知识分子要"千锤百炼而不消融",不能放弃自身的精神独立性。

中国数千年来妇女一直遭受剥削和压迫,只有在解放区的制度保障之下,她们才真正开始获得解放。解放区的翻身小说中有很大一批就是表现妇女解放主题的。解放区不断颁布保护妇女权益的法令,正是在这些法令的保护下,陈永年(康濯《我的两家房东》)的大女儿离了婚,小女儿退了婚,获得了恋爱和婚姻的自由,获得了主动追求幸福的权利。戴家的儿媳桂英(梁彦《磨麦女》)在旁听了八路军妇女培训班的课程之后,终于勇敢地冲出了封建家庭的禁锢,投奔了革命队伍。

当然,摆脱封建思想的束缚确实不是简单的事情,孔厥的《苦人儿》就写出了道德与情感之间的困惑。贵儿和她父亲接纳了逃荒而来的"丑相儿"和他的母亲,组成了一个所谓的"爹翁娘婆"的家庭。贵儿的父亲和"丑相儿"的母亲相继死去,"丑相儿"为养活贵儿,给地主当牛做马,做了十年长工,伤成了跛子,累成了残疾。但是,贵儿从来就不爱他,拒绝与他一起生活,这又激起了"丑相儿"的愤恨。这里确实存在妇女解放的问题,但是在道德与爱情的冲突中,谁又能提出一个两全其美的解决方案呢?

翻身小说还有第三个主题,那就是土地改革。土改先要进行阶级斗争,斗倒地主,才能分得田地。地主不可能轻易放弃土地所有权,农民也不可能一夜之间获得做主人的勇气,因此土改的过程复杂而曲折。孙谦的《村东十亩地》写地主吕笃谦用各种欺诈手段，妄图让他人承担土地主人之名，他自己则继续占有土地上生产的粮食。这个作品表现了地主阶级如何负隅顽抗、对抗土改，可以说写出了土改运动的复杂性。

抗战时期，解放区发动了大生产运动，目标是实现经济上的自给自足。事实上，只有获得大量的物质财富，才能为解放区的存在提供保障，才能为抗战的胜利提供保障。优秀的作品绝不单纯写生产劳动，而是把生产劳动和人物的刻画结合起来。沈平（方纪《纺车的力量》）是留学美国的大学生，在生产中逐渐掌握了纺车的操作方法，学会了纺线。作者写出了他从对手工劳动的鄙视到欣然接受的过程，把生产劳动和知识分子思想改造的主题结合了起来。丁克辛的《一天》刻画了一个基层干部形象，展示了他如何用自己勤谨的工作方式领导农民开展生产。于黑丁的《炭窑》写出了机关人员到深山烧炭付出的辛勤劳动。生产运动是一场革命，给解放区各个层面都带来巨大的影响。

编 者

目录

野姑娘的故事

力群

【关于作家】

力群（1912—2012），山西灵石人，著名画家。1931 年考入国立杭州艺术专科学校，1933 年参加中国左翼美术家联盟。1940 年到了延安，任鲁迅艺术文学院（原鲁迅艺术学院，1940 年更名）美术系教师。1942 年参加延安文艺座谈会。在抗战期间，他边搞木刻，边创作散文、小说。新中国成立后曾任山西文联主任、山西省书画院院长、中国版画家协会副主席。

【关于作品】

短篇小说《野姑娘的故事》发表于《文艺战线》1939 年第 5 期。这个作品不是从阶级对立的角度考察农民苦难的来源，而是从愚昧的思想给人们带来的伤害的角度反思悲剧的来源，带有浓重的"国民性"批判的意味。经历千百年文化沉疴的熏染，农民被封建意识和迷信思想禁锢着。贵莲生在农民家庭，爸爸重男轻女，因此她自出生就不受待见。她生在正月初一，在民俗文化中其生辰八字非常"硬"。母亲得了霍乱死掉,然而她得到的不是别人对她幼年丧母的同情,而是"命硬克母"的歧视。

在乡间,女儿出嫁就是一桩买卖。父亲不仅要包办女儿的婚姻,而且要卖一注大钱。但是,贵莲的属相是羊,人们相信属羊的女人克婆家,这就为她未来的生活设下了无形的障碍。因为没有母亲,她没有缠足,就有了两只大脚,找婆家便更艰难了。光景不好,债务繁多,讨不起老婆……自己这一切的不幸在贵莲父亲看来都不是地主盘剥的结果,而是因为女儿命中缺乏造化。在这样的逻辑下,贵莲成了一切苦难的来源,不断承受来自父亲的暴力。没有温暖,备受歧视,"她忍受着这因袭的重压与残害",在孤独和恐惧中生活着。

最终,忍无可忍的贵莲离家出走,参加了军队的随营学校,更名为张秀英。她穿上军装,成了漂亮姑娘;她刻苦学习,做事的能力与责任心日渐增强;她不断克服缺点,赢得大家的喜爱。告假回家,村中的男女对她都是美慕与赞叹,觉得她从一个受歧视的女孩变成了一个有出息的人……革命军队,不仅要拯救民族,也让个体获得了生命价值。所以,这个作品在某种意义上,是歌颂新政权着眼于人的解放。

一

贵莲是一个没有妈妈的毛丫头。

爸爸是一个贫穷的庄稼汉,按着祖传住在离城很远很远的闭塞的山村里,从来也没有个好脾气,从来也不笑,一辈子过着愚妄而又糊涂的生活。对于处理亡妻丢下的这个毛丫头,真还不如处理他田里的庄稼来得好。地租、高利、苛捐、杂税折磨得他喘不过气来，一有什么不高兴，他总是在贵莲身上出气，有时候就像打畜性似的恶狠狠地打，有时候就冷冷地骂一句：

"他妈的，没有造化的东西！"

在我们山西，有这样一种迷信，说属羊的女人没造化，是克婆家的；生在初一、十五的命硬，是克父母的。可是贵莲这毛丫头也就真够不争气了，她就不属牛不属马，偏偏地要属羊，而且迟不生早不生，她就偏偏地要生在正月初一。因此贵莲一落地就中了她爸爸的气。

她爸爸一听得婴孩的呱呱啼哭声，就站在门外问："男孩？女孩？"等到里面说是女孩时，他就双眉一皱，摇摇头，接着就骂了一句：

"妈的，偏偏地是一个女的，真是没造化的东西！"

从那时起，就一直地骂着，好像看着贵莲总是不顺眼。

然而做妈妈的到底特别心疼儿女，为了这，妈妈活着的时候曾屡次地向爸爸抗议过："你老是说没造化，没造化，那么你就把她摔死吧！"

贵莲刚刚四岁的时候，她的妈妈从暑热的田里割麦回来，害了急性霍乱病死了。不巧的是这就更证实了贵莲这毛丫头的命硬。不是吗，她把她的妈妈都给克死了。因此，她的爸爸就更加厌恶她。

而贵莲呢，不知道是想妈妈呢，还是有什么不痛快，总是好哭，因此爸爸一看见就恶毒地骂着：

"妈的，简直是一只不吉利的老鸦，你还是死了吧！"

然而贵莲没有死，她是异常结实地活在冰冷的无爱的生活中，

3

像一个多余的东西似的，冬天她在破窑壁下晒太阳，夏天她在门前的大槐树下乘阴凉，很少和别的孩子们玩，只是一个人在那里，很知趣。

而且贵莲的爸爸也没有把贵莲送了人，为的是将来还可以卖一注钱。因此就像养活一头猪似的养活着贵莲。

贵莲现在是失去了唯一爱护她的人了呵！这真是倒霉的事。妈妈在世的时候，她虽然算是带着一个不祥的灵魂的吧，但是头发总是梳得光光的，花布衫虽打补丁，可也是洗得干干净净的，加以有一对大大的亮亮的眼睛，看去虽然说不上可爱吧，总不使人讨厌。可是自从妈妈死后呀，一来因为没有人看管，二来因为爸爸的光景不好，贵莲就变得不像样子了，头发永远是乱蓬蓬的，里面还夹杂着飞土与毛草，辫子是翘着的，像一条猪尾巴；面孔呢，是鼻涕涎水的；衣服是又脏又破。如果你走近些，就会看到大个的黑虱子在破绽中爬……这，爸爸是从来不睬的。

这样的一个不出色的毛丫头，谁见了能觉得顺眼，谁见了会不恶心呢？

生活在这样的日子里，贵莲真是不幸透了，身上时常有伤痕，她怕人家看见，总是拼命地拿褴褛遮盖着，可是伤痕呢，偏要从衣服的破败处露出来，好像和她故意捣乱似的。人们一看见就说："贵莲这毛丫头，总是不好，又教她爸爸给打了。"

"说吧，你又做了什么错事了？"有的问。

可是贵莲低下头不开口。

第三个说："听说是正月十五的早晨她打碎了一个碗，她爸爸说：你早不打碎，晚不打碎，急过节你急打碎……大概是又给打了一顿。"

第四个说："唉唉，贵莲也真是不争气，不吉利的，你为什么在这天打碗呢！"

第五个说："唉唉，贵莲真是个该死的丫头，初一生的，八字硬，把娘给活活地克死了，你看她还不规矩点，又教爸爸给打了。"

第六个说："贵莲硬得很呢，你看她爹那样打她，她都从来不告饶，真是个好汉！"

人们一面鉴赏着她的伤痕，一面议论着，好似同情，又好似说她就应该挨打。有的还确实称赞了她一番。而贵莲呢，也不知道是想起她妈妈了呢，还是想到她的伤痛了，终于从她的大大的亮眼睛里落下眼泪，拖着鼻涕涎水哭起来了。

于是一场议论这才闭幕。而我们的女主角也就带着哭声，拖着褴褛在西风里飞动着乱蓬蓬的头发走开了。

二

贵莲这毛丫头是长大起来了，现在人家都叫她"野姑娘"。

这样的尊号是怎样得来的呢？打听了好久，有的说，因为她时常和男孩子们在一起玩，而且玩得百花百样，所以人家叫她"野姑娘"；有的却说，贵莲倒是很规矩，只是因为时常帮助爸爸做饭种田，在山里打柴，很能干，所以人家叫她"野姑娘"；可是有的又说，完全是因为贵莲伸着两只大脚，穿着不男不女的一双大红鞋，东奔西跑的，全不像一个闺女，所以才被人家叫作"野姑娘"的。

这样多的说法，固然各有不同，但现在贵莲的被叫作"野姑娘"却是确实的，而且渐渐地传开去，左近邻村就全都知道了。

贵莲的爸爸一听到这个消息就很生气，板起他那冷冰冰的脸孔，就又骂起来：

"妈的，这没造化的东西，真是祸害！"

近年来，贵莲的爸爸的脾气，委实说是更坏了。脸上不但没有一丝的笑容，而且两眼也凹陷了，很阴沉。他近来已不大打贵莲了，可是却产生了一个奇怪的想头，他以为近年来光景的不好，债务的繁多，讨不起老婆……不是由于地主老爷们对他的残酷剥削，而都是这个没造化的毛丫头的缘故。因此他就很想把贵莲早日卖一注钱打发掉。是的，说起来贵莲也不小了，现在是十六岁，别的人家的姑娘是十四五岁就要卖钱的。

"如果这没造化的东西离开我的家，也许我的光景会好起来的。"他想，"况且卖掉贵莲的钱，除还债外，也许还可以弄来个老婆呢。"

然而事情并不是这么容易的，首先左近邻村就全都知道"野姑娘"这个大号，而且也知道她是属羊的，这对于贵莲的婚姻真是一个极大的损害，而且也许就不能多卖钱。加以贵莲这毛丫头，自妈妈死后，就谁也没有想到给她整理一下脚。

"要是稍微缠一下也就好了！"

她爸爸想着想着就懊恼起来，深恨自己没有早见。可是这也真是活该贵莲倒霉的事，结果她爸爸托了许多人给她寻婆家，总是一提到贵莲人家就都说：

"噢噢，你说的是野姑娘吗！就是了，好是好的，只是人家都说她是属羊的……"

"你先不要说这个吧，可是贵莲这姑娘能干呢，里里外外都行，咱们庄稼人家用得着。"媒人给辩护着。

"唉唉！好是好的，就是太野，咱这人家驾驭不住，你看她爹就没有想到给整理一下脚，况且财礼也太大，一百二十元，谁能出起呢？"

就这样的，说来说去，但是贵莲的婆家就是寻不到，不是嫌她是属羊的，就是嫌她脚太大，好像把贵莲当成一匹野马似的，缠了脚就大有办法了。

贵莲没有缠脚，这真是幸呢不幸呢？

现在，爸爸的计划好像是完全失败了，起先是冷冰冰的，很难堪，后来就更加愤恨贵莲，他恶狠狠地骂着：

"没有造化的东西，妈的，我要养活到你什么时候为尽呢，真是个祸害！"

起先贵莲低着头不响，可是后来也就难免抢白几句：

"你老是骂，谁教我妈把我生得属羊呢？谁……"不用说贵莲是一肚子的冤屈，一肚子的气了。但是，难道贵莲是多么难看的姑娘吗？不，你如果要以前几年的毛丫头来看她，那你算是错了，她现在出落得很不差，拖着的一条大辫子虽然有些黄，而且乱，那是因为她家穷买不起生发油、忙得顾不上梳理的缘故，可是你要是看她的脸蛋儿呀，首先一对又大又亮的眼睛就够动人呢，眸子黑得像宝石一样，绯红的两颊，虽然不能和桃花的颜色相比，可是很够人耐看的呢！

如果要看她的身干，那是太结实了。这全不提，要紧的是贵莲这野姑娘真能干，会磨面、会缝衣，做了饭还得到地里去做活。村里头哪一个小伙子敢撩拨她一下，她可以和他撕打到底，骂到底。有一次邻村一个放羊的小伙子在山坡上瞧见她背柴回来，就撩拨地说：

"野姑娘，要是没人要你了，我就把你收拾下吧！"

"要死，真要死，你不想活了吗？他妈的，你这鬼东西……"野姑娘把嚼着的野枣从口里吐出，一面骂着一面就抓起土块相打起来，她跑得飞快，一直把敌手打退为止。

野姑娘是这样能干，这样活泼的家伙，然而就是寻不到婆家。加以她爸爸讨的财礼又大，这就更加难办起来了。

可是爸爸仍旧是一不顺气就骂着：

"养活到你多少时候呢，你这没造化的祸害，大概是一辈子也没有人要了。"

野姑娘有一肚子的冤屈，一肚子的气，但是说不出来，她忍着，忍着，用了历史赋予她的伟大的忍从，她忍受着这因袭的重压与残害。

三

给野姑娘找个婆家，真是一件困难的事。为了这，她爸爸又愁又急，况且近来村里面又有一些流言，说是野姑娘在什么地方和什么人怎么了。这可怎么办呢？女儿是一天天地大起来了，如果要教野姑娘自己去找吧，也许马上就找到她心爱的人了。可是这是她的爸爸绝对不答应的，因为自古以来，就没有这规矩，所以就不能。况且还得卖一注大钱呢。

野姑娘始终是卖不掉，因此她的爸爸就始终是骂着，总归还是那一套："养活到你多少时候呢？你这没造化的祸害。"

每天这样的噜苏着，贵莲也觉得真够烦透了。这样的从来就冷冰冰的家庭，生活得还有什么意味呢？因此贵莲也就不自觉地叹起气来："他妈的，真是还不如死掉的好，活得太不像人样了！"

　　其实是自妈妈死后，贵莲就没有一天活得像人样的，晚上睡在又脏又烂的败絮中，白天熬到死，一年到头穿着打补丁的衣服，吃着粗茶淡饭，不是谷面窝窝头，就是荞麦黑面条，这全不提，谁教爸爸是个穷庄稼汉呢，可是每天的受气，这就真够再也忍受不住，她想来想去也真快要寻死了。

　　然而我们的野姑娘没有寻死，她只是近来很闷气，她时常到门外去呆站许多时候，默默无声地俯视着旷野，好像有无限的话要向深秋的树林和金色的野草诉说似的。有时候也就暗暗地哭泣，她的大大的亮眼睛也差不多哭得快要失掉光彩了。

　　说也奇怪，就在这时候，不知道从什么地方打起仗来了，打呀打的，今天说是东洋鬼子打到太原了，明天又说是打到汾阳了，到底是怎么一回事呢，野姑娘和她的爸爸全一样，就是阖村的人也是糊里糊涂的，像装在鼓里头似的，一点也弄不清。真的，住在这样的闭塞的山村里，人们能够知道些什么呢？

　　只是雪亮的飞机时常从天空过，一听到呜呜的声音，野姑娘手里拿着饭勺也要跑出来看，一直仰着头，细起她的大眼睛看着，飞机在太阳光里闪着银光，发着呜呜的声音从云丛里穿过去了，她才回去。"真是太奇怪了，人能够在天上飞。"她想。这时她还不知道这是敌人的飞机，而且会丢炸弹呢。

　　就在这个时候，村里头也就开始有军队经过了，有旧军，也有新军①，带着洋枪，带着洋炮，还有一群一群的骡马，这是从来没有见过的，人们都带着惊奇的眼光看着，姑娘和媳妇们都躲起来了。

———————

①新军即"决死队"，为共产党秘密领导的部队。当时表面上属于阎锡山的军队。

可是这些军队来了就要吃要喝的，有的时候也给老百姓们讲演，飞着拳头溅着唾沫说：

"……这是强盗来了，来了就强奸大姑娘，杀人放火，抢掠你们的银钱，抢掠你们的牛马，大家听着，只有男男女女老老少少一起起来才有办法，你们要起来帮助军队呀！帮助军队才能打走日本强盗呀！"

在这样的听讲的人堆里，起先只有男人听，但后来也就出现了野姑娘的影子了，她张着口，瞪着又大又亮的眼睛在那里出神。

有时候野姑娘也给路过的大兵们做饭，这真是没有办法的事，就是她的爸爸也要在冰天雪地里给"老总"们支差呢，人家都说日本鬼子来了谁也不得活，所以就得"有钱的出钱，有力的出力"。

就这样的，野姑娘时常给"老总"们烧饭、烧水，因此也就有时候闲谈几句。在这个当儿，贵莲忽然发现了一个奇迹："怎么还有女兵呢？真是奇怪。"而且女兵们是那样的愿意和她接近，不但教给她唱歌，而且还拉着她的手给她讲一些关于打日本鬼子的道理呢。

因之，渐渐地，野姑娘的胆子也就练大了，不但不怕兵，她已经由"老总"改称为"同志"了。因为她已感觉到说是叫"决死队"的这些兵和别的兵不一样，对老百姓的态度非常好，而他们互相是称"同志"的。她一见这样的兵到她家里来，就说："同志们累了吧？"而且渐渐地居然敢向村里别的姑娘宣言，说她也要打日本鬼子去。"一个女同志说的，妈的，咱们女人也有用。"她说。可是村里人都笑她，有的就逗她说："哼！你和兵们来往吧，总要来往得肚子大起来。"

可是野姑娘的肚子并没有大起来，只是在十月十八号的那天远远地听得炮火连天地响，村里兵马挤满了，都是急急忙忙的，有少数的兵竟动手向老百姓实行"检查"——其实就是抢劫。野姑娘她们还不知道这就是阎锡山的败兵。可是也有叫"决死队"的称同志的女兵。乱哄哄地搅成一团。这真是野姑娘的村里从来没有过的事，人们有的说要逃到山里去，有的说日本鬼子不一定就会来，结果闹了一天，等到兵马散尽时，忽然野姑娘不见了。

真的野姑娘不见了，她爸爸问东问西都说不知道。只是有一个小孩子说，他曾看到野姑娘和一个女兵说话的。

野姑娘的爸爸想："也许这祸害会自己跑回来的吧？"

但是等了五天也没有音信，只听说日本鬼子跑过附近的村庄南去了。

当春天的和暖的太阳抚摸着这闭塞的山村时，山野里的青草又长起来了，可是田里的活也渐渐地忙起来了。野姑娘的爸爸这才顿时觉得他是又失去了一个有力的助手，其实简直就是失去了一注钱。于是他大大地痛惜起来，觉得女儿可爱了。自从失去了贵莲，他每每回到这破烂的土窑里，就感到倍加凄凉而寂寞。和老婆死了的时候一样，他的冷冰冰的死板的铁的面孔更加无光而阴沉了起来。

四

野姑娘是不见了，到底是死了呢？还是活在世上的呢？谁也说不清。

可是在"决死队"的随营学校里，却有着一批从乡下来的男女学生，都是些不识字的土包子。有的是"决死队"里送来的，有的是自己投来的，那些女生们来的时候大都拖着一条长辫子，但是一进学校就都剪成短发了。

其中有一个女生，有着又大又亮的一对眼睛，黑得像宝石一般，并且还有一副结实的身体。问到她的姓名时，她想了一下说：叫"张秀英"。

对了，就是这个张秀英，在学校里真是用功透了，每天识十几个字，拼命地用树枝在地下练习着生字，到了上课的时候，她就不管听懂听不懂的拼命地听。说也奇怪，初听时一点也不入耳，什么"国民党"呀，"共产党"呀，什么"日本法西斯强盗"呀，"统一战线"呀……但是到了后来也就渐渐地懂起来了。她尤其懂得了共产党是坚决抗日的，国民党是被迫抗日的，共产党是为人民谋幸福的，国民党是剥削老百姓的……

在女生队里谁都知道张秀英很用功，而且更能吃苦耐劳。然而张秀英到底是哪里人，到底来的时候穿的什么衣服呢？谁也说不清。总之她现在和其他女生一样，穿的是灰色的军衣，黑色的军鞋，而且还打着绑腿，扎着皮带，挺神气。一对大大的眼睛使人很注目，她在女生队里委实是很漂亮的一个姑娘。举止大方而又勤快，同志们都很喜欢她。

至于张秀英的家庭状况，就更少有人知道了，只是当吃窝窝头的时候，同志们问她吃得惯吧？她总是说："我们家里从来就是吃这个的，我还会做呢。"

当练习爬山时，女生队里总是张秀英爬得顶快，她一面拭着头上的热汗一面向同志们说："我们从来就在山上拾柴的，他妈的，这有什么难爬呢……"

有一次学校里练习打靶了，规定了每人打三粒子弹，张秀英拿过枪来，伏在地上，闭了左眼，细起她的右眼睛来，瞄准目标，不慌不忙的，一口气就打了二十七环，同志们全都吃惊了，说这大眼睛的张秀英简直是"神枪手"。

然而张秀英并没有因了这就骄傲起来，她是永远对什么都那样的谦虚和蔼，总是笑着，从来不发一点脾气，好像她没有一点火劲似的。她生活在部队的这种新的空气里，感到快乐，感到活得怪有意思，像从污池中来到清水大河中的一条小鱼，像从黑暗的深谷中飞向广阔的天空里的一只小鸟。

一次，一个女同志接到一封挂号的家信，信上说她的妈妈被日本飞机炸死了，她就大声地哭起来，于是张秀英善意地安慰着说："……在抗战当中，有多少人的爸爸妈妈要无缘无故地死掉呢，哪一天哪一个人的亲人要死在敌人的枪弹下边是说不来的……你还是不要伤心吧，这真是没有法子的事呀！只有我们好好地学习，死劲地干，才能给我们的爸爸妈妈报仇，单是哭是没有用的，人家说我们女人家好哭，你不要哭了吧，走，我们出去走一走……"她真是会说，她真是会安慰别人，所以许多女同志都觉得她像大姐姐一样。

只是张秀英近来被女同志们发现了一个小毛病，就是，她时常要在睡梦中哭，哭呀哭的就把许多女同志都哭醒了，当七手八脚地把她从哭声中推醒了时，大家都急急地问："张大姐你怎么了？"

"没有什么。"张大姐拭着眼泪说，"我又梦到我爸爸了，我梦到他打得我要死……"就仅仅说到这里张大姐就不再说下去了，到底她在家里时过着怎样的生活，谁知道呢？

此外，张秀英还被人家发现了一个特点，大概是不很习惯于洗澡洗衣服吧，像一般北方乡下姑娘似的，所以身上的虱子生得特别多，而且她有时很自然地从颈项里摸到一个，送到嘴里，噼的一声，然后吐一口混着虱子的尸体与血丝的唾沫在地上。一直到一位女同志给以劝告，说这不但不卫生，而且很不雅观，她才改掉。

然而张秀英在一切的事务工作上却真是一把能手，简直是太熟练了，不论什么事务工作，只要不是和文字有关的，经她一做，谁也得说："哎！真内行！"

不过学校里的同学，正是所谓来自五湖四海的，像张秀英这种女同志，不但文化程度太差，而且也实在是"土气十足"的了，因此也就难免被一些来自太原和各大城市的文明学生所轻视，认为张秀英这种土头土脑的女生是可笑的。比方吧，有问题发生，大家争执的时候，一经张秀英开口，那些可敬的认为自己是了不起的同志们就会表示："哼，你懂什么？"因此也就使张秀英内心里非常气愤，她一声不响地在她的功课上努力，把人家的藐视化为力量，不论在吃饭和睡觉的时候，不论在大家休息的时候，她都多方地提问题，向一切同情她的同志们求教，当她每次听懂了人家的解答时，她就兴奋而又愉快地说："噢，妈的，原来是这样的。"她就这样像一只倔强的小牛似的克服着种种学习上的困难，一直到毕业。

真的，张秀英确实是太有进步了，自进随营学校一直到来"决死队"工作，仅仅一年多的工夫，由一个文盲变成了识字的人，现在她不但可以看《解放》杂志和粗浅的理论书籍，而且还可以写一点半通不通的文章呢。至于她的做事能力和责任心，那是任何女同志都比不上的。更值得称赞的是她能够克服她的自私自利心。而且她也大大地讲究卫生了，例如：习惯了用三星牌牙膏刷牙，经常用肥皂洗澡洗衣服……

这自然了，有些男同志自然要向张秀英追求的，有的给她写情书，有的而且竟每天要到她这里来，来了就请她的客，接着就说东道西，无话找话，或大谈其工作与学习，或大谈其革命的大道理，但结局总是说到我们的女主角身上来。一说到"张同志"她身上，于是就像论到正题似的，说我们的女主角这样能干，那样可敬，到头来总是说她前途光明大有希望……如此等等。

然而张秀英说：

"同志，我是顶顶老实，顶顶没有学问的，你这样每天来，我知道，你是想要……想要恋爱我的，可是，这不大好，是要妨害你的工作与学习的……而且我现在也不愿意谈这个……"

就这样的，许多求爱的人就被她教训回去了。

五

一九三九年三月初，张秀英跟着"决死队"向 K 城出发，她是被派到前线工作去了。现在她是民运队的队长。

行军中每天在爬着土山，真是无穷无尽的山路呵！每遇一个村庄张秀英就拿出粉笔来在墙壁上写着各色各样的标语，例如"拥护蒋委员长抗战到底"呀，"巩固统一战线"呀，"打倒托派汉奸"呀，"巩固吕梁山脉抗日游击根据地"呀，"拥护国共长期合作"呀，……有时候也给妇女们讲讲话。总之，张秀英真是忙透了！

一天部队驻扎在一个很偏僻的村落里时，张秀英向指导员说：

"三里路远的一个村里，是我的老家，我要请假看看我的爸爸去。"

"这里离敌人的防线只有二十里，限你四个钟头一定回来。"最后指导员加上一句，"你应该特别小心！"

"是，指导员！"张秀英就笑着走出去了。身上的饭囊之类都没有带，她只带着大队里发给她的一支"盒子枪"，重甸甸地挂在腰里——这是一件胜利品，是"决死队"在一次伏击中得来的。她走着，感到一草一木都很熟悉，不觉已来到自己久别的村边了。

在村边的槐树下站着一个拿红缨枪的小伙子，这小伙子看到一个士兵向他走来，很奇怪："哪里来的这么一个同志呢，有什么要紧事呢，走得这样急？"可是一走到跟前，就什么都弄明白了。

"呀！你就是贵莲吗？真是不认识了！真是不认识了！你回来得很好，人们还都吵得说你……唉唉，可是你爸爸……"

"我爸爸？"

"唉，唉，你爸爸他已经死啦，你走了以后，他就疯疯癫癫的，总是每天地在乱骂着，说是军队把你拐走了。可是鬼子兵到村里来的那一次，他也不逃，还是骂，就教一个鬼子兵给刺死了，整整地刺了七刀呢！"

然而贵莲没有哭，只是感到突然，就像谁给了她当头一棒。她觉得心酸，于是把牙关紧紧地咬了一下，就向家里奔去了。

可是还有什么家呢，破院落里到处都是长着曾经茂盛过的枯死了的蒿草，只是门前的老槐树还是那个旧样子。看看她曾住过的土窑吧，门也没有了，窗也没有了，空洞洞的像骷髅一样，张着两只大黑眼，凝视着这土窑的年轻的主人，贵莲看着不知是什么滋味，而且就立刻觉得害怕起来。

是的，这全然不是她的家了。

当她走进窑里面时，猛地听得吡儿的一声，吓得她立刻就退

16

了一步，待她看时，原来是几只麻雀从里面飞出来了。

"他妈的，吓死了!"

贵莲骂着，而麻雀都已飞到槐树枝上休息去了。

贵莲看着她的窑里，呀，从前的水缸，破烂的木橱，她离家时还在墙上挂的玉蜀黍棒子，门后放的锄头，壁上插的镰刀……一切都没有了，这也不知道是鬼子兵来当柴烧了呢，还是村里人"发洋财"去了？真是天晓得。只是墙上多了一排排的木头钉子，还有小孩子的创作似的漫画，此外还有"打倒东洋鬼子"之类的标语，都是歪歪扭扭的画，歪歪扭扭的字，把一面本来就有蝇屎和臭虫血迹的乌黑的墙壁更加弄成一塌糊涂了。此外，地下散着马粪，在蛛网纵横的窑角上有一匹小鼠急速地钻进了小洞。

贵莲是怎样心酸呢，她看着这种光景，想起她的爸爸，她终于再也忍不住而黯然泪下了……

说也奇怪，就像在平静的湖面投了一块石头似的，野姑娘回来的消息立刻就传遍全村了，她旧日的伙伴们，小脚的，大脚的，梳圆头的，剪了发的，拖辫子的……立刻都跑了来，乱纷纷地站下一大堆，寂静的破院落里霎时就充满了女人的笑声和话声，都在好奇地看着我们的女主角。有的来研究一下贵莲胸前的耀目的彩色自来水笔，有的来摸摸她的"盒子枪"。能说的在诉说着贵莲走后的情形，好问的在问贵莲有没有出嫁，她的新郎可是一个当军官的，有的又在急急忙忙告诉着鬼子兵怎样地闯进村里来，怎样地刺死了她的爸爸……说得有声有色，当中还夹杂着贵莲简洁的话声，好像讲演似的，说的全是大道理。

她们包围了我们的女主角诉说了又诉说，简直就没有个完，好像十年没有见过面的一样。

没有料到的是，有的竟赞美起贵莲的大脚来了：

"我们看到现在的女兵们，实在眼红煞了，人家又会唱歌，又会跑路，实在和男子汉一样。我们这小脚的，活在这样的时候，实在苦死了，鬼子兵来了跑死也跑不动……"她"实在"了半天之后最后说："大脚的实在好！"

有的还不识死活的，要贵莲给她们唱歌呢，而且说话之间"妇救会"的会长也来了，都围绕在贵莲的周围。

至于旁边站的男人们虽然有胡子的老家伙难免要摇摇头，心里在说："这样一个女孩子，成什么样子呢，简直是个妖怪！"可是其他的男人也确实在称赞着贵莲：

"你看，她爹活的时候，总是说贵莲没造化，是个祸害，每天地骂着，小的时候还恶打呢，你看，现在人家娃多么能干，真是一个有出息的姑娘呢，说不定现在一个月赚三四十块的，唉唉，人总要……"

有的还指着他的老婆女儿说："你看人家贵莲还背洋枪上前线打仗呢，就是你们吗，真是些没用的家伙，在村口放一下哨还要圪扭几下呢。"

议论真是永远不会完的，但是张秀英请的四个钟头的假，就要到了。她本想到爸爸墓上去看看，也办不到了。邻居拖她去吃饭，她也只好谢绝。她的纪律观念是很强的，不能迟归！

临走的时候，野姑娘从衣袋里摸出一支白色的粉笔来，用了她的一向劳动的粗糙的手，在村里的一面砖墙上写了歪歪扭扭的十三个大字，在场的男女老幼都看到了，她一边写，识得几个字的人就一边读，那十三个白色的大字是——

"不愿做奴隶的妇女们快起来吧！"

磨麦女

梁彦

【关于作家】

梁彦，1913年生，曾用名梁剡，笔名于曦农，黑龙江呼兰人。九一八事变后流亡北平。1932年发表短篇小说《一个梦》。1933年短篇小说《回家》获《东方日报》新年征文一等奖。1937年奔赴延安，曾在抗日军政大学、鲁迅艺术文学院（原鲁迅艺术学院，1940年更名）、《解放日报》编辑部学习和工作。以短篇小说《磨麦女》参加1941年延安"五四"青年文艺征文活动，荣获一等奖。抗战后先后在《哈尔滨日报》《东北日报》《合江日报》等任编辑。新中国成立后，在电影局、电影公司及北京电影制片厂工作，独自撰写剧本《一个荒诞的故事》等。

【关于作品】

《磨麦女》中的戴家是一个封建家庭，戴旭祖和戴老太太是专制、残忍的封建家长，二儿子和三儿子则参加了反动武装。他们的三儿媳桂英几乎承包了所有的家务活，做得稍不合意就会遭到打骂，有一次竟然遭到酷刑，命悬一线。

一天，戴家这个最具封建色彩的大院，忽然成了八路军妇女培训班的办学地点—— 一个闭塞的空间，一个开放的空间，两个空间非常具有戏剧性地并置在一起。伍同志和章同志教妇女们识字，教育她们解放思想。尽管戴老太太禁止儿媳桂英参加培训班，但桂英还是抓住各种机会旁听、学习。在伍同志和章同志的帮助下，她参加了结业考试，考出了超出培训班正式成员第一名六分的好成绩。更重要的是，她接受了妇女可以争取自由、解放的思想和妇女也要管国家大事的观念。在公婆即将对她实施暴力的时候，她毅然越墙而去，告别了这个坟墓一样的家庭，参加了革命队伍。不难预料，那个与她有着一样命运的二嫂，不久以后也会冲出家庭，走上桂英的道路。

作品文笔细腻，人物对话采用方言，极具表现力。作家非常擅长写对话，故事的很多内容都通过对话的形式讲述出来，而且叙述者不止一人，转换灵活。这样，故事的讲述就带有跳跃性，省去了不必要的情节，打破了因果链的限制，用笔俭省却有力。

一

戴老太太悄悄推开脚门，走进后院。她第一眼就看见了靠东墙那盘磨。磨没有动。黑驴子甩甩尾巴、弹弹腿，正伸长了脖子试探着吃磨盘上的碎麦面子。麻雀一只两只的打院中那棵老槐树上飞下来，落在磨上的笸圈上，啄着麦粒。看了这，老太太忍不住地冒起火来，两步当作一步地奔向墙角的那幢草棚去，嘴像老鸽子似的咕咕道：

"就会吃，就会吃，这个挨刀的。一天推上这么几升麦子，你就……"

定是太急了，没留意，右腿猛地绊在石头凿成的猪食槽上，不由自己地向前趔趄了几步，两只手便赶忙伸出去，像扑捉眼前什么东西似的仆倒下去。附近那群觅吃的鸡被吓得拍打着翅膀，争着抢着连吵带嚷地躲开了。老太太停止了唠叨，开始呻吟着。

听见了鸡的吵嚷，桂英忙从草棚里走出来。她头顶上那条"百灵机"毛巾，缀了些补丁的衫裤，都着了层薄薄的麦粉，睫毛上也敷了一点白。她看了看还在发慌的鸡儿，又巡视一下别个地方，便发现了俯伏在地上的婆母还在呻吟。她飞快地跑去，小心地问道："妈，跌坏没有?"

刚要弯腰去搀扶，老太太却自己站起来了。老太太凶狠的目光直射入儿媳的眼睛里。桂英的脸色苍白了，嘴唇抖动了一下，只叫声"妈!"婆母那双习惯了的手已经批到她的左颊上来。

"我没跌死! 我没跌死! 我死不了! 我还要活上几年呢!"戴老太太用不叫前院东厢房听见的抑制的高声，一句句像切菜刀似的快利地骂着。"推上几升麦子腰就熬断了吗? 还有脸哭呢，呸!"

"妈!"桂英拭去脸上的唾沫，赔罪道，"我没哭，我没说熬!"

桂英回头看见驴子已经停下，便急忙离开原来的地方，向磨跑去。趁着她转身的机会，戴老太太抽身跑到干柴垛前，捡了根野桃枝，从后面追来。

桂英一边赶驴，一边想着前些天从前院女同志那里听来的话："女人也是人哪，应该跟男人一样!"顺口就狠狠地骂了两声驴子。

"该死的，你骂谁呀?"婆母气急败坏地嚷着，手里的野桃枝已举在半空，大踏步地跑近儿媳。桂英正没好气地鞭着和骂着，听见了婆母的脚步声，忙转过身来，见婆母正扬着一根比人还长的粗棍子，气虎虎地扑来，冲着她一直打下，不禁变了声音喊道：

"章同志呀，快来救我！"

老年人手脚不听自己使唤，动作也不准确，加之桂英年轻，躲得快，早已隐到磨的那一面去，以致野桃枝发出暴烈的声响，击在儿媳身旁边一个烂桶上了。觉得没出这一口气，老太太便小孩子似的一屁股坐到地上，扯起喉咙就号啕上了：

"我的儿呀，你出去就不回来，看你娘叫人挤到地缝里了！这光景我可怎么过——你娘不得活了！"

戴家大宅后院，平日没一点生气，仅在那些牲畜为了吃食或是性的追逐时，才会喧哗一阵，可是现在却已弄得一团糟。牲畜被打翻滚开的烂桶惊得乱窜，一只公鸡已先于它的同类，飞上草棚，咯咯咯的好像在报警。驴子却放心地吃起麦子来。

在一阵混乱的骚扰中，出现了一位身着灰布列宁装，眉宇间显露着聪敏和沉毅，体态很匀整，长得清清的（按当地习惯说法）队伍里的女同志。

她就是桂英呼喊的那位章同志。

章环视一下这又脏又乱的后院，又看了看坐在地上装模作样的戴老太太，先是莫名其妙，不知发生了什么事情，待她看见一个少妇正瑟缩地躲在磨的那一面，两眼含泪求援地望着她时，便明白了一切。

二

把戴老太太哄着劝着送回前院，趁着人们没留意，章又蹑手蹑脚地回到后院来。

看她来了，桂英便忙着拍打身上的麦粉，用袖头揉了揉眼睛，忸怩地说道："章同志，看我这个脏，别笑话我呀！""受苦的么，脏怕个啥！"章说，看一看对方的红眼圈，"你哭啦……来，桂英嫂，我替你箩麦。"

女同志学着说当地话，使得桂英笑了，笑得那么天真，完全像个小姑娘，笑容掩没了哀怨。

"不敢箩，不敢箩。"桂英忙敛住了笑，显得很严重，"婆婆要怪我的……快回前院去吧！"

强接过箩子，章一推一拉地箩起麦来，边说道："不要紧，我在里面，你在外面，婆婆来看不见我的。"

桂英嘘了一口气，开始打量眼前的女同志，章似乎对这劳作很熟练，看不出怎样笨拙。两人沉默了一会儿。

"章同志，你的搓搓（衣袋）里是啥书？"桂英找话问道，"是那些姐妹们念的吗？"

"嗯，是她们识字的书——妇女识字课本。"

章掏出那本书来，递给桂英，并指着封面上一幅油印的半身像，说：

"这是毛主席！"

"就是那个毛泽东吗？"

"对！"章的手停下了，惊奇地望着桂英，"你怎么晓得的？"桂英看一看脚门，怕有谁进来，回头便悄声说："是我打墙这边听到你们说的。我的屋子就在那里。"她用手向东南墙角指一指："和你们就隔一道墙。"章也随着看了看。那座小房正在阴影里委曲地倚着前院又宽敞又清爽的高大瓦房。小房不比这个草棚高，像个佝偻的乞丐似的匍匐在这蒸熏着人和畜生粪味的后院里。

"这里也只能饲养些牲畜，怎么竟住着一个人呢？"章想着，回头仔细端详一下正翻看识字课本的桂英。

透过薄薄一层麦粉，不难看到那是多么惨白的一张吃尽苦头的面颜，没有一点血色，嘴唇像两片枯叶。毛巾下微露一点的角里，隐约地看得见一条淡赭色的伤疤。衫裤已补缀得看不到原来的样子了。

发觉章在呆看着自己，桂英羞赧地掉过脸去，看见磨盘上已积满了麦面子，便从章的手里接过箩子，箩了箩，把麦子倒掉，回头往毛巾下塞了塞滑下来的一缕发丝，便到磨盘上又收些麦面子来。

章还想要箩，桂英却为难起来。

"不行呀，章同志！还是我自己箩吧，别叫婆婆看见！"

"不，"章又接过箩子来，搭讪着问道，"你怎么晓得我姓章呢？"

"也是隔墙听见的，"桂英答道，"她们常叫章同志伍同志的，刚才我急了，顺嘴就喊出来，才知道章同志就是你。"

"隔壁，你说？"

"嗯，我们的房子紧连着盖的，听什么都清清楚楚的。"

"清清楚楚的！你都听见了什么？"

"都听见，我天天听呢。就因为我听你们讲书，死驴停下，我没看见，才惹得婆婆发脾气。"桂英答着，又拨开覆在眼上的一缕头发，"我头一回就听见你——我听那声音是你。你说：妇女也要管国家的事，应该跟男人一样……你们天天提到生产、学习、工作，慢慢地这些字眼就都解得开了。"说着就又停下了，仰起脸望着前院，凝神地谛听着。前院训练班姐妹们清脆的念书声传到后院来：

> 老鹳雀，
> 叫喳喳，
> 情郎哥哥到我家，
> 叫声爹，
> 叫声妈，
> 为啥不把我嫁他，
> 我又不是牛，
> 我又不是马，
> ……

这是识字课的集体诵读。桂英倾听着，嘴唇也微动着跟随着念。她显得活泼了。

"大声点，大声点，不要害羞！"好像逗引小孩，章催着桂英，"大声点念，婆婆不会听见的。"

桂英笑了。她又接过箩子来，央告道：

"章同志，你熬啦，歇一下吧！"

"不，你念，你念下去！"

诵读又返回到第一课，随着念的桂英，也念出声来了。念完第三句"毛泽东能文能武"时，下一句便都迟疑了，一些声音停下了，终于七零八落地先后都哑住了，跟着就是一阵哄笑。可是桂英却没遮拦地念下去了。"神机妙算赛孔明。"她念得很真确，念完了，不知为了什么，她的满脸飞红起来，使得章又呆在那，惊异地说：

"你的记性真好，比她们都强，这一句她们就闹不清楚，你倒背下来啦。……可惜，可惜你们家不叫你进班里学习。"

听了章的话，像是回想到什么难心的事，桂英悲怆地说道：

"章同志，你不晓得，我们的公婆真王道呢！别说学习轮不到我们的份儿，就是……"说着，眼光向脚门那一扫，"就是跟你们搭话，他们也气不过呢。刚才吧，就因为喊你来，说不定又要使出他们戴家的王法呢！"

"王法？"章诧异道，"什么王法？"

"打啦骂啦的，我们过光景的女人也受惯了这个——我早也见识过，可没见过他们戴家……"桂英的眼圈红了，忧愁地出口长气，望着那匹迈着懒散步子的黑驴说："哎！真的，章同志，我都不如这头牲灵呢！"

"你有什么委屈吗？"章侧着脸急切地问道，皱一皱眉头，两手停住了箩面。

"有一次，有一次，嗯——"桂英想讲一桩最狠毒的酷刑怎样挨受过来的情形，想了想，觉得章在后院太久，怕再遇见家里人，那酷刑怕又要加在自己身上，便转移了话题。"章同志，不怕你见怪，婆婆说过——你没见她那双眼睛才怕人呢，她说：'若是跟那些婊子们说一句话，就小心你的皮吧！'你看看，章同志，你还是快回前院吧，他们来了可怎么办?!"

"好，骂也好，王法也好，桂英嫂，你放心，有我们在，你还怕什么呢？"章亲切地望着桂英，拉住她一只手，"不过像你这样聪明人，不能进班学习真是可惜呢！你的公婆肯借房子给我们办训练班，也就难为他们了，再叫他的儿媳妇学些他们不愿听的道理，怎能办得到呢？我们本就想叫你跟你二嫂一同……"

桂英兴奋了，她忘了什么王法，忙插道：

"二嫂？二嫂才不呢！"觉得自己声音太高了，便弯下腰，凑近章的耳朵，低声说，"他们老小全都恨你们哪，借房子？借房子也是向你们讨好。说实话，我们公婆怕你们要他的两个儿子——你们知道吧？他们哥两个是跟那个赃县长，保安队员，年底一块悄悄离开县城过那边去了。"

"这事我们当然知道，但是我们可不要什么人，只要现在不反对我们，边区还是欢迎他们回来呢——我们谁都欢迎来，捣鬼可就不成了。"

"不捣鬼？不反对？"语气更低了。"上月，家里来了个买卖人，说是打那边来的，"她又向南边指一指，接着说，"那人带来几百块钱，说是先用着。他还带来口信。我二嫂说，他们就要打回来啦，说我就要当官太太了——官太太，哼，说不定谁是呢！"

"怎么？你跟丈夫……"

"什么丈夫，"桂英忿忿地说，"到他家四五年了，到我屋来就没几回。还瞒着我呢，他在外面有野的。……跟你实说吧，二哥不在家时，他就整夜在二嫂房里抽洋烟（鸦片）。这一家子呀，看不出有一个好种——连那老头子也算上……恨我那时不听小云的话，若不，我不也跟你一样啦？"

"小云？"

"嗯，小时在一块玩的。她那时参加了红军，许多女娃也都偷着跑去参加，叫我，我就没去……转眼又是五六年了……"

突然后面出现了脚步声，桂英慌忙地拿过箩子箩起来。章也没看一下是谁，就忙三迭四地到草棚最里面一个角落里藏下。

"章大姐，是我呀！"外面喊道，"你怕个啥？快出来吧，该你上政治课了。"

章笑嘻嘻地走出来，两手拂着挂在帽子和脸上的蜘蛛网，嘴里也灌进了什么东西，极力往外吐，骂道：

"我道是谁呢，把老子吓坏了。"说着便将从恐惧中恢复过来的桂英拉到跟前，正经地说道："来，我给你们介绍：这是我班里的伍同志，这位是我们的'新学员'，桂英嫂。"

"新学员"却莫名其妙地睁大了眼睛。

"我们每天去茅房，顺便教给桂英嫂几个字不好吗？"

回答是两张笑脸。

"小伍，桂英嫂，你们是亲老乡呢——都是此地人，话都解得开，就常在一起玩吧。"

章掸了掸身上的面粉，对着那又停下来的黑驴，学桂英那样喊一声"达喊"，看见驴子迈步了，便对桂英和伍两人笑了笑回前院去了。

留下的两个开始授受"妇女识字课"的第一课。

三

院中的老槐还是那棵老槐，牲畜也还是往常的那一群，磨蹲踞着，草棚伫立着，猪圈鸡窝，跟昨天一样又脏又难闻。但桂英可不是昨天的桂英了。从炕上起来时，已不是往常那样沉郁而匆忙了。她看一看西窗，西窗仅露点微光。时间还早呢，她想。她从容地叠着被，边叠边想（以往起来时，总是郁闷地发呆），那么轻快地想着。在黑暗中，她半合着眼皮，有点男子气概的章和胖胖的伍，恍惚相继出现了。女同志的脸色都那么健康，特别是伍，两颊红润润的，像擦了胭脂。那身列宁装，看着很利落。粗衣粗饭倒使她们整天乐融融地忙着工作。样子很像桂英自己的小姑，却没有小姑那种挑鼻挑眼的怪性子、坏脾气。小姑在什么地方"住训班"住成个女皇上了，回家来就没谁敢惹。可是从延安来的这些女同志，就不同了，说不定都是娇小姐，"住过学"就没小姐的脾气。人家多和气，多有耐心，说话、教字，样样都叫人心里服服帖帖的。想到伍同志指尖下的字，便往叠好的被子上一划一划的，若是在白天，她一定会划在簸箩里的面粉上，就能看到那是歪扭得不成样子的"妇女上学"四个字。但写到第五个字时，就呆住了。她摸索着下了地，划着一根火柴，点亮锅台上那盏大麻子油灯，在窗台上寻到了识字课本，刚翻开，还没看一眼，就又合起来，两眼看着灯火，凝想了一下，便把食指伸到舌头上蘸点唾沫，在锅台上划了个"校"字。

桂英看一看在灯下闪着光的"校"字，觉得没什么错，便又翻开书来看，她写的都对。

外面很静。只有谁家的狗在远处吠着。院中，间或听到猪和鸡仿佛梦呓似的啁啾声。桂英舀了一碗水，照着书本上的字用手指写起来——锅台上渐渐淋满了水。

她点着了一束麻秆后，小屋大亮了，脸上也映得红了，嘴角左右增添了平和的、隐藏不住的笑纹。她把燃着的麻秆送入灶膛，在火上搭了几根细干柴，熄了灯，小屋便又昏暗了，只有向着灶口的墙壁在明灭一点光亮。

她又看了看西窗，窗纸上还是仅透一点白。这时，遥远的什么地方传来一声鸡鸣，院内自己的雄鸡也随着叫起来。

"哎呀，鸡才叫！不是疯了吗？"

觉得好笑，她责骂着自己，随即走到外面去看天色。

天河刚横过去一点点，"犁耙星"还在西天亮亮地眨眼呢，群星正繁正明，是刚过夜半的时候。

原来她自己失了眠：白天学的字，隔墙听的"婚姻法令"尽在脑里翻腾着，所以刚合上眼睛就又醒来，以为是该起来的时候，却起得过早了，便又回到屋里，上了炕，拉开被，打个哈欠，蒙头就睡下了。

在梦里听到有人叫她，睁眼一看，天已大白了。外面老槐树上的麻雀，吱吱喳喳地叫得正欢。

"我们都吃过早饭了。"伍在窗外说，"走过西厢房，听见你的婆婆和你二嫂，正指鸡骂狗地闹呢。"

好像挨了猛烈的一击，昨天和昨夜在脑里梦回的欣悦，顿时逸去了。她茫然若失地跳下地来，手忙脚乱地燃着了灶火，又粗略地整理一下发髻，拿毛巾沾点水，揩一下脸，就到前院去了。

迈进公婆的房里，脚步停在门口了。二嫂正在锅台旁边忙着。脸色非常难看，好像长了许多，觉得桂英进房里来，连正眼也不看一下。

"嫂，你歇一歇吧，"桂英怯怯地说，"你引小拴子吧，他哭呢!"

二嫂装作没听见，边往锅里下面，边骂扯她围裙的孩子道："要死的，你胡搅蛮缠个啥? 再闹就剥你的皮!"

"嫂，你还是引小拴子吧，我来……"

"嘿呀，"二嫂冷笑着，恶意地沉下嘴角，"这一点活计，可熬不断我的腰!"说着就又骂自己的孩了，"小拴子，你给我滚出去! 等吃的时候再回来——这里用不着你!"随即一阵风似的扯起孩子的一只胳臂往外跑。孩子吓得鬼哭狼嚎地尽往后坐。

小拴子被拖到门口时，伍同志跑进屋来了，她忙拦住了二嫂，抢过孩子来。

伍看了看桂英，桂英正望着墙上"灶王"啜泣呢；又看了看气焰正高的二嫂，便叫桂英道："走，到外面玩去！"

"三媳妇，"屋里喊着，"回屋来，我有话跟你说。"

桂英忙揉揉眼睛，看看伍同志，就进屋里去了。

戴老太太看见伍同志也跟进来，便沉下脸来说道："我们是过光景的——不像你们当官的有工夫。桂英，别出去，煮饭……晚了玩不要紧。"

"好，桂英嫂，我们有闲空再玩。"伍说着便向老太太斜了一眼。"老太太，我们不是什么官，我们是……得，不跟你说，说了你也不懂。告诉你吧。"声音抬高了，"就是我们这样的才不给人家当牛做马呢！"

伍厌烦地离开了西厢房。在窗外，她听见下面的话：

"妈的，什么邪神邪魔迷住了你。"这是戴老太太的声音，"你跟谁舒舒服服了一夜——早晨起不来？你不知好歹吗，这光景还不叫享福？把你娇惯得。动不动就抹起眼泪来。跟你说，这两天的账就够你还的，看你再跟那些臭婊子来往，就连这光景你也别想过下去，不信你就试试看，我治不了，还有能治你的呢！"

"得啦，妈，不要说人家是婊子，人家是革命的，革——命——的！"这是二嫂的怪腔怪调。桂英在哽咽着。

四

戴家大宅变了。

三十天前，这大宅还遗留着祖传的气息，总像有种陈腐的并且近于阴森的气味弥漫着前院和后院，特别是住人的屋子，每个角落和每件器物，都像在蒸发着使人联想到墓中陈尸的霉臭。可是，从训练班成立，四十来个各乡的妇女涌进写着"迪吉"两个斗大字的红漆大门之后，加上一两次的全体妇女总动员，打扫了脏秽的后院，戴家大宅确是变了；用脚门连着的前后院，不再截然分成两个世界了，两个院子的空气交融起来了；戴家输入了清新的血液，洋溢着新鲜活泼的气氛，笑声可以传到外面的大路上和小巷子里，使行人停住脚步，惊异着戴宅的改变。

但那僵石般顽固的一隅，西厢房却还屹然不动，仍是那么阴森，仍是那么陈腐。

确实屹然不动吗？

在今天差不多近乎辉煌的布置的庭院里，可看到桂英二嫂先是在会场的边缘上徘徊着，终于停在窗下，望着主席台，谛听一个跟自己同样穿着"老百姓"衣裳的婆姨说些她听不懂的话。"哪样的话呀？"她心里想。

二媳妇婆母在屋里面叫："有什么听的？看看脚门开着没有，开着就关上。"

二媳妇从前跟那些怀着忌恨与不了解的人们一样，对女同志有着成见，也顶看不惯她们那身不男不女的列宁装。一直到有次章同志，特别找了个机会，帮她画一副枕头套上出色的大牡丹花样时，才意识到自己和女同志之间的差距不可衡量；女同志有教养的谈吐，高贵的仪态，完全意想不到地吸引了她，不由地对她们滋生了羡慕和尊敬的心情。就是看桂英，也拿一种歉疚的，同时又是不可企及的目光，代替了以前的嫌弃和轻蔑。但她知道公婆未觉察她的这种内心的转化，所以听了婆母的吩咐，便佯作服从，应了一声，离开檐下了。

走到脚门那儿，见到桂英正在脚门外倚着墙角看望前院的大会；不知为什么，她对桂英笑了笑，就把脚门带上了。她并没有离开那里，却转身靠在门框上，望着会场，继续谛听台上讲话。

"嫂！"脚门外桂英低声地叫，"讲的美吧？"

"美！"二嫂答。又问桂英："那块红布上是些什么字？"说着就把门推开个小缝。

"第一期妇女短期训练班毕业庆祝大会。"桂英一个字一个字地念给二嫂听。

"那些都是谁的像？"

桂英从门缝向台上看了看，便告诉二嫂说那书生模样的是毛主席——毛泽东，像洋人样子的是孙中山，大胡子光头的，都是外国人。桂英在那面讲，二嫂就在这面听。虽则半个月来，没有发生过任何芥蒂，妯娌俩却从未有今天这样地和谐过。最后桂英问二嫂道：

"她们讲的你都解得开吗？"

二嫂没答出什么来，脸都红了。

不晓得什么时候，台上换了章同志在讲话了。二嫂回手又把门缝弄大些，有点难为情地说道：

"刚才她说什么妇女也要参政——啥个叫参政？先锋是什么意思？"

"参政就是出头管国家大事，是说咱们老百姓婆姨也要当县长，当区长，当乡长。先锋就是领头，领我们婆姨们要求自由解放，做媳妇的不受公婆丈夫的气……"

"你听，你听！"二嫂打断她的话，又把脚门推开一点，"她好像讲你呢！"

章在讲台上满脸洋溢着兴奋的微笑，语声里充满了趣味，夸扬着说：

"当然啦，大家都很努力，比如张素珍，董春凤，王雅兰，王秀英，刘月清……许多姐妹们都很要强，可是她呢？成天忙，成天忙；全家的饭，一切零活，喂鸡喂猪喂牲口，都是她一个人的事，但她倒抽空学了这么多，这么多！我敢说，你们都敌不过她。"说着就从桌上拿起一张分数单，开始宣读了："政治常识七十分；卫生常识七十八分；识字二百五六十个，比大家识得多，应给一百分；唱歌也能随着，算六十分。平均八十九分——比班里第一名张素珍还多六分呢！……"掌声打断了话，停了停，继续说："同志们！这是难得的，她本该算是我们的同学，但并未进班学习。我们为了表扬，我们决定——县长也同意，赠给她一张最光荣的荣誉学员证书……"

章再也说不下去了。掌声，呼口号声，淹没了她的讲话。

伍从小凳上站起来，兴奋地喊最优等生张素珍作代表，去请桂英来领证书。

二嫂回身就推开了门扇，险些撞倒了桂英，桂英已经退后几步，想逃回她的小屋里去。二嫂赶上去伸手就揪住了她。

"快去，叫你去呢——快去呀！"

桂英的面颜涌满了绯红，用力向后挣，免得要哭出来；趁二嫂缓一缓手的当儿，便挣脱开，飞也似的跑走了。

当代表的张素珍愣在那里像个傻子。伍同志自己冲进后院去，不一刻便拖出那已满脸是泪的桂英。

掌声响雷般地爆发了，好久也不停止。

接过证书，有人就提议叫她们的"荣誉同学"上台讲话。

由伍同志的再三劝慰，桂英才以出嫁上花轿的心情走上了主席台。

桂英头也不抬，带着震颤的声音开始说了：

"我什么也不要……"

停了半天，台下没一个声响。

"我说心里话，我要……"

桂英抬头看了看西厢房；人们都睁大了眼睛，屏着呼吸，等她最末的，也是唯一的一句话。桂英又望了望台下，又低下头去，拿袖头揩起眼睛来，终于在台上呜咽起来。她迸出了从前说不出也不会说，许多人不会说也说不出来的要求来：

"我……我也要自由。"

呆立在脚门那里的二嫂，眼睛也湿润了。

五

次日。训练班的姐妹们开始分散到各乡去工作。直到下午，才送走最后两位距城较近的姐妹。随后，章、伍两同志去向房主人告别。

她们不免讲了些客气话，觉得很对不起，打搅了一个多月，以后还希望房东更多地帮忙。

红漆大门上既然悬着"急公好义"和"积善之家"两牌辉煌的匾额，在房主人的谈风中露着"当仁不让"的神气，即一定是自然的事；但这却逃不过章的那双犀利的眼睛。在她看，那满口的漂亮话，不过是些油腔滑调，在虚饰着掩藏不住的粗鄙和奸陷，陈腐和狡狯；而这些恶德，显然已没有它坚固的基石了——它经不住手掌的一劈甚至手指的一点就会坍塌下来的。由于这样的估计，就设想她们的"荣誉学员"今后命运的好转。她想如果眼前这位土劣稍为聪明一点的话，便会听懂他们今天临走时指点给她的是什么意思。章这样想着，便捡了一些可以击中对方要害的话语，采取攻势说：

"是的，久仰贵府的声名，百里内无不景慕；我们刚做妇运工作，就遇上您这么热心的人，得到贵府许多物质上实际的帮助，使我们能够完成初步的工作。可惜得很，贵府的两位少奶奶，没得……"

话被对方好像早已准备好的剧烈的咳嗽声打断了。

"二媳妇！"戴老太太命令道，"倒茶，给两位。"

"不要麻烦！"章同志觉察对方的神气是蓄意要反击，便抬高了声音，逼视着对方的五十几岁却没有胡须的烟灰脸，威胁地说：

"比如，对待她们也不妨考虑考虑，'多年媳妇熬成婆'什么的，都该算句古话了；叫年轻轻的这一代也还那样活法吗？戴老先生！"更紧逼着说下去，"听说你们戴府很有些了不得的王法……"

"谁说的？谁说的？"戴老头子粗厉地插问道。

"你也该擦亮了眼睛，"章没理他，继续自己的话，"看看这是什么地方，什么年月；女人们也会开口了，社会也会帮她们说话的。可真不是前几个月你们这些……"

"嘎——吐！"从烟灰脸上射出一团什么东西，落在门旁，啪的一声，说明厌恶。

"走吧！"伍同志不耐烦了，拉一拉章的袖子。

章没有动，想了想，把声调放缓和些，接着说："特别对待桂英嫂，打啦骂啦的总是不太好——和和气气地过光景不更好吗？戴老先生，这是我们的一点意见，见到了也就说出来了，请不要见怪。"

"领教，领教！"烟灰脸笑了，"自然听从你们的高见……嗯，不多坐会吗？"

"好啦，再见！我们还是搬回县政府，有机会再多谈。"

退出西厢房，憋了半天的伍同志深深地呼吸了一口，迈进东厢房就骂上了：

"这个老顽固！我那时若是嫁到戴家来，气也就早气死了。怎么？"她问章道，"就走么！"

"你还想你那个主意吗？"章说，"我看，也不敢再虐待她啦；而且，现在已有了二嫂这位同情者。"

"也说不定，章大姐，怕你听都没听过，这地方没经过一次很好的改革，待女人还是老套，这地方又落后，特别戴家又有什么王法……"

"但是，"章插道，"你该看具体环境呵。他们老二当过联保主任，在地方上很有些势力，虽然逃跑了，他老子留在县城里还有他的作用。固然我们并不怕他有任何反动企图，但主要还是设法争取——你能说当地的士绅不是一种力量吗！虽然他们老二老三都是坏东西，仍旧反对我们，但是戴老头子还是不可放弃的。若照你的说法，把桂英硬带走，我想事情就要糟了，为了整个工作着想，你呀，小伍，还是忍耐一些为好。而且她自己也没明白地提出要离开戴家。"

"她说啦，她说要自由！"伍激动着。

"要自由，是好，那么就仅为一点不和睦，就……你就提出离开吗？你和你的老公不也常吵吗？"

"气死人！"伍气恼着说，"桂英那家伙也真没出息，问她有什么委屈，她也不说，只是哭——真的，要有充分的理由才好呢？"

"而且，还得她自己说呀，你小伍编造也是不行呵。"

"得啦，别说啦！"伍同志的脸色阴沉了。搬起行李就走出去。她眷恋地瞥了脚门一眼，脚门不知什么时候已经上了锁。伍默默走出院外。

"自由，解放，好，倒给囚起来了！"伍自语着。

章随后跟来，想说什么，却又默然了。

见她们都走了，戴老太太就狠狠地把大门关上，回到庭院里，自己一个人撒起泼来。骂道：

"不要脸的烂婊子们，跑我们戴家骚情来啦，等明儿一个个都烂死你们。二媳妇！"她命令着，递过一把钥匙来，"去，把脚门开开！"

二媳妇没有听见；她动着嘴唇在念什么，眼睛望着训练班贴在墙上的标语。

老太太对二媳妇也急上了：

"愣在那儿想什么哪，我的老娘！"

六

锁子开开了。戴老太太亲自到外面去巡察。

现在可该她舒服地喘口气了。她觉得桂英有那些"婊子们"给撑腰，这些天，在日常活计中常发生的差错，都是对老两口有意地反抗；尤其是儿媳的眼泪更是对她一种了不得的压力，甚至凌驾于婆母之上了，"戴家没有王法啦！"她想，"今儿看你老娘的手段吧！"

后院里，她并没有看见炊烟。家禽家畜集拢到草棚的里外，正在撒了满地的面粉、麦子和麸子面上践踏着，贪婪地在啄在嚼，没谁管。

老太太气得几乎昏厥了。

她并未立刻走进小屋子里去揪打桂英，却退出了后院，到西厢房的窗下叫道：

"你快出来呀，看看后院糟蹋成什么了！不着实收拾收拾她几回，连天都给闹翻了。快来，快出来呀！"

"什么？那个死东西怎么？"

"看一看就知道了。"

二媳妇手中的活计滑到地下，惊异地望着公婆的两张可怕的脸色，心里像在敲大鼓。她想叫住公婆，却未叫出来，她的舌头打了结——她也怕公婆了。

老两口子的眼睛都冒着火，一直冲进后院那间暗暗的小屋里去。

没见桂英。

木箱上写着这么几个粉笔字：

　　二嫂，我不恨你了。希望你加紧学习。我走了。

桂英留

箱子上放着那张"荣誉学员证书"，证书上边写着铅笔字：

"送给亲爱的二嫂!"

"他妈的!"老头子狠狠地骂了一句,咬着下唇,离开了小屋。老太太不知所以地跟在后面。

他们发现在小屋的石檐和东墙上,搭着一块木板。

桂英是在前院正忙乱,脚门下了锁后,从从容容地跳出墙外的。

"逃走了!"老头子咬着牙说,想了想,就一直扑到桂英的娘家里去。

也不见桂英。找她老娘,也不在——说是不晓得为什么,县政府来人把她老请去了。

"死鬼一定也在那里,嗯——"老头迟疑了一下,便威风地说:"好好,我正要找他们呢!"

听见的人不懂"他们"是指着谁,但都看出戴老头子冒了火,要和"他们"拼一下。

到县政府,老头子被请进去了。一个房间里已挤满了人,在一支红蜡烛的光焰下,他首先看到桂英和她老娘的两张脸。桂英的脸色像静止的死水一样冷漠而寂寥。靠南墙,一条长板凳上坐了几个同志,他们站起来让座位给他。地当中,横放着的长桌旁坐着一个三十多岁的男同志,他是县政府里的裁判员。其余的二三十人都是旁听的。望着戴老头子的眼光里好像在说同样的话:"呵,戴百万,我们是瞧热闹的!"

这并不是一场诉讼,裁判员也是以调解人的资格出来说话。他以为,桂英应由戴家领回,如果再发生什么事情,桂英可以来县政府告发。

还没等裁判员把话说完,伍便插嘴道:

"来县政府，来县政府；难道还叫她跳一次墙么？"

章拦住了她，叫她别作声："桂英已经在眼前了，还用焦急什么呢？"

"我说伍同志，你对我也不要成见太深，说话要按实情！"戴老头子盛气凌人地说，"我戴旭祖不是那种损阴德的人，谁不晓得我戴旭祖？请大家不要听一面之词，要说良心话。"

有谁冷笑了一声，戴老头子在人堆里用眼睛寻找，他看见那些人都是当地老百姓。

"我戴旭祖……咳，咳！"他用咳嗽表示他的身份，"你们都认得的……至于桂英，她从家里跑出来，那也是一时的糊涂，怕不是自己的意思吧。……咳……"

他那巡游着的视线落在女同志的身上，碰见了她们锐利的目光，复又折到旁听的一群里。在那里，他想发现以往享受惯了的那些听见他的语声咳嗽声便肃然起敬的脸面，想遇到谄谀而驯服的眼光的接待——但没有。老头子的语声转温和了。仿佛真是很诚恳似的，他说明着：如果桂英能回心转意，回家好好过光景，还是戴家的好媳妇。他又再三地说，他本来就把桂英当亲女儿看待的。

"这些话我可听惯了！"桂英的娘突然抢着说道，"我孩子你买去后，我竟听你说这些甜嘴麻舌的话；可你怎么不叫我桂英回我家住上几天，叫我们娘儿俩亲热亲热！原来呀，你戴百万是个狼心狗肺的……"

"呵！你，你，你，你凭啥开口骂人？我有什么对不起你女儿的地方？你说呀？"戴老头子暴躁地嚷叫着。

"咦？你还想瞒哪！"桂英的娘当众撩开了女儿的上衣，露出紫痕斑斑的下肋和脊背来。她指点着那些伤疤哭声说道："大家看呀!"听众骚动了,互相低语着。她逼视着戴老头子说道:"你怎么下得这毒手?皮鞭抽还不解恨,竟想出拿炭烧的王法来!她是人哪,我的戴百万,我的戴大善人!你怎么能下这毒手?桂英,"她拉过女儿的手,摆动了一下,"你说给大家听听!"

桂英没开口。在闪动的烛光中,可看到她那微肿的眼皮里面,逗留着抑制住的泪珠。

"小英,你说,像刚才你跟我跟同志们说的那样,说给大家听听,孩子。"老娘抚着女儿的肩膀,眼泪串珠似的坠落下来,"孩子别怕,这不是戴家了,这有这么多人给你做主。"

"桂英她难过,别叫她说了。"听众中间一个老人说:"这事除了你,全城没有人不知道。那是前年的事,有一次,那是几月? ……我想不起,那时……"

老人没说完,别人接上了——听众都想做证人,证明桂英的伤是怎样得来的。

前年夏天,大家都记得很清楚。一个晚上人们和往日一样,到外面去遛遛街,听听唱"高腔"。但最后都集中在一个小巷子里了。人们在小巷子里静静地倾听着,互相用眼睛命令对方,不要弄出一点声音来。人们联想到近来街前街后的传说:说是月黑夜路过这条小巷子得有些胆量,因为墙里面时常闹鬼,尤其在暗夜里。今晚就没有月亮,许多人就是仗着人多胆壮,来听墙里面闹鬼的。但人们终归并未听见鬼哭,而是人哭。他们看到墙里面那棵老槐树上闪着灯影和人影,他们同时就听见女人的一声尖叫,接着便是一阵寂静。过一刻光景,就听见了喷水声,并又听见女人的病弱的呻吟。这样一直反复了三两次,才最后留下还没死去的女人独自在后院无力地哭泣着。从此,就有了新的传说:有的说戴家出了个"炒面神",想占三媳妇的便宜,却没占着,就拿家里丢失了米面做借口,向儿媳妇报复。有的就说戴家家法严,三媳妇一定有什么不好,才挨这样的拷打的。

传说虽不一样,桂英遭了一次酷刑却都知道,这点是不容戴老头子的辩白了。特别是第一个开口的老人频频地补充说:

"这是我们亲自听见的,亲自听见的!听见你跟你三儿子折磨桂英她一个人——你拍拍良心吧!暗室亏心,神目如电哪!"

大家的话封住了戴老头子的嘴;他企图转移大家的词锋,却始终未说出适当的并且理由充足的辩词;只得把两手袖起来,不看这也不看那,光盯着红蜡烛的灯光,做着"随你们讲吧!"那种满不在乎的神气;问他,他也只是手足无措地连连地说:

"好好的,随你们,随你们——我没啥说的。"

"没什么说的?"桂英的娘高声嚷道,"难道这就算完事了吗?从前,你有钱又有势,我们穷人不敢怠慢你,要买桂英,我也没说的。后来,有人就在我眼前说闲话,我这样想:'泼出门的水,嫁出门的女',人家说啥闲话也得听着。这刻呀,哼!……"

说着就向戴老头子怀中撞去,她要用手抓他,用牙咬他。人们忙去劝住了她,她踩着脚,变了声音地喊道:

"离婚!离婚!我小英不跟你儿子过光景了。儿子当土匪,老子就……你们戴家是一家子畜生。啐!"她用全力向戴老头子唾了一口,吐沫星子像雾似的散开,落下。

裁判员说话了。他委婉地做个结论。

因为戴的儿子,自从去年年底离开县城后,就啸聚了些当地的地痞流氓,配合那伙在邻县骚扰了多年的"土皇上"赵老五,进行攻打这新的地区,并经常个别出来暗杀这方面的工作人员;

所有这些已在捕获的暗杀队员口中供了出来。戴百万的儿子——三个月前的联保主任——现在已经充当了暗杀队长，他三弟也做着同样的工作，自然就没有做边区公民的资格。至于桂英，虽是单方面提出离婚，没问题，政府是许可的。戴老先生虐待儿媳，自然是和边区的法令有抵触，政府认为那最残酷的一次，已成过去，不咎既往，只希望戴家将来不再发生同样的事。

纠纷就这样解决了。人们散开。

伍同志，桂英，桂英娘，由于激动，都无言地含泪相觑着。经章同志笑着提醒了她们，伍同志才首先迸发了笑，桂英和她娘也随着笑了。在桂英那仅有的笑声里，都夹着禁不住的哭声。他们笑着回到女宿舍去了。

戴老头子第一次低着头离开县政府，直到走回他自己的大宅时，才抬起头；看一眼在星火下微微显露着金字的匾额，深深地叹口气，走进院里去。戴老太太迎上来问道：

"怎么样？"

"死啦，他妈的！"

七

"等明儿，好好地换一套军装，也就跟女同志一个样了。"伍拿起剪子剪着指甲，试试是否锋利，边说着。

"哎呀，伍同志，我怎么能赶上你们呢？"桂英坐在凳上，已经解开了发髻。

"我要剪啦！"

没等桂英回答，一缕缕的长发已经递在桂英的手里。

"我从前也跟你一样呢，看不起自己；可是人家说：'参加了'那就是了不得呢。"伍又递给桂英一缕头发，"并且，县长说，既然顶数你学得好，工作也应该给你个比较重要的，比如妇女主任什么的。"

"妇女主任？"桂英一怔。

"嗯，妇女主任！……可是你妈不是说再给你寻一个……"

"去！伍同志！"桂英微愠地说，"县长真那样说过吗？"

"县长也是听我们的意见呢。"

"你们真是的，我会个啥？"

两人边谈边剪，理齐了长短发丝后，伍递过一面镜子来。桂英接过镜子，手里的长发丝就都散落到地上、脚上，一丝两丝挂在衣裤的补丁边缘上。

桂英照一照镜子，她看不见自己，镜里是模糊的，便揩了揩濡湿的眼睛。

"桂英，该痛快一下了——还流什么泪呢？"

"对啦，当了先锋，可不能再哭了。"桂英想着，端详一下镜子里面的自己。

她笑了。

陡然地，她好像想起了什么，桂英问伍同志道：

"可是二嫂呢？"

"别忙呀，她慢慢也会来的。"

一九四〇年九月二十四日

——本篇取材于一九四〇年陕甘宁边区陇东地区

与国统区紧邻的一个县城

在医院中

丁玲

【关于作家】

丁玲（1904—1986），原名蒋伟，字冰之，笔名有彬芷、从喧等，湖南临澧人。丁玲1922年到上海，先后进入陈独秀、李达创办的平民女校和共产党创办的上海大学中文系学习，还曾在北京大学旁听文学课程。1927年，处女作《梦珂》在《小说月报》上发表，引起关注。1928年发表的《莎菲女士的日记》受到普遍赞誉。1929年与胡也频、沈从文合办《红黑》杂志，后来发表了《水》《母亲》和《一个人的诞生》等作品。在延安期间，丁玲曾任中国文艺协会主任、中央警卫团政治部副主任、陕甘宁边区文协副主任等职，主编过《解放日报》文艺副刊。其代表作还有小说《我在霞村的时候》《在医院中》和随笔《三八节有感》，并于1948年完成长篇小说《太阳照在桑干河上》。

【关于作品】

1941年11月15日，本篇小说首发于《谷雨》创刊号，当时的标题是《在医院中时》。次年更名为《在医院中》，于1942年发表在茅盾主编的《文艺阵地》（重庆）上。

这是一部反省知识分子如何才能在实际工作中守住自我、不断成长的作品。陆萍毕业于上海产科学校，"八一三"事变时，她曾在伤病院里服务。后来到延安，进入抗大，加入了中国共产党。她希望从事政治工作，组织则安排她到一座刚刚建成的医院工作。她克服了个人意志，服从了工作安排。她被安置在阴暗潮湿的窑洞，床铺简陋，老鼠恣肆，对面牛棚里的牛不断制造噪音……她竭力地适应客观条件。但是，她觉得自己与周围的人和事却有些格格不入。工农出身的院长，不懂得尊重人才，不懂科学管理；化验室的林莎，用一种敌意的眼光打量她；张芳子平日里浑浑噩噩，是一个"没有骨头"的人；王俊华医生带有教会女人的气息，总用居高临下的仁慈眼光看世界；看护们没有学习业务的兴趣，惯于飞短流长。在陆萍眼中，周围的人庸俗、冷漠、自私、苟且，带有小生产者的种种陋习。即便如此，她不怕脏，不怕累，以专业的要求护理病人，以极大的热情学习专业。为了精进技术，郑鹏大夫做大手术的时候她都到手术室里学习。但是，她不能容忍对工作的敷衍和管理的疏漏，总是予以不妥协的斗争。比如院长为了省几十块钱，不为手术室配置火炉，只烧几盆炭火，结果致使黎涯和陆萍中毒，类似的事情让她非常愤慨。她保持着正直的人格，"她不懂得观察别人的颜色，把很多人不敢讲的，不愿讲的，都讲出来了"。这样的生活姿态却导致流言蜚语扑面而来。困惑之际，一位因医疗事故而被误截双腿的老战士，以最为宽容的胸怀，告诉她既要"千锤百炼而不消融"，又要学会与有缺点的社会共处。初春，她被派出学习，开始了新的征程。

这个作品让人想起王蒙的《组织部来了个年轻人》，两部作品可以对照阅读。

一

十二月里的末尾，下过了第一场雪，小河大河都结了冰，风从收获了的山岗上吹来，刮着拦牲口的篷顶上的苇秆，呜呜地叫着，又迈步到沟底下去了。草丛里藏着的野雉，便唰唰地整着翅子，更钻进那些石缝或是土窟洞里去。白天的阳光，照射在那些冰冻了的牛马粪堆上，蒸发出一股难闻的气味。几个无力的苍蝇在那里打旋，可是黄昏很快地就罩下来了，苍茫地、凉幽幽地从远远的山岗上，从刚刚可以看见的天际边，无声地、四面八方地靠近来，鸟鹊都打着寒战，狗也夹紧了尾巴。人们便都回到他们的家：那唯一的藏身的窑洞里去了。

那天，正是这时候，一个穿灰色棉军服的年轻女子，跟在一个披一件羊皮大衣的汉子后面，从沟底下的路上走来。这女子的身段很伶巧，又穿着男子的衣服，简直就像一个未成年的孩子似的，她在有意地做出一副高兴的神气，睁着两颗圆的黑的小眼，欣喜地探照荒凉的四周。

"我是没有什么工作经验的，将来麻烦你的时候一定很多，总请你帮忙才好啦，李科长！你是老革命，鄂豫皖来的吧？"

她现在很惯于用这种声调了，她以为不管到什么机关去，总得先同这些事务工作人员弄好。在学校的时候，每逢到厨房打水，到收发科取信，上灯油，拿炭，就总是拿出这么一副讨好的声音，可是倒并不显得卑屈，只见其轻松的。

走在前边的李管理科长，有着一般的管理科长不疾不徐的风度，俨然将军似的披着一件老羊皮大衣。他们在有的时候显得很笨，有时却很聪明。他们会使用军队里最粗野的骂人术语，当勤务员犯了错误的时候，他们也会很微妙地送一点鸡、鸡蛋、南瓜子给秘书长，或者主任。这并不要紧，因为只由于他的群众工作好，不会有其他什么嫌疑的。

他们从那边山腰又转到这边山腰，在沟里边一望，曾闪过白衣的人影，于是那年轻女子便大大地吁了一口气，像特意要安慰自己说："多么幽静的养病的所在啊！"

她不敢把太愉快的理想安置得太多，却也不敢把生活想得太坏，失望和颓丧都是她所怕的，所以不管遇着怎样的环境，她都好好地替它做一个宽容的恰当的解释。仅仅在这一下午，她就总是这么一副恍恍惚惚，却又装得很定心的样子。

跟在管理科长的后边，走进一个院子，而且走进一个窑洞：这就是她要住下来的。这简直与她的希望相反，这间窑绝不会很小，绝不会有充足的阳光，一定还很潮湿。当她一置身在空阔的窑中时，便感觉在身体的四周，有一种怕人的冷气袭来，薄弱的、黄昏的阳光照在那黑的土墙上，浮着一层凄惨的寂寞的光，人就像处在一个幽暗的，却是半透明的那么一个世界，与现世脱离了似的。

她看见她的小皮箱和铺盖卷已经孤零零地放在那冷地上。

这李科长是一个好心的管理科长，他在动手替她把那四根柴柱支着的铺整理起来了。

"你的被这样的薄！"他抖着那薄饼似的被子时不禁忍不住地

叫起来。队伍里像这样薄的被子也不多见的。

她回顾了这大窑，心也不觉地有些忐忑，但她是不愿向人要东西的，她说："我不大怕冷。"

在她的铺的对面，已经有一个铺得很好的铺，他告诉她那是住着一个姓张的医生的老婆，是一个看护。于是她的安静的、清洁的、有条理的独居的生活的梦想又破灭了。但她却勉强地安慰自己："住在这样大的一间窑里，是应该有个伴的。"

那位管理科长不知怎样一搞，床却碎在地下了。他便匆匆地走了，大约是找斧子去的吧。

这年轻女子便蹲在地上将这解体的床铺再支起来，她找寻着可以使用的工具，她看见靠窗户放有一张旧的白木桌。假如不靠着什么那桌子是站不住的，桌子旁边随便地躺着两张凳子。这新办不久的医院里的家具，也似乎是从四方搜罗来的残废者啊！

用什么方法可以打发走这目前的无聊的时光呢，那管理科长又没有来？她只好踱到院子里去。院子里的一个粪堆和一个草堆连接起来了，简直没有插足的地方。两个女人跪在草堆里，浑身都是草屑，一个掌着铡刀，一个把着草束，专心地铡着，而且拨弄那些切碎了的草。

她站在她们旁边，看了一会儿，和气地问道："老乡！吃过了没有？"

"没做啦！"于是她们停住了手的动作，好奇地，呆呆地来打量她，一个女人就说了："呵！又是来养娃娃的啊！"她一头剪短了的头发乱蓬得像个孵蛋的母鸡尾巴。而从那头杂乱得像茅草的发中，露出一块破布片似的苍白的脸，和两个大而无神的眼睛。

"不，我不是来养娃娃的，是来接娃娃的。"在没有结过婚的女子一听到什么养娃娃的话，如同吃了一个苍蝇似的心里涌起了欲吐的嫌厌。

在朝东那面的三个窑里，已经透出微弱的淡黄色的灯光。有初生婴儿的啼哭。这是她曾熟悉过的一种多么夹着温柔和安慰的小小生命的呼唤啊！这呱呱的声音带了无限的新鲜来到她胸怀，她不禁微微开了嘴，舒展了眉头，向那有着灯光的屋子里，投去一缕甜适的爱抚："明天，明天我要开始了！"

再绕到外边时，暮色更低地压下来了。沟底下的树丛成了模糊的一片。远远的半山中穿着一条灰色的带子，晚霞在那里飘荡。虽说没有多大的风，空气却刺骨的寒冷。她只好又走回来，惊奇地跑回已经有了灯光的自己的住处。管理科长什么时候走回来的呢？她的铺也许弄妥当了。她到屋里时，却只见一个穿黑衣的女同志端坐在那已有的铺上，就着一盏麻油灯整理着一双鞋面，那麻油灯放在两张重叠起来的凳上。

"你是新来的医生，陆萍吗？"当她问她的时候，就像一个天天见惯了的人似的那么坦直和自然，随便地投来了一瞥，又去弄她的鞋面去了，还继续地哼着一个不知名的小调。

她一点也没有注意从这新来的陆萍那里送来了如何的高兴。她只用平淡的节省的字眼在回答她。她好像一个老旅行者，在她的床的对面，多睡一个人或少睡一个人或更换一个人都是一样，没有什么可以引起波动的。她把鞋面翻看了一回之后，便把铺摊开了。却又不睡，只坐在被子里，靠着墙，唱着一个陕北小调。

陆萍又去把那几根柴柱拿来敲敲打打，怎么也安置不好，她只好把铺开在地上，决心熬过这一夜。她又坐在被子里，无所谓地把那个张医生的老婆打量起来。

她不是很美丽吗？她有一个端正的头型，黑的发不多也不少，五官都很均正，脖项和肩胛也很适衬，也许是宜于移在画布上去的线条，可是她仿佛没有感情，既不温柔，也不凶暴，既不显得聪明，又不见得愚蠢，她答应她一些话语，也述说过，也反问过她，可是你是无法窥测出她是喜悦呢，还是厌憎。

忽然那看护像被什么针刺了似的，陡地从被子里跳出来了，一直冲了出去。陆萍听见她推开了间壁老百姓的门，一边说着些什么，带着高兴地走了进去，那曾因她跑走时鼓起一阵风的被子，有大半拖在地上。

现在又只剩陆萍一个人。被子老裹不严，灯因为没有油只剩一点点凄惨的光。老鼠出来了，先是在对面床底下，后来竟跳到她的被子上来了。她蜷卧在被子里，也不敢脱衣裳，寒冷不容易使人睡着。她不能不想到许多事，仅仅这一下午所碰到的也就够她去消磨这深夜的时候了。她竭力安慰自己，鼓励自己，骂自己，又替自己建筑着新的希望的楼阁，努力使自己在这楼阁中睡去，可是窑对面牛棚里的牛，不断地嚼着草根，还常常用蹄子踢着什么。她再张开眼时，房子里已经漆黑，灯不知在什么时候已经熄灭，老鼠更勇敢地迈过她的头。

很久之后，才听到间壁的窑门又开了。医生的老婆便风云叱咤地一路走回来，门大声地响着，碰倒了一张凳子，又踩住了自己的被子，于是她大声地骂："狗×的，×他奶奶的管理员，给这么一滴儿油，一点便黑了，真他妈拉格×！"她一连串地熟悉地骂那些极其粗鲁的话，她向那些粗人学得很好，不过即使她这么骂着的时候，也看不出她有多大的憎恨，或是显得猥亵。

陆萍这时一声也不响，她从嘴唇的动弹中辨别出她适才一定吃过什么很满意的东西了。那看护摸上床之后，头一着枕，便响起很匀称的鼾声。

二

陆萍是上海一个产科学校毕业的学生，专业是依照她父亲的意思，才进去两年，她自己就感到她是不适宜于做一个产科医生。她对于文学书籍更感兴趣，她有时甚至讨厌一切医生，但在产校仍整整住了 4 年。"八一三"的炮火把她投进了战争，她到伤兵医院去服务，耐心地为他们洗换，替他们写信给家里，常常为了一点点的需索奔走。她像一个母亲一个情人似的看护着他们。他们也把她当着一个母亲一个情人似的依靠着。他们伤好了，她为他们愉快。可是他们走了，有的向她说了声再会，也有来一封道谢的信，可是也就不会再有消息。她便悄悄地拿回那寂寞的感情，再投到新来的伤兵身上。这样的流动生活，几乎消磨了一整年，她受了很多的苦，辗转地跑到了延安，做了抗大的学生。她自己感觉到在内在的什么地方有些改变，她用心啃着从未接触过的一些书籍，学着在很多人面前发言。她仿佛看见了自己的将来，一定是以一个活跃的政治工作者的面目出现。她很年轻，才 20 岁，自恃着聪明，她满意这生活，和这生活的道路。她不会浪费她的时间，和没有报酬的感情。在抗大又住了一年，她成了一个共产党员。这时政治处的主任找她谈话了，为了党的需要，她必须脱离学习到离延安 40 里地的一个刚开办的医院去工作，而且医务工作应该成为她终身对党的贡献的事业。她声辩过，说她的性格不合，她可以从事更重要的或更不重要的，甚至她流泪了。但这些理由不能够动摇那主任的决心，就是不能推翻决议，除了服从没有旁的办法。支部书记也来找她谈话，小组长成天盯着她谈。她讨厌那一套，那些理由她全懂。事实是她要割断这一年来她所憧憬的光明前途，重回到旧有的生活。她很明白，她绝不会成为一个了不起的医生，她不过是一个很普通的助产婆，有没有都没有什么关系。她是一个富于幻想的人，而且有能耐去打开她生活的局面。可是"党"，"党的需要"的铁箍套在头上，她能违抗党的命令吗？能不顾这铁箍吗，这由她自己套上来的铁箍？她只有去，但她却说只去一年。她打扫了心情，用愉快的调子去迎接该到来的生活，伊里奇不说过吗，"不愉快只是生活的耻辱"，于是她到医院来了。

院长是一个四川人，种田的出身，后来参加了革命，在军队里工作了很久。对医务完全是外行。他以一种对女同志并不需要尊敬和客气的态度接见陆萍，像看一张买草料的收据那样懒洋洋的神气读了她的介绍信，又盯着她瞪了一眼："唔，很好！留在这里吧。"他很忙，不能同她多谈。对面屋子里住的有指导员，她可以去找他。于是他不再望她了，端坐在那里，也并不动手做别的事。

指导员黄守荣同志，一副八路军里青年队队长的神气，很谨慎，很爱说话，衣服穿得很整齐，表现出一股很朴实很幼稚的热情。有点羞涩，却又企图装得大方。

他告诉她这里的困难，第一，没有钱；第二，刚搬来，群众工作还不好，动员难；第三，医生太少，而且几个负责些的都是外边刚来的，不好对付。

把过去的历史、做过连指导员的事也同她说了。他是多么想到连上去啊!

从指导员房里出来之后,在一个下午还遇了几个有关系的同事。那化验室的林莎,在用一种怎样敌意的眼睛来望她。林莎有一对细的弯的长眼,笑起来的时候眯成一条半圆形的线,两角往下垂,眼皮微微肿起,露出细细的引逗人的光辉,好似在等着什么爱抚,好似在问人:"你看,我还不够漂亮吗?"可是她对着刚来的陆萍,眼睛只显出一种不屑的神气:"哼!什么地方来的这产婆,看那寒酸样子!"她的脸有很多的变化,有时像一朵微笑的花,有时像深夜的寒星。她的步法非常停当,用很慢的调子说话,这种沉重又显得柔媚,又显得傲慢。

陆萍只憨憨地对她笑,心里想:"我会怕你什么呢,你用什么来向我骄傲?我会让你认识我。"她既然有了这样的信心,她就要做到。

又碰到一个在抗大的同学,张芳子,她在这里做文化教员。这个常常喜欢在人面前唱唱歌的人,本来就未引起过她的好感的。这是一个最会糊糊涂涂地懒惰地打发去每一个日子的人。她有着很温柔的性格,不管伸来怎样的臂膀,她都不忍心拒绝,可是她却很少朋友。这并不由于她有什么孤僻的性格,只不过因为她像一个没有骨头的人,烂棉花似的没有弹性,不能把别人的兴趣绊住。陆萍在刚看见她时,还涌起一阵欢喜,可是再看看她那庸俗平板的脸孔时,心就像沉在海底下似的那么平稳,那么凉。

她又去拜访了产科主任王梭华医生,他有一位浑身都是教会女人气味的太太——她是小儿科医生。她总用着白种人看有色人种的眼光来看一切,像一个受惩的仙子下临凡世,又显得慈悲,又显得委屈。只有她丈夫给了陆萍最好的印象,这是一个有绅士风度的中年男子，面孔红润，声音响亮，时时保持住一种事务上的心满意足。虽说她看得出他只不过是一种资产阶级所惯有的虚伪的应付，然而却有精神，对工作热情。她并不喜欢这种人，也不需要这种人做朋友，可是在工作上她是乐意和这人合作的。她不敢在那里坐很久，那位冷冷地坐在侧边的夫人总使她害怕，即使在她和气和做得很明朗的气氛之下，她也感到有一种说不出的压抑。

不管这种种的现象，曾给予她多少不安和彷徨，然而在睡过一夜之后，她都把它像衫袖上的尘土抖掉了。她理性地批判了那一切。她非常有元气地跳了起来，她自己觉得她有太多的精力，她能担当一切。她说，让新的生活好好地开始吧。

三

每天把早饭一吃过，只要没有特别的事故，她可以不等主任医生，就轮流到五间产科病室去查看。这儿大半是陕北妇女，和很少的几个××，××或××的学生。她们都很欢迎她，每个人都用担心的、谨慎的眼睛来望她，亲热地喊着她的名字，琐碎地提出许多关于病症的问题，有时还在她面前发着小小的脾气、女人的爱娇。每个人的希望都寄托在她的身上。像这样的情形在刚开始，也许可以给人一些兴奋和安慰。可是日子长了，天天是这样，而且她们并不听她的话。她们好像很怕生病，却不爱干净，常常使用没有消毒过的纸，不让看护洗濯，生产还不到三天就悄悄爬起来自己去上厕所，甚至她们还很顽固。实际她们都是做了母亲的人，却要别人把她们当作小孩子看待，每天重复着那些叮咛的话，有时也得假装生气。但结果房子里仍旧很脏，做勤务工作的看护没有受过教育，什么东西都塞在屋角里。洗衣员几天不来，院子里四处都看得见用过的棉花和纱布，养育着几个不死的苍蝇。她没办法，只好戴上口罩，用毛巾缠着头，拿一把大扫帚去扫院子。一些病员、老百姓，连看护在内都围着看她。不一会儿，她们又把院子弄成原来的样子了，谁也不会感觉到有什么抱歉。

除了这位张医生的老婆之外，还有一位不知是哪个机关的总务处长的老婆也在这里。她们都是产科室的看护，学了三个月看护知识，可以认几十个字，记得十几个中国药名。她们对看护工作既没有兴趣，也没有认识。可是她们不能不工作。新的恐慌在增加着。从外面来了一批又一批的女学生，离婚的案件经常被提出。自然这里面也不缺少真正有觉悟，愿意刻苦一点，向着独立做人的方向走的妇女，不过大半仍是又惊惶，又懵懂。这两位夫人，尤其是那位已经二十六七岁的总务处长的夫人摆着十足的架子，穿着自制的中山装，在稀疏的黄发上束上一根处女带，自以为漂亮，骄傲地凸出肚皮在院子里摆来摆去。她们毫无服务的精神，又懒又脏，只有时对于鞋袜的缝补、衣服的浆洗才表示兴趣。她不得不催促她们，催促不成就只好代替；为了不放心，她得守着她们消毒，替孩子们洗换衣物，做棉花球、卷纱布。为了不愿病人产妇多受苦痛，便自己去替几个开刀了的、发炎的换药。这种成为习惯的道德心，虽不时髦，为许多人看不起，而她却在很小的时候就已经养成。

一到下午，她就变得愉快些，这是说当没有产妇临产而比较空闲的时候。她去参加一些会议，提出她在头天夜晚草拟的一些意见书。她有足够的热情和很少的世故。她陈述着、辩论着、倾吐着她成天所见到的一些不合理的事。她不懂得观察别人的颜色，把很多人不敢讲的、不愿讲的都讲出来了。她得到过一些拥护，常常有些医生、有些看护来看她，找她谈话；尤其是病员，病员们也听说了她常常为了他们的生活管理和医疗的改善与很多人发生冲突，他们都很同情她；但她已经成为医院里小小的怪人，被大多数人用异样的眼睛在看着。

其实她的意见已被大家承认是很好的，也绝不是完全行不通，不过太新奇了，对于已成为惯例的生活就太显得不平凡。但作为反对她的主要理由便是没有人力和物力。

而她呢，她不管，只要有人一走进产科室，她便会指点着："你看，家具是这样的坏。这根唯一的注射针已经弯了，医生和院长都说要学着使用弯针；橡皮手套破了不讲它，不容易补；可是多用两三斤炭是不可以的，这房子这样冷，如何适合于产妇和新生婴儿……"她带着人去巡视病房，要让人知道没有受过职业训练的看护是不行的。她形容这些病员的生活简直像受罪。她替她们要求清洁的被褥，暖和的住室，滋补的营养，有次序的生活。她替她们要图画、书报，要有不拘形式的座谈会和小型的娱乐晚会……

听的人都很有兴趣地听她讲述，然而除了笑一笑以外再没有什么。

然而也绝不是毫无支持，她有了两个朋友。她和黎涯在很融洽的第一次的接谈中便结下了坚固的友谊。这位在外科室做助手的同属于南方的姑娘，显得比她结实、单纯、老练。她们两人谈过去、现在、将来，尤其是将来。她们织着同样的美丽的幻想。

她们评鉴着在医院的一切人。她们奇怪为什么有那么多的想法都会一样，她们也不去思索，便又谈下去了。

除了黎涯之外，还有一位常常写点短篇小说或短剧的外科医生郑鹏。他在手术室里是位最沉默的医生。不准谁多动一动，有着一副令人可怕的严肃的面孔，他吝啬到连两三个字一句的话也不说，总是用手代替说话。可是谈起闲天来便漫无止境了，而且是很长于描绘的。

每当她工作疲劳之后，或者当感觉到在某些事上、在某些环境里受着一些无名的压迫的时候，总不免有些说不出的抑郁，可是只要这两位朋友一来，她可以任情地在他们面前抒发，她可以稍稍把话说得尖刻一点，过分一点，她不会担心他们不了解她，歪曲她，指摘她，悄悄去告发她。她的烦恼便消失了，而且他们计划着，想着如何把环境弄好，把工作做得更实际些。两个朋友都说她，说她太热情，说热情没有通过理智便没有价值。

她们也谈医院里的一些小新闻，譬如林莎到底会爱谁呢？是院长，还是外科主任，还是另外的什么人。她们都讨厌医院里关于这新闻太多或太坏的传说，简直有故意破坏院长威信的嫌疑，她们常常为院长和林莎辩护，然而在心里，三个人同样讨厌那善于周旋的女人，而对院长也毫不能引起尊敬。尤其是陆萍，对林莎几乎有着不可解释的提防。

医院里还传播着指导员老婆打了张芳子耳光的事。那老婆到卫生部去告状，张芳子便被调到兵站上的医务所去了。大家猜测她在那里也待不长，她会重演这些事件。

医院里大家都很忙，成天嚷着技术上的学习，常常开会，可是为什么大家又很闲呢，互相传播着谁又和谁在谈恋爱了，谁是党员，谁不是，为什么不是呢，有问题，那就有嫌疑。

现在也有人在说陆萍的闲话了，已经不是关于那些建议的事。她对于医院的制度、设施，谈得很多；起先还有人说她放大炮，说她热心，说她爱出风头，慢慢也成了老生常谈，不大为人所注意。纵使她的话还有反响，也不能成为不可饶恕，不足以引起诽谤。可是现在为了什么呢，她竟常常被别人在背后指点，甚至躺在床上的病人也听到一些风声，暗暗地用研究的眼光来望她。

但敏感的陆萍却一点没有得到暗示，她仍在兴致很浓厚地去照顾着那些产妇，那些婴儿，为着她们一点点的需索，去同管理员、总务处、秘书长，甚至院长去争执。在寒风里，她束紧了一件短棉衣，从这个山头跑到那个山头，脸都冻肿了，脚后跟常常裂口，她从没有埋怨过。尤其是夜晚，大半数的夜晚她得不到整晚的睡眠，有时老早就有一个产妇等着在夜晚生，有时半夜被人叫醒，那两位看护的胆子很小，黑夜里不敢一人走路，她只好在那可以冻死人的深夜里到厨房去打水。接产室虽然烧了一盆炭火，而套着橡皮手套的手，常常冰得发僵，她心里又急，又不敢露出来；只要不是难产，她就一个人做了，因为主任医生住得很远，她不愿意在这样的寒夜里去惊醒他。

她不但对她本身的工作抱着服务的热忱，而且她很愿意在其他的技术上得到更多的经验，所以只要逢到郑鹏施行手术的时候，恰巧她没有工作，她便一定去见习。她以为外科在战争时期是最需要的。假如万不得已一定要她做医务工作的时候，做一个外科医生比做产婆好得多，那么她可以到前方去，到枪林弹雨里奔波忙碌，她总是爱飞，总不满于现状。最近听说郑鹏有个大开刀手术，她正准备着如何可以使自己不失去这一个机会。

四

记挂着头天晚上黎涯送来的消息，等不到天亮她就醒了。五更天特别冷，被子薄，常常会冷醒的，一醒就不能再睡着。窗户纸透过一层薄光，把窑洞里的物件都照得很清楚。她用羡慕的眼光去看对面床上的张医生的老婆。她总像一个在白天玩得太疲倦了的孩子似的那么整夜喷着平匀的呼吸。她同她一样也有着最年轻的年龄，工作相当累，可是只有一觉好睡。她记得从前睡也容易睡，却醒得迷迷糊糊，翻过身，挡不着瞌睡一下就又睡着了。然而现在睡不着，也很好，她便凝视着淡白的窗纸而去想起许多事，许多毫不重要的事，平日没有时间想这些，而想起这些事的时候，却是一种如何的享受啊！她想着南方的长着绿草的原野，想着那些溪流、村落，各种不知名的大树。想着家里的庭院，想着母亲和弟弟妹妹，家里屋顶上的炊烟还有吗？屋还有吗？人到何处去了？想着幼小时的伴侣，那些年轻人跑出来没有呢？听说有些人到了游击队……她梦想到有一天她回到那地方，呼吸那带着野花、草木气息的空气，被故乡的老人们拥抱着。她总希望还能看见母亲，她离家快三年了，她刚强了许多，但在什么秘密的地方，却仍需要母亲的爱抚啊！

窗户外无声地飘着雪片，把昨天扫开的路又盖上了。催明的雄鸡远近地啼着，一阵阵的号音隐隐约约传来。她又想着一个问题："手术室不装煤炉怎么行呢？"她恼怒着院长，他只懂得要艰苦艰苦，却不懂医疗护理工作必需有的最低的条件。她又恨外科主任，为什么她不坚持着一定要装煤炉子！而且郑鹏也应该说话，这是他们的责任，一次两次要不到，再要一次呀！她非常不安宁，于是爬了起来。她轻轻地生火，点燃灯，写着恳求的信给院长。她给黎涯也写了一个条子，叫她去做鼓动工作，她自己上午是不能离开产科病室的。她把这一切做完后，天大亮了。她得紧张起来，希望今天下午不会有临产的妇人，她满心希望不要失去这次见习手术的好机会。

黎涯没有来，也没有回信。她忙着准备下午手术室里所需要的一切，假如临时缺少了一件东西，而影响到病人生命时，则这责任应该由她一个人负担。她得整理整个屋子，把一切用具都消毒，依次序放着，以便动用时的方便。她又分配了两个看护的工作，叮咛着她们应该注意的地方，一点也不敢懈怠的。

郑鹏也来检查了一次。

"陆萍的信你看看好吗？"黎涯把早晨收到的纸条给他，"我想无论如何在今天是不可能，也来不及，所以我并没有听她的话。不过假如太冷，我以为可以缓几天再动手术，这要你斟酌。"

郑鹏把纸条折好后还给她，没有说什么，皱了皱眉头，便又去审视准备好了的那些刀、钳子、剪子。那些精致的金属的小工具，凛然地放着寒光，然而在他却是多么熟悉和亲切。他把这一切都巡视了一遍之后，向黎涯点了点头，意思是说："很好"。他们在这种时候，只是一种工作上的关系，他下命令，她服从，他不准她有一点作为朋友时的顽皮。最后，在走出去时，才说："两点钟把一切都弄好。多生一盆火，病人等不及我们去安置火炉。"

一吃过午饭，陆萍跑着转过这边山头来。

黎涯也传染上了那种沉默和严肃，只向她说病人不能等到装置火炉再开刀。她看见手术室里已经有几个人。她陡地被一种气氛压着，便无言地去穿好消毒的衣帽。

病人肋下的肚腹间有一小块铁，这是在两月前中的炸弹，这样的弹片曾经在他身上取出过 12 块，只有这一块难取，取过一次，没有找到。这是第二次了，因为最近给他增加了营养，所以他显得不算无力，能自己走到手术室来，并且打算把盲肠也割去。不过他坐上手术台时脸色变苍白了，他用一种恐怖而带着厌倦的眼光望着这群穿白衣的人，颤抖着问道："几个钟头？"

"快得很。"是谁答应了他。但陆萍心里明白医生向病人常常不说真话的。

郑鹏为着工作轻便，里面只穿一件羊毛衫。黎涯也没有穿棉衣，大家都用着一种侍候神的那种虔诚和谨慎。病人躺在那里了，他们替他用药水洗着。陆萍看见原来的一个伤口，一寸长的一条线，郑鹏对她做了一个手势，她明白要她帮着看护滴药。科罗芳的气味她马上呼吸到了，但那不要紧，她只能嗅到一点，而数着数的病人，很快就数不出声音来了。

她看见郑鹏非常熟练地去划着，剪着，翻开着，赶忙地用纱布去拭干流着的血，不断地换着使用的工具，黎涯一点也不紊乱地送上每一件。刀口剪了一寸半，红的、绿的东西都由医生轻轻地从那里托了出来，又把钳子伸进去，他在找着，找着那藏得很深的一块铁。

房子里烧了三盆木炭火，却仍然很冷。陆萍时常担心把肚子露在外边而上了蒙药的病人。她一点不敢疏忽自己的职守，她时时注意着他的呼吸和反应。

医生又按着，又听，又翻开很多的东西，盘结在一起，微微的蒸气从那翻开的刀口往外冒，时间过去快半点钟了，陆萍用担心的神色去望郑鹏，可是他没有理会她，他把刀口再往上拖长些，重新在靠近肋骨的地方去找。病人脸色更苍白，她很怕他冷，而她自己却感到有些头晕了。

房门关得很严密，又烧着三盆熊熊的炭火。陆萍望着时钟焦急起来了。已经三刻钟了，他们有七个人，这么关在一间不通风的屋子里，如何能受得了呢？

终究那块铁被他用一根最小的钳子夹了出来，有一粒米大，铁片周围的肉有一点点地方化了脓。于是他又开始割盲肠。陆萍实在头晕得厉害，但仍然支持着，可是黎涯却忽然靠在床上不动了。她在这间屋子里待得很久，炭气把她熏坏了。

"扶到院子里去。"郑鹏向两个看护命令着。另外两个医生马上接替了黎涯的工作。陆萍看见黎涯死人似的被人架出去，泪水涌满了眼睛，只想跟着出去看，可是她明白她在管着另一个人的生命，她不能走。

郑鹏动作更快，但等不到他完毕，陆萍也支持不住地呻吟着。"扶她到门口，把门开一点缝。"

陆萍躺倒在门口，清醒了一些，她挥手喊道：

"进去！进去！人少了不行的。"

她一人在门口往外爬，想到黎涯那里去。两个走回来的看护，把她拉了一下又放下了。

她没有动，雪片飞到她脸上。她发抖，牙齿碰着牙齿，头里边好像有东西猛力往外撞。不知道睡了多久，她听到很多人走到她身边，她意识到是把病人抬回去。她想天已经不早了，应该回去睡，但又想去看黎涯，假如黎涯有什么好歹，啊！她是那么的年轻呀！

　　冷风已经把她吹醒了，但仍被一种激动和虚弱主宰着。她飘飘摇摇在雪地上奔跑，风在她周围叫，黄昏压了下来，她满挂着泪水和雪水，她哭喊着："就这么牺牲了吗？她的妈妈一点也不知道啊！"

　　她没有找到黎涯，却跑回自己的窑。她已经完全清楚，她需要静静地睡眠，可是被一种不知是什么东西压迫着，忍不住要哭要叫。

　　病人都挤在她屋子里，做着各种的猜测，有三四床被子压着她，她仍在里面发抖。

　　到十一点，郑鹏带了镇静剂来看她。郑鹏一样也头晕得厉害，但他却支持到把手术弄完。他到无人的雪地山坡上坐了一个钟头，使自己清醒，然后才走回来，喝了些热开水。他去看黎涯，黎涯已经很好地睡了。他又吃了点东西，便带着药片来看她。

　　陆萍觉得有朋友在身边，更感到软弱，她不住地嘤嘤地哭了起来，她只希望能见到她母亲，倒在母亲的怀里痛哭才好。

　　郑鹏服侍她把药吃后才回去，她是什么时候睡着了的呢，谁也不知道。第二天，黎涯走过来看她的时候，她还没有起来。她对黎涯说，似乎什么兴趣都没有了，只想就这么躺着不动。

五

　　陆萍像害了病似的几天没有出来，医院里的流言却四处飞。这些话并不相同。有的说她和郑鹏在恋爱，她那夜就发疯了，现在还在害相思病。有的说组织不准他们恋爱，因为郑鹏是非党员，历史不明。

陆萍自己无法听到这些，她只觉得自己脑筋混乱。现实生活使她感到太可怕。她想为什么那晚有很多人在她身旁走过，却没有一个人援助她。她想院长为节省几十块钱，宁肯让病人、医生、看护来冒险。她回省她日常的生活，到底于革命有什么用？革命既然是为着广大的人类，为什么连最亲近的同志却这样缺少爱。她踌躇着，她问她自己，是不是我对革命有了动摇呢。

旧有的神经衰弱症又来缠着她了，她每晚都失眠。

支部里有人在批评她，小资产阶级意识、知识分子的英雄主义、自由主义等的帽子都往她头上戴，总归就是说党性不强。

院长把她叫去说了一顿。

病员们也对她冷淡了，说她浪漫。

是的，应该斗争呀！她该同谁斗争呢？同所有人吗？要是她不同他们斗争，便应该让开，便不应该在这里使人感到麻烦。那么，她该到什么地方去？她拼命地想站起来，四处走走，她寻找着刚来的那股心情，她成天锁紧了眉毛在窑洞里冥想。

郑鹏黎涯两人也奇怪为什么她一下就衰弱下去。他们常常来同她谈天，替她减少些烦闷，而谴责却更多了。甚至连指导员也相信了那些谣传而正式地责问她，为恋爱而妨害工作是不行的。

这样的谈话，虽使她感到惊讶与被侮辱，却又把她激怒起来，她寻仇似的四处找着缝隙来进攻，她指责一切。她每天苦苦寻思，如何能攻倒别人，她永远相信，真理是在自己这边的。

现在她似乎为另一种力量支持着，只要有空便到很多病房去，搜集许多意见，她要控告他们。她到了第六号病房，那里住有一个没有脚的害疟疾病的人。他没有等她说话，就招待她坐，用一种家里人的亲切来接待她。

"同志！我来医院两个多星期了，听到些别人说你的事，那天就想和你谈谈，你来得正好，你不必同我客气，我得靠着才能接待你。我的双脚都没有了。"

"为什么呢？"

"因为医务工作不好，没有人才，冤冤枉枉就把双脚锯了。"

"这是什么时候的事？"

"三年了。那时许多夜只想自杀。"

陆萍不懂得如何安慰他，便说："我实在待不下去了。我们这医院像个什么样子！"

"同志，现在，现在已算好的了。来看，我身上虱子很少。早前我为这双脚住医院，几乎把我整个人都喂了虱子呢。你说院长不好，可是你知道他过去是什么人，是不识字的庄稼人呀！指导员不过是个看牛娃娃，他在军队里长大的，他能懂得多少？是的，他们都不行，要换人；换谁，我告诉你，他们上边的人也就是这一套。你的知识比他们强，你比他们更能负责，可是油盐柴米，全是事务，你能做吗？这个作风要改，对，可是那么容易吗？你是一个好人，有好的气质，你一来我从你脸上就看出来了。可是你没有策略，你太年轻，不要急，慢慢来，有什么事尽管来谈谈，告告状也好，总有一点用处。"他呵呵地笑着，望着发愣的她。

"你是谁？你怎么什么都清楚？我要早认识你就好了。"

"谁都清楚的，你去问问伙夫吧。谁告诉我这些话的呢？谁把你的事告诉我的呢？这些人都明白的，你应该多同他们谈谈才好。眼睛不要老看在那几个人身上，否则你会被消磨下去的。在一种剧烈的自我的斗争环境里，是不容易支持下去的。"

　　她觉得这简直是个怪人，便不离开。他像同一个小弟妹们似的向她述说着许多往事，一些看来太残酷的斗争。他解释着，鼓励着，耐心地教育着。她知道他过去是一个学生，到苏联去过，现在因为残废了就编一些通俗读本给战士们读。她为他流泪，而他却似乎对本身的荣枯没有什么感觉似的。

　　没有过几天，卫生部来人找她谈话了。她并没有控告。但经过几次说明和调查，她幸运的是被了解着的。她要求再去学习的事被准许了。她离开医院的时候，还没有开始化冰，然而风刮在脸上已不刺人。她真正地用迎接春天的心情离开这里。虽说黎涯和郑鹏都使她留恋，她却只把那个没有双脚的人的谈话转赠给他们。

　　新的生活虽要开始，然而还有新的荆棘。人是要经过千锤百炼而不消融才能真正有用。人是在艰苦中成长的。

炭窑

于黑丁

【关于作家】

于黑丁（1914 — 2001），原名于敏亦，笔名黑丁，山东即墨人，中共党员。1937 年奔赴延安，1944 年毕业于延安中央研究院、延安中央党校新闻研究室。历任延安文艺界抗敌协会理事、秘书长等职。曾主编《谷雨》《北方》等刊物。1963 年，任河南省文联主席、党组书记。著有短篇小说集《北荒之夜》《火场》《战友》《炭窑》《母子》《农村故事》《流浪》《雾》《夏》《区委书记》等，评论集《文艺论》《生活·创作·学习》《作家·时代·生活》等。

【关于作品】

于黑丁的《炭窑》发表于 1957 年。中国古人有"将雪见霰，将雨闻雷"的说法，意思是说就像在下大雪之前会先下雪糁、下雨之前会有雷声一样，在叙述一个重大事件之前，可以先叙述一件性质类似的小事件，用来酿造情绪、预示未来。小说一开始，先叙述了彭兴华买猪的事：部分买回来的猪仔死掉了，于是，各种质疑纷纷袭来，使他承受了很多压力。这就意味着，接下来将要发生的上山烧炭这件事，将是更为困难的工作。于黑丁很擅长把情节搞得摇曳多姿：面对普通的伐木取柴，他写了一次松树压住彭兴华的事件，让他受了点伤，一是显示了伐木工作的艰险，一是让平淡的叙述变得一波三折；工地上忽然冒出一条蛇，老刘捉蛇的情节又让故事平添了几多趣味。作品还非常注重生活的真实性，烧木炭的全过程被细致地描述了出来：准备木柴，挖窑，装窑，点火，烧窑，防雨，出窑。故事的推进和人物性格的表现互为表里，劳动的流程也就是表现彭兴华、老刘等人任劳任怨、互帮互助、积极乐观的过程。作品的人物性格鲜明，彭兴华作为知识分子的浪漫气质、老刘爱开玩笑的爽朗性格，都被表现了出来。

自己动手

——毛泽东

一

生产股长彭云华从安塞买猪回来了。他回来碰上两件事：一件是，他一年多没见面的爱人从前方来到延安，自然这件事使他很高兴；一件是，他买的二十只小猪在回来的第二天忽然死掉了八只，不用说，这件事又使他感到很窝囊。他虽然完成了任务，但是，机关的同志对他非常不满；七嘴八舌地说他买回来的是病猪，所以才死了。因此引起他心里很不痛快。

现在新的生产任务又摆在他面前。

夜渐渐深了。四周的房间没有一点声息。孙谦看了看坐在床头上的彭云华，然后悄悄地从屋里走出去。忽然，他听见老刘用很小的声音对彭云华说：

"股长，咱就接受这个任务吧，你放心，技术上的事情有我。"

彭云华扭着个脖子，只是低着头不说话。黯淡的灯光照着他墙上的固执的影子，照着沉闷的寂静的房间。

孙谦在院子里站了一会儿，又走进屋里。老刘看见孙谦有点焦躁，停了停，他就这样说：

"科长，好不好叫别的同志去？"

"总务科再没有更合适的人了，那就我去吧。"孙谦说。

彭云华显着有点不安，他忙说：

"谁让你去，你走了，家里工作怎办？"

"那有什么办法呢？"

彭云华站起来，把脖子一扭，伸手从桌子上撩起一条裁好的纸，卷了一根纸烟，他一边吸着，一边自言自语地说：

"哼，我算看透了，谁搞生产工作谁倒霉！这是出力不讨好的事。做得再好，也是有意见。"

"意见还能没有？那不要紧，只要我们能用正确的态度对待群众意见就行。"孙谦说着坐在床边。

"反正我思想搞不通！意见对，当然我欢迎，意见不对我就没法接受。七嘴八舌乱嘀咕，我就不高兴听。他们也不调查研究，难道我就瞪着两眼往家买病猪吗？我就怕发生问题，所以在安塞还请了好几个人看过，都说那二十只猪没有一只有病的，谁想回来一天就死掉了八只！这不奇怪吗？大家一口咬住说我买的是病猪。哼，要是病猪，为什么不死在安塞，不死在路上，偏偏死在家里呢！什么病猪，还不是猪圈条件不好，又加上猪太小，一下子得了病。难道这能怨我吗？好啦，生产我算干不了，谁干得好就去请谁出来干。"

孙谦笑着说：

"老彭，你疯了？你看，你这人！同志们讲了那么几句话，你也用不着这样大的脾气！"

彭云华的脖子一扭，瞪大了眼，向孙谦质问：

"那么，你认为同志们的意见对吗？"

孙谦还是笑着说：

"同志们有那种看法，你能不让他们说吗？我也不认为他们的话完全对。"

"哼，你还不是和他们一样看法！"

"你这人简直胡闹！我说过什么话？我说过你是买的病猪吗？"

彭云华转过身去，歪着脑袋靠着墙壁站着，他没有再说什么。

孙谦说：

"你这次出去还是完成了任务，至于猪回来以后死了，那是另外一个问题。你计较这个干什么？"

彭云华就：

"我要弄清楚，到底是我买的病猪，还是猪回来忽然得了病死的。我不计较？我看叫谁碰上这倒霉的事，都不能不作声。"

站在旁边一直插不上嘴的老刘，咧着一张大嘴笑了笑，说：

"股长，算了吧。咱们还是考虑考虑怎么样去烧木炭。"

彭云华一直没有消气，他噘着嘴说：

"买猪都买不好，我怎么能去烧木炭呢？我又不是行家，烧坏了，人家更要七嘴八舌乱嘀咕!"

"你不是行家，我是行家。我帮助你好吧？"老刘说。

彭云华赌气说：

"谁是行家谁去！机关这么几个人，买几千斤用用就算了，何必又要叫大家去忙活一阵呢？反正这个工作我干不了，过去我从来没摸过，我怎么能有把握呢？"

孙谦说：

"没摸过的事情很多，还不是一样能做好。没把握？我看只要咱们肯虚心学习，什么也不会难住了咱们。像咱们过去在前方打仗吧，开始难道什么都会？还不是在战斗中慢慢学，慢慢锻炼会的吗？"

孙谦是总务科长，是一个贫农出身的红军老干部。他在这机关里工作已经有两年了。两年前，他在抗日的最前线，冲锋杀敌，曾经受过四次伤。他参加部队以来，没有一天离开过战斗。他把自己的崇高远大的希望，安排在被他所憧憬的新的生活的路上。然而，不幸在一次激烈的战斗中，他的右胳膊受伤了，于是他被调到延安，又开始了新的工作。在工作中，他既能耐心，又肯刻苦。昨天下午，当他接到上级领导机关关于一九四二年冬季木炭供给办法的通知后，他真不知要想什么办法来解决这摆在他面前的一个困难问题。是的，在所需要的一万二千斤木炭的总数中，上级只能供给三分之二，而自己来解决三分之一，这不能不说是个相当重的负担。他知道自己机关的经济力量是不允许拨出一笔大的款项去购买四千斤木炭。这样他就决定派彭云华领导大家上山去烧木炭。

他看到彭云华的情绪有些平静了，于是他接着又说：

"老彭，你想想，咱们再没有别的出路。毛主席让咱们自己动手。不生产怎么办？咱们没有钱，机关的同志冬天还得烤火。"

"股长，我看咱就把这个任务干脆地接受下来好吧？"老刘等他回答。

彭云华低着头，像有许多话要想说但又说不出来似的。

孙谦看了看他，用温和的口吻说：

"不要因为听了群众说几句话心里就难受！群众总是要提意见的，可是咱们把工作做好不就行了？我看，只要咱有决心，什么困难都能克服的。内战时期，你不会忘吧，咱们有什么好武器？可是一抗战，日本人把什么好的武器都送来了，咱们拿到手里也没扔掉，还不是都学会使用了吗？"

彭云华不好意思地笑了笑，轻轻说：

"看，你怎么扯到敌人的武器呢！"

孙谦笑着说：

"你不是说烧炭你从来没摸过吗？没有把握吗？我是说，这个工作是有困难的，但是困难都好克服，只要肯学习。"

彭云华停了停，说：

"你的意见都对，难道能保证在技术上就不发生一点问题吗？"

站在旁边的老刘，把大拇指头一竖，用手拍了拍胸脯，笑着插上嘴了：

"股长，技术问题你不要发愁，俺老刘可不是吹牛，敢保险给你烧一手好炭。"

彭云华沉默了好久，觉得没话可说了。老刘直看他，笑着甜：

"股长，我刚来，这一次咱们好好合作一下。"

彭云华吸着纸烟，低着头思索了一会儿，慢吞吞地说：

"问题总是很多，烧了炭，咱们又没有运输力量，可是这个问题怎么解决呢？"

孙谦说：

"这个也好办，咱们积极想办法解决。"

老刘笑了：

"嗳嗳，股长，一切困难，科长都会帮助咱们解决的。我看咱们就不必考虑这么多了。咱们要考虑的，就是今年冬天同志要是没有木炭烤火，那可是一件大事。咱们做总务工作的同志，要是叫大家伙挨冻那可了不得！那是对群众不负责任！咱们有了木炭，火头烧得红红的，屋子弄得暖暖的，有钱称上二斤肥肉炖起来也方便多啦，嗯，你说是不是？"

彭云华看了看孙谦，红着脸说：

"只要大家都考虑好了，觉得有把握，我也不反对。"

孙谦问：

"你说有没有把握？"

"我说……"

"嗯，不要固执吧，应该说有把握。"

彭云华扭了扭脖子，偷偷地笑了。

孙谦说：

"那好啦，只要你愿意，后天我和你一同上山去看地方，叫老刘在家计划一下带什么东西。"

老刘对孙谦说：

"科长，就这样决定吧。时候不早了，咱们睡吧。"

孙谦吸着纸烟，和老刘一同从彭云华房间里走出去。他一边走，一边低声笑着对老刘说：

"这家伙，又被什么迷住了心窍，今晚怎么这样别扭！不过，你刚调来，没有和他接触过，跟他处久了，也怪有意思的。我很了解他，他参加革命就和我在一个班上，多少年我们就在一起工作，两年前我们在部队一同受伤，我们休养好了，我调到延安，他留在太行山当区委书记。这个同志优点很多：对革命忠心耿耿，工作任务只要他一接受就没有不能完成的。他经过锻炼，受过考验。内战时，他被敌人捉去两次，都跑回来了。他身上受过五次枪伤。他的缺点：有时好发小脾气，你不理他也就过去了。他遇到有想不通的问题，也会固执一下自己的意见，我相信，这些他慢慢都会克服的，咱们以后也可以多多帮助他。"

"是呵，年轻人就是火性大。我在他这年纪，一碰上冒火的事就要跳起来。"老刘说。

"多碰几次钉子也就好了。他这个人是直心眼。你不信，看吧，他睡一觉，明早一爬起来准会眉开眼笑，高兴地去工作。"

彭云华躺在床上，翻来覆去睡不着。他的脑子乱哄哄的，像要胀开似的。想到今晚和孙谦争执的事情，他暗暗地责备自己，为什么要这样闹别扭呢？为什么自己这任性的脾气就不好好改一改呢？就是真的因为同志们那几句，难道也应该这样发脾气吗？要不是李爱梅从前方来到延安，难道还能发生像今天晚上这样的事情吗？这样难道别人还看不出来？他左思右想，感到非常羞愧，心里热燥燥的，像一盆火在燃烧。他爬起来，坐在床上，身上披了一件棉袄，用被子围着两条腿。他转身把放在桌子上的一盏煤油灯点着，拼命地吸烟，卷了一根又一根，吸得满屋雾气腾腾。

他一边吸烟，一边低着头又是想来想去。李爱梅的影子又在他面前出现了。想不到离开了一年多，由于战争的阻隔，失去了通讯的联系，现在她却居然来到延安了。他想，要是她对他没有感情，要是她真的忘了他，她怎么会舍得离开自己的故乡和自己的父母呢？她怎么会主动地要求组织调她到延安来呢？事实已经证明，她还是非常爱他的。因此，他想，他们这种关系无论怎么样再也不能拖延下去了。他跳下床去，把门开开，坐在院子里的一条石板上，向四下张望。秋天的深夜已经有些冷飕飕的了，一阵一阵阴郁的寒气随着凄凉的风从黑茫茫的夜空吹来。他把披着的一件棉袄穿在身上，扣好了衣扣。他望着隔河保育院的一排一排窑洞的闪耀的灯光，他好像望见李爱梅也站在窑洞前边朝他院子这边瞭望。他又想起了一年以前自己工作的太行山，想起了李爱梅怎么样经常到区委会开会，想起了自己怎么样偷偷地认识了她，想起了他住的地方，河对岸她那一排向阳的窑洞，想起了她常常坐在窑洞前边纺棉花，想起了在夜里他望见从那窑洞的窗户上透露出来的闪亮闪亮的诱人的灯光，也想起了他离开太行山的那一个难忘的秋天的早晨……那一天，他吃过早饭，背起一个简单的行李卷就离开他工作快一年光景的区委会，一个人踏上旅途，往城里走去。他感到一件最不痛快的事情，就是他在离开村子的时候没有得到机会最后再看一下李爱梅，虽然他站在路边上朝她窑洞那边探望了好久，但始终也没有望见她的影子。他怀着怅惘的心情寂寞地走着。半路上，他忽然发现在前边远远的山林里有一个女人的影子一晃就不见了。等到他走近，李爱梅从树林钻出来，站在路旁的草丛中，她向大路上前前后后一张望，两手一伸就把他拦住了。他惊喜地说："我以为你把我忘了呢！"这个二十岁的姑娘一见他，脸上便泛起一层羞赧赧的红晕，两只又胆怯又热情的大眼睛直直地盯着他。她娇柔而温和地说："你真冤枉死人！忘了你，怎么还到路上来等你？"她像过年过节，打扮得漂漂亮亮的；一条崭新的白毛巾，包在剪得整整齐齐的黑亮黑亮的头发上，衬托着微微发红的长方形的脸庞，显得非常俊秀。她上身穿了一件红花白底的细洋布褂，下身穿了一条带有淡绿色条纹的花白洋布裤，脚上淡黄色的洋袜子，套了一双黑色的布鞋，这衣服样子和颜色也都大方，朴素而匀称，使她的姿容增加了不少青春的美感。他仔细看着她，两只眼睛充满着锐利的光芒。他："家里知道你来吧？"她说："知道。我告诉他们说，要到县妇救会去。"他问："你为什么要骗他们呢？"她低着头抿着嘴笑了笑，不好意思地说："你不要管。"他就："你就这样瞒着他们一辈子吗？"她的脸微微一抬，用眼睛斜视着他，说："我怎么瞒他们一辈子呢！总有一天我会告诉他们。"他们离开大道，找了一条很难走的小路走去。他一边走一边说："你回去吧。"她摇摇头，晃着肩膀说："我不回去。"他就："总是要分开的。"她靠近他："我不回去，我要到县。我看你走了，再回去。"他们站下了，在山林里找了个僻静的地方坐下休息。她带着依恋的感情："这一离开，不知道我们什么时候能再见面！"他只是低着头吸烟。她问："你怎么不理我呢？"他停了好久，忽然说："我们离开，你会不会忘了我呢？"她一头扑到他怀里，眼睛也不敢看他，只是呜咽地说："亏你能说出口来！你不信，我当你发誓，要是我忘了你，让我死去！你把我的心掏出来看看，我是那种人！"他问："那我以后怎么办呢？"她用衣襟擦着眼泪，说："你不要挂念我，我在根据地会很好地做工作。你回到延安，工作决定了就写信告诉我。以后，我们常常通信，就是不能通信，我也不能忘了你。我不是那种人，你等着我，我一定要求组织调我到延安，我一定去找你。你信不信？你看着吧，我很快就会去找你……"

一阵带着灰沙的急骤的冷风，把彭云华从迷恋的回忆中吹醒过来了，他站起来，没有再朝隔河对岸的窑洞那边瞭望，转身便跳到猪圈里，看了看披在猪窝棚上的一层干草被风都吹刮起来，于是他找了一张破草席盖在上面，又搬了几块大石头压上了。他把挤在窝棚外边的两只小猪抱到里边，站在那儿停了好久，等到连小猪哼哼的声音也听不见了，他才心满意足地从猪圈里走出来。

他站到院子里，仰起脸往高头望了望，孙谦窑洞的窗户黑漆漆的没有一点亮光。他知道孙谦已经睡了。但是，他好像做错了一件大事情，心里总是有点不好受，要是今晚不去找他谈一谈，自己无论如何也是睡不稳的。

他的脸有点热，心直在跳。他在院子里站了一会儿，就爬上高头，一直朝着孙谦的窑洞走去了。

"老孙，老孙！"彭云华把脸靠近窑洞的窗户，小声叫。

窑洞里有回声。彭云华一冷静，把身子转回去了，心中暗想："他真的睡了吗？也许故意不理我吧？"

他又走近窗户跟前，把耳朵靠到窗户上听了听，一边用手拍了拍门，一边叫：

"科长，你睡了吧？"

"谁？"孙谦醒来了。

"我。"

"呵，老彭吗？"

孙谦点着灯，匆匆忙忙地穿好衣服，开开门，他惊奇地问：

"呵，时候不早了，你怎么还不睡呢？"

彭云华完全不像先前那个固执样子了。他脸上带着羞怯的笑容，难为情地说：

"睡不着。想找你谈谈。"

说完，他沉默地低下了头。孙谦把卷好的纸烟递给他一支，划着火柴又给他点上，并且仔细观察了一下他的脸色，却有些过分的紧张和不自然。于是孙谦和蔼地笑着说：

"谈谈吧。"

彭云华迟疑了一会儿，有点不好意思地抬起头来看了看孙谦，他难过地说：

"想和你谈谈我工作上的问题。"

"那很好。什么问题都可以谈。"

"我工作上有许多毛病，我知道今晚上我错了……"

"谁能没有缺点和错误呢！你知道错了，并且能够下决心改正就行。"

孙谦面对着彭云华关切地笑了笑。当他看到彭云华那种对自己的缺点采取严正的自我批评的态度，当他听到彭云华那种真诚的坦率的表白，于是他又严肃又温和地说：

"我们在一起工作这些年，我就觉得你的脾气太急躁，今后你一定要注意。"

"是呵，真糟糕，我这思想作风上的毛病的确很严重，应该好好改正。我从安塞回来，工作和生活上的问题处理得很不好，思想也很混乱。我这个急躁脾气很使人讨厌！"彭云华懊恼地说。

孙谦面带笑容地说：

"工作要工作得好，生活也要生活得好，就是这样。是的，你的脾气要好好改正。不知你对待爱人是不是也是这样？嗯，要是这样，那可不行。女人最不喜欢爱发脾气的男人。对爱人不但要忠实，而且态度要温和。要是叫李爱梅发现你这个缺点，我看那就不好办！你们的问题准备得怎么样？什么时候请大家吃糖吃花生？"

孙谦的话恰恰说到彭云华的心眼上了。彭云华虽然心里暗暗高兴，但是，他一时又不知怎么样回答才好。他把身子转过去，对着灯吸烟去了。

孙谦说：

"该结婚就结婚吧，我看，等你烧木炭回来就解决这个问题。你们的感情经过一两年的考验，她现在又来找你，我看没有问题了。你去安塞的第二天，她从太行来了。她一见我还认识。我们在部队受了伤，就在她们村子里休养。她给我的印象很好，她的妇女工作做得蛮不错。现在我感觉到她比过去更进步了。她一来，我就替你做了些工作。嗳，我问你，现在她对你态度怎么样？"

彭云华脸红了。他说：

"你是说她对我好不好？嗯，那就很难说，你还是帮帮忙吧。"

孙谦很有趣地说：

"你这家伙真不老实，你们已经成功了，还什么很难说；要是需要我帮忙的话，我就赶快给你准备结婚的新房。"

彭云华看了看孙谦，身子靠近了墙壁，把脸闪在灯光的阴影里，兴奋地说：

"你看，我对她应该怎么办？"

孙谦笑了：

"怎么办？你说呢？嗯，不要要什么手腕，要老老实实对待人家。你知道人家对你多么忠实。我没有什么经验，我要说的，就是你应该多关心她，帮助她。在太行山，就听说她是一个很好的共产党员，年纪轻轻的，人也挺聪明。在农村她是个模范妇救会主任，又肯劳动，现在应该使她成为一个优秀的保育工作者。你没问她，她到延安对工作有什么意见？"

"对工作没有意见，她表示愿意在保育院工作下去。"

孙谦看看彭云华一点也不困倦，他笑着说：

"你走之前，找她好好谈谈，告诉她，这是上山烧木炭，不是上前线去打仗，只有一个多月就可以回来。你们一两年都等了，难道一个多月就等不及了吗？嗯，离开几天，没有关系，谁也跑不了。我给你们打包票。你告诉她，要她给你写信，只要她把信交给我，我就一定保证托人给你带到山上去。你烧木炭完成了任务，回来就请大家吃糖吃花生。你看看这样多好，明天去和她好好商量商量。今晚我们就谈到这好吧？时候不早了，我们睡吧。嗳嗳，老彭，你回去可要好好睡觉，不要老做梦想李爱梅……"

彭云华不再扭脖子了，他害羞似的低着脸，咧着嘴笑了笑，说：

"看你这人，真喜欢开玩笑啊。睡吧，明天还有工作。"

说完，彭云华从孙谦窑洞里走出来，他像洗了个澡似的浑身感觉到非常轻松，于是就在夜色朦胧中几步跑下山坡回自己屋里去了。

二

一个由彭云华负责领导的，四人组成的生产小组，在大家开

过了热烈的欢送会的第二天，他们参加了别的机关的烧炭大队，
开始在山上活动了。

从山谷两边莽莽的野草里，从茂密的林梢上，秋天潮湿的微
风，不断地吹来树木和花草的枝叶间吐散出喷香的清新的气息。
白杨树屹立着傲岸的身干，高高地昂着头，永远不知疲倦地在仰
视远方，翻动着被阳光照耀的银白色叶子，传送着一种轻微的愉
快的音调。一片赭红色的光，照亮了杨树的枝头，照亮了人们能
够看到的地方。野葡萄熟了。一些不知名的小红珍珠般的野果子，
像要从树上落到地下，鲜艳艳地往下垂着。从棠梨树红色的叶间
透露出来的一串一串棠梨，有的发黄，有的发黑了。山是富饶的，
处处都长满了柏树、榆树、沙柳、倒柳、松树和春皮树。灌木丛
集结着密密实实的网。在网的边缘，朴素的黄色的花，缀满在蔓
延着的藤茎上。野鸡满山飞着，叫着。鸟在歌唱着迷人的曲子。
多好的陕北秋天的季节呵。

一种时时发自岩穴的钝重的声音，混杂在人们的歌声里，在
被树林隐蔽的地方响起了。由人结实的筋肉筑起的几部活的机器，
把一个长着蒿草和荆棘的山坡直立地砌平了，几座炭窑正在被开
掘着。人们用劳动召唤着自己胜利的快乐。制服挂在旁边的树枝
上，他们在运用着自己手里的镢和一些别的什么工具。千百年压
积成化石似的地壳在震动了，一层一层坚硬的土岩，都被镢的锐
利的牙齿给啃碎了，破坏了。

彭云华跟随着老刘，显着很细心的样子，在平着炭窑周围那
些高突的地方。他一会儿弯着腰，一会儿竟一条腿曲下去，一条
腿跪在地上。在炭窑门口外边，有两个同志，正用一根刚砍下来
的木棍子，一筐一筐往炭窑前边的土墩上抬土。炭窑完成了。彭

云华蹲下，擦了擦脸上的汗。他的充满着毅力的眼光，时时在巡视着炭窑的每一个角落。

"老刘，你看看我这个徒弟，有没有培养的前途?"彭云华说。

老刘眨了眨两只笑眯眯的眼睛说：

"股长，你这说啥话。"

"你要好好教我。"

"你放心吧，只要你烧上几窑，咱保险你准会。"

彭云华自信地点了点头。老刘把那瘦小的黑脸一仰，接着说：

"等装窑看火的时候，你好好留心。"

彭云华站起来说：

"老刘，你不知道，我这个人可很笨呵。"

"咱这种活又不像绣花鞋扎枕头，"老刘轻松地说，"笨怕啥，只要肯干就行。天下无难事，只怕用心人。这一手学会了也有用处，不管咱们到哪，要是没木炭烧火，咱就自己动手。咱们是文武双全，有两只手啥也不怕。"

彭云华很受感动地笑了笑。他转动着身子，很快把平下来的碎土堆在一起，用筐子一次一次地弄到窑外头去了。老刘哎哎呀呀地哼着陕北小调。他看了看通到左边火窑的一个圆圆火洞，疑心怕哪一块土会塌下来，赶快伸手探到里边很熟练地摸了几下。不远的山坡上和炭窑里，一阵喧闹，欢笑和杂乱的声音，突然在人们中间波动起来了。生活在这里的人，有哪一个不以自己的生命，欢呼着自己最大的快乐? 彭云华被诱人的声音激动着，他用爽朗的声音也唱起来了。他坐在窑门口搓弄着手上的泥土，从他的泛起一层黑光的脸上，可以看出他是又健康又愉快。他安心于自己的工作，正像他一贯地安心于长期的斗争生活一样。十年虽然过去了，可是十年内战生活，却给他的历史写上一页永不磨灭的红色耀眼的字迹。十年前，他是一个贫农的孤儿，给地主放牛，但意想不到的，就在他十六岁那一年，他的眼睛睁开了，他随着从四面八方汇聚而来的一支浩浩荡荡的红色的生命的激流出奔了。

老刘把烟袋锅里的烟灰在鞋底下敲出来。他瞅着彭云华，一边往烟袋里装着烟，一边笑了笑说：

"抽一袋烟歇歇吧。"

"好，我自己来。"彭云华忙把旱烟袋接过来说，"老刘，你身体真壮实，今年多大岁数？"

"五十五岁了，土埋半截身子，没有几年活头了。"

"这样大年纪，干起活来像年轻小伙子一样。"

老刘就：

"一个人能活一天，就得给革命好好做一天工作。我从小就给人家出大力，做苦工，后来总算才有机会找到共产党，找到咱们毛主席。"

"家里有什么人？"彭云华问。

老刘沉默了一会儿，他刚强地笑了：

"你说家吗？我的家就是咱们八路军！你不知道呀，我一家人都给敌人杀光了！要不是我那两个小子早出来参加咱们部队，恐怕也逃不掉那些反动派的毒手……"

彭云华点点头。

老刘又说：

"我那两个小子在前方四年了。我整整有三个年头没跟他们见过面。唉，老了，我不能在前方工作。年轻轻的人，再不干还等啥时候！让他们去给死人报仇吧！"

就完，他脸上又浮起了一层微笑。

"噢……"彭云华低语着，和老刘慢慢向一片密林里走去。

老刘走了没有几步，他学着女人的声音，唱起山西小调来了：

　　　"送呀送才郎，

　　　送到十里亭，

　　　尊一声小英雄，

　　　勇敢上前线！

　　　……"

歌声在山上流动。无止尽的峰峦向远处展延着。树木像被一阵狂风吹卷着似的抖动起索索的响声。斧子震动着，发出了又清脆又迟钝的声音。偶尔听到有人在说话，但这说话声那么远，不知在什么地方。

几只野鸡扑拉着翅膀从草堆飞起来了，飞了不远又落下了。

"老刘，站下！来一家伙！"彭云华伸手扯了老刘一把，把背在自己肩上的一支打猎用的土枪卸下来。

老刘马上在一棵大树旁边蹲下，他像一个小孩子似的用手比着打枪的姿势，笑嘻嘻地瞪着两只眼在看那几只野鸡。

"老刘，你来吧！"彭云华装好了枪说。

"你先来！快，快！那一对公的好打，你看，正在晃脑袋吃东西呢。"

"我就打那一对公的！你看，旁边那一对母的也靠上去了。好，我一齐收拾它们。"

"快，快！它们要飞了。"老刘着急地说。

彭云华把枪对准了。他聚精会神地仿佛在对自己说：

"飞起来也揍它们一家伙！"

老刘刚想咳嗽，可是他把嘴一捂，小声说：

"快打吧，母的跟公的挤在一起了。"

老刘刚说完，彭云华的枪声响了。两只受伤的野鸡在地上直打扑拉。老刘爬起来向前一蹿，两只手扑上去了。

彭云华用草扭成绳子把两只野鸡捆好，往肩上一背，说：

"好久不打枪了，有点别扭，要是枪顺手的话，它都跑不掉。再打几只，我们晚上就可以改善改善伙食了。"

彭云华找到他那一个砍树小组。十几个人分散开，每人手里挥舞着一把发亮的斧子在陡峭的山腰上爬动，随着斧子的响声，树木如山崩地裂似的仆倒了。人们的身子，看去像要被压在树底下，却吃力地在挣扎着。彭云华把枪和野鸡从肩上卸下，挂在一棵树上。他一只手抓住树枝，另一只手使用着斧子在地上一步挖一个窝当作阶梯往山上爬。忽然一片急遽的声音朝他响来。他缩着身子往旁边一躲，立刻大声叫起来：

"哪一个？让它往东边倒呀，下边有人！"

他刚说完，一棵粗大的树伸展开无数坚硬的枝条，倾压到他身上了。他跌卧在地上，脑袋从树叶子里慢慢探出来，他往上仰脸仔细一看，对一个骑在一棵树上的同志粗声粗气地笑着叫起来了：

"你这家伙，真是冒失鬼，不是告诉你下边有人吗？"

那个同志从树上跳下来，笑着说：

"还不算侥幸吗？再稍稍往左偏一点，你的脑袋恐怕要分家了！"

彭云华抽动着身子，从树底下爬出来。地上腐烂的树皮和树叶子披满了他一身。一层尘埃在他周围飞起。他的一条扎着裹腿的灰色旧单裤，从屁股后头一直扯到大腿弯。

"看看吧，就这一条单裤给扯烂了。"彭云华笑着。

那个同志说：

"对不起，回窝铺我给你缝一缝。"

"用不着你缝，我自己也可以动手。"

说完，彭云华用手又去摸破裤子，他刚一缩手，看见满手是血，他不在乎地又笑着说：

"你看，腿也给划破了。"

老刘走来了，他站在彭云华后头一看，说：

"呵，划破好几道伤。"

那个同志刚想扯自己的破衬衫，彭云华一手拦住说：

"不能扯衬衫，我有手巾。"

"一条手巾不行，我还有一条。"老刘用手扯住那个同志的耳朵，笑嘻嘻地说："快去，用舌头把血舔干净。"

那个同志上去就用两只胳膊把老刘抱住：

"总是少不了你！你一睁开眼就是开玩笑。"

说完，他帮着彭云华绑好了伤。彭云华说：

"不要紧。我们快干活吧。"

山坡上的人们在钻动，向高的地方攀登。山林是那么广大，然而人却被包围在一个狭小的草原上。在人们走过的地方，就有一条开辟的路，没有人烟的荒旷的山林被征服了。一片用斧子砍成三角形或尖尖的粗粗的树茬子，像竹笋似的，有的分泌出一层脂油似的水泡，很刺眼地散列在人们的脚底下。

"同志，把砍好的树弄在一起，往炭窑跟前扛。"彭云华的喊声响彻了山谷。

于是有人放开喉咙跟着嚷起来了：

"噢，装窑了……"

一大批树木堆集到山沟底下了。人们脸上流着汗。有的人用肩膀扛着，有的人两手拖着，往炭窑那边走去。走了一批回来了，回来又走了。彭云华站在树堆跟前，他看着人们身个的高低，在搬动着树木往大家的肩膀上放。忽然一条蛇从树堆里钻出来了，又向一个土穴钻去。彭云华跳上前去，他一只脚把蛇的身子踏扁了，伏下腰就伸手揪紧了它的尾巴，他猛力一甩动，那蛇像一条韧性的皮鞭子，带着嗖嗖的响声旋转起来了，最后，彭云华把那条死蛇往远处一扔，惹得大家哄然地笑了。

"同志们，休息完了？咱们干起来吧。"彭云华用袖子擦了擦脸上的汗。

于是，人们笑着，唱着，又来来往往地活动起来了。

被砍成一段一段的不带枝叶的木柴，堆在炭窑门口。彭云华听从着老刘的指挥，他把一根一根的木柴装到炭窑里了，炭窑的门用几根棍子顶上了，并且又封上一层很厚很厚的泥土。彭云华和几个人又走到火窑那边，他抱着一大堆树枝，把火洞填满了，火窑的肚子接着也胀起来了。

"老刘，该你下命令了。"彭云华说。

老刘像战场上一个指挥员，他精力充沛地开口叫起来了：

"好，点火吧。把火洞弄小。"

他蹲在炭窑前边，默然地抽着烟，两只眼睛凝神地在瞅着从烟洞里吐出来的一股一股浓浓的灰烟。他侧过脸去，对彭云华说：

"你看，刚一点上火，烟就是这样，三天以后就变了，变成青烟，蓝烟，又小又淡。看烟就知道木炭烧得怎么样了。"

老刘生活紧张起来了。他不是靠在树底下，就是坐在石圪垱里，安安静静地抽着烟，看着炭窑。

晚上，天忽然阴起来了。老刘提着一只马灯，从外头跑回窝铺了。

"天阴了，好像要下雨。"他叫醒彭云华。

彭云华把被子一掀，忽地爬了起来，把棉裤一蹬，棉袄往身上一披就跑出去了。他看了看天空，黑蒙蒙的一颗星也没有，夜已经深沉了。远处有狼在嗥叫。

老刘不安地说：

"刚装上窑，雨一来就完了。"

彭云华说：

"是的，我们得想办法。"

彭云华把大家叫醒了，大家带着镰刀、斧头、锹镢走出去了，老刘提着一只马灯走在前头。彭云华肩上背着一支三八式步枪，他看着面前红闪闪的灯光，看着被灯光照耀着的树林和山路。老刘哼着小调，他的很高的声音，带着一种激励人的力量，在寂静的夜空向远远的漫山遍野悠扬地传播开了。彭云华一边走，一边在后头叫：

"老刘，老刘!"

"干什么?"老刘答应。

"马灯的油够用吗?"

"我满满地灌了一灯。"

到了炭窑，老刘指挥着，大家忙开了。有的人开水沟；有的人往窑上铺树枝子，铺草，很快就把几个炭窑保卫起来了。

"下吧，只要不发山洪就不怕。"老刘。

彭云华望了望天色，说：

"可别让我们碰上这倒霉的事！也许不会下了，你看，云彩慢慢稀了。"

大家忙完了，休息了一会儿，彭云华站起来说：

"老刘，你跟大家回去睡吧，我一个人在这，你们给我留下几把工具。"

老刘不愿意回去。彭云华又说：

"这一回你得听我指挥。"

"好好，服从。马灯给你留下。"老刘拍着彭云华的肩膀，笑嘻嘻地说。

彭云华一个人留在炭窑，他提着马灯，在炭窑的周围仔细检查了一遍。他把马灯挂在木柱上，用树枝和草在塞补着棚顶上的漏洞。炭窑仍在冒烟，木柴燃烧得很旺。他刚从裤腰带上摸出旱烟袋要吸烟，忽然不远的山路上传来了同志们的笑声。他越听越清楚，仿佛就在他身边似的。

"嗳嗳，我告诉你们，老彭这两天可特别高兴，活干得也有劲，爱人来了一封信，他总是在偷着看。"这分明是老刘的声音。

彭云华心里又高兴又难堪地想：

"这家伙，真讨厌！这么爱多管闲事！"

他坐在棚子里，把大枪抱在怀里，一边吸烟，一边往四下张望。他站起来看了看天色还没有放晴，就在棚子外边走来走去。

"刚入冬，天气很暖和，也可能要碰上雨。不管怎么样，炭窑不能让水冲了。"他坚定地自言自语地说。

　　山野显着更清冷了，夜也更寂静了。彭云华一点也不困倦，他只是感觉有点儿寂寞。要是老刘在旁边，和他聊聊天，说说笑笑，那该多有趣呢。不远的地方狼又在嗥叫着。他安静地坐了一会儿，怕灯油点完了，就把灯芯往下捻了捻。他好像又听见老刘在开玩笑了，可是仔细一听，静静的山道上没有任何人在说话，只是一阵一阵凄冷的风，在吹动着树林飕飕地响。

　　"老刘这家伙，为什么要拿我开玩笑呢？难道我影响了工作吗？没有，我什么工作都是做得好好的。以后个人的事可不能叫他知道……"他暗暗地想。

　　现在他可以随便了，什么人也没有在跟前。他把马灯捻亮，显出很紧张的样子，就从衣袋里掏出一个日记本，把夹在里边的一封信放到灯光下。他用着充满希望的心情一个字一个字地念着。念着，念着，李爱梅的一举一动又活现在他的面前了。他好像听见哗哗的雨声，他好像就在雨声中踏着黑蒙蒙的夜影又和李爱梅见面了。

　　这是一年以前的六月的一个雨夜。地里没有收割完的麦子都被雨压倒了。彭云华没有睡觉，他带着区委会和区政府的工作同志跑到老百姓的地里去帮助抢收，他们忙碌了一夜，天还没有亮，雨就住了。这时，李爱梅从她地里跑过来，趁人们不注意的时候，她偷偷地在他耳边说了几句，便低着脸，身子一闪就悄悄地溜走了。

　　西沉的黯淡的月亮在飘浮的云海里轻轻地游动。彭云华几乎是在湿漉漉的深深的草丛中爬行一般摸着小路，一直朝着西山后头老百姓常常躲难用的窑洞走去。他站在山脚下，轻轻咳嗽了一声，于是隐蔽在一个破窑洞里边的李爱梅慌张地走出来了。她没有跑上前来，却带着一种骄傲的赌气的神情，面对着他把身子紧紧贴在窑洞口伫立着。彭云华一看她出现在面前，就用手巾擦了擦脸上的汗说："这地方真难找呀，几乎摸不着路。"她有点不高兴的样子说："我以为你不来了呢。"他忙笑着解释："我顺路回去看了看才跑出来，让你等这样久。"他们都有点不好意思，谁也没有坐下，两个人面对面地站在那儿发呆。月光从山头上泻下来，照着寂静的窑洞，照着他动也不动的身影。她虽然低垂着头，但她却看见他在激动地站着，两只炯炯的眼光像两道炬火似的在直直地盯着她。忽然，她把头抬起来，害羞似的说："你看什么？"他毫没有迟疑，一只手抓住了她的手，一只手在她身上一抚摸，脸红了红，关切地说："你衣服都淋透了，可别受凉。"她说："不要紧，一会儿就干了。我们乡下人在地里干活还不是常常要淋雨。你看，你的衣服也湿了。"他一扯她，两个人就后退了几步，肩挨肩地靠着窑洞的墙壁坐在一块长方形的大石头上。他们好像没有什么顾虑，什么都可以谈，什么也可以说。这个小小的天地现在完全属于他们了。她突然感到不满足似的奇怪地问："你为什么愿意跟我在一起？你会不会变心？"他没有直接回答她，反而这样向她问："你呢？"她故意不看他，却带着笑声说："你们男人就不可靠。"他扯住她的胳膊，让她的身子靠近他。他感情真挚地说："你看我是那样人吗？"她："谁能摸透了你的心！"他试探地说："好像你喜欢一个人，一辈子就不会变心！"她瞪了他一眼，抿着嘴笑了笑说："我就是一辈子也不会变心。我变心，我为什么要跟你好！"他完全相信她的话是真的。他没有再说什么，他从月光下偷偷地看她，他看到她的脸上是充满了无限的幸福的微笑。

这些事如今依然没有从他的记忆中消逝，依然在他的脑子里深深回绕。他把马灯又拉近了一下，便把日记本在膝盖上打开了。他看着李爱梅的来信，嘴里念一个字，就用自来水笔慢慢地在日记本上抄一个字。抄到错字时，他就在下边加一个括弧，写上正字。写着，写着，他忽然听见有人在炭窑旁边走动，他吓了一跳，还没有来得及把日记本收起来，老刘就笑哈哈地在他面前出现了。

"股长，你和谁讲话？"

彭云华装作镇静的样子，忙把信夹到日记本子里，说：

"真见鬼，我一个人能和谁讲话呢！我几天没写日记了，趁这个机会写一写。"

老刘眯着眼睛笑，好像完全看出彭云华的秘密来了，他说：

"你骗人干什么，就说给爱人写信那有什么关系，我也不是封建脑袋。"

"你这个人，总好开玩笑。"

"不说不笑就不热闹，"老刘说，"你写日记也好，给爱人写信也好，反正我没权利干涉你。好，该我值班了，你回去睡吧。"

"你怎么没有睡？"

"我睡了一会儿。"

"我看你没有睡。雨大概不会下了。"

"过去了，不要紧。你回去歇着吧。"

三

一星期以后，窑门口的土封扒开了。当里边的热气一消散，人们便忙着找筐子和扁担，开始了扒炭的工作。几个年纪小的同志和站在窑门口的老刘在开玩笑，有的跳跃着，有的用两只胳膊牢牢地箍着他的脖颈子，还有的一边闹，一边故意这样说：

"老刘，老刘，看吧，里边一定化了。"

"去，你们这群小鬼！不说吉利话！好，你们就看吧。"老刘自信笑着说。

那些小同志依然在闹着。彭云华把手一挥，大声制止说：

"去吧，你们这几个调皮小鬼，一会儿来扒炭。"

一阵难闻的烟气从炭窑里喷散出来，使人立刻感到窒息似的咳嗽起来了。

彭云华脱掉了破烂的棉衣，光着背膀，用力在往外扒炭。老刘像一个年轻力胜的小伙子，那么愉快地一边在工作，一边可就唱起来了：

> "叫声妹妹你是听，
> 后方工作你担承！
> 芫荽花开穿老胎，
> 胜利以后就回来！
> 玻璃开花里外明，
> 你看参军多光荣！"

这山西小调，他唱得那么轻松，那么开朗，真是诱惑人呵。大家好像完全忘记了浑身的疲劳，有的人拍着巴掌，还有的人用嘴吹着哨，在给他合着歌唱的音拍。

有人一听老刘唱完了，就叫：

"老刘，再来一个！"

老刘回头说：

"先干活，歇歇嗓子再来。"

大家工作着，一窑扒完了，又扒另一窑。

"老刘，你看，这一窑更不错。"彭云华说。

老刘笑了：

"告诉你说吧，咱不是吹牛，烧了几年木炭，从来就没烧过生炭。"

有人说：

"你筐子里哪会有烂杏！"

大家把扒出来的木炭一筐一筐地往宽敞的地方抬。彭云华的面孔和身子全变黑了。他呼吸感到有些迫促，不住地用一只黑手掩住鼻子和嘴。他看了看身旁一个小同志，说：

"小鬼，你歇歇！我一个人来。"

被彭云华这样催促了两三次，那个小同志才休息。

彭云华用胳膊擦了擦脸上的汗，从裤腰带上抽下一条发黑的毛巾，遮住了嘴，捆在脖颈子上。人们扒着，抬着，木炭堆满了一地。

一天的工作刚刚完结，当彭云华正要回窝铺的时候，他远远望见孙谦用一根棍子一头挑着一块猪肉，一头挑着一个白布包，从山路那边走来了。

"看！我科长来了。"他对大家说。

老刘忙赶上去，两手抓住了孙谦的胳膊，把东西接过来，亲热地说：

"呵呀，科长，这么远的路你跑来干什么呢！"

"你们太辛苦了，我代表机关全体同志来慰劳你们。"孙谦异常高兴地说。

彭云华像迎接一个客人，满面笑容地说：

"叫别人来看看算了，你家里工作又忙。你托人带来的几封信我们都收到了。"

老刘一边走，一边对孙谦说：

"科长，路这么远，你该把咱们的骡子骑来。"

孙谦问大家：

"一早一晚，山上很冷吧？"

老刘抢着说：

"不冷，一干起活来浑身冒火。"

"大家身体怎么样？"

彭云华笑着说：

"你瞧吧，上山一劳动都胖了。"

他们谈着话，走进了窝铺。彭云华让一个同志从伙房里端来一脸盆热水，他对孙谦说：

"你洗洗脚吧，我去给你炒点菜。"

彭云华拿过来一把镰刀，割下一块猪肉，提着走出去了。

晚饭后，整个窝铺照例被一种热闹的声音给占据了。在暗淡的灯光下，人们一堆一伙，有的在打扑克，有的在看书，还有的在围着老刘开玩笑。

彭云华和孙谦坐在一个角落里，轻轻地谈着话。

"刚才你说，平均一个人一天分五十斤木炭，"孙谦深思地说，"那么，按照这个数目来计算，我一个月可以分到六千斤木炭。我的意思，我最好能烧一个半月，这样不但完成了我们的任务，而且还可以卖五千斤，来改善改善我们的生活，解决一下我们经费上的困难。你的意思呢？"

彭云华毫不迟疑地说：

"由你决定好了。要是家里没有别的工作，我们就多烧几天也好。只要技术一熟练，我们的生产量还可以提高。"

孙谦吸着烟，低着脸在思索什么。他用兴奋的目光向彭云华凝视着，微微地笑了：

"你的技术怎么样？"他问。

彭云华回答：

"差不多。"

"那好极了，明年我们烧炭就更有办法了。"

"你想得这样远。"

"怎么，你以为不应该这样想吗？同志们的情绪怎么样？还安心吧？"

"蛮起劲。"

"你要好好团结大家，关心他们的生活。"

他们又谈别的话，一直谈到看见大家都钻进了被窝，他们才悄悄爬上地铺，脱掉棉衣躺下了。孙谦并不因白天走路而感到疲倦，他没有一点睡意。他的心已经被彭云华的欢笑和人们的劳动生活的音律，唤起了清醒和愉快。

彭云华看孙谦没有睡，他坐起来说：

"明天你不要走吧，再休息一天，晚上参加我们的晚会。我们的墙报'革命竞赛'明天也要出版了。"

"你怎么爬起来呢？"孙谦问。

"睡不着。"

老刘在被窝里轻轻地转过身来，说：

"科长，你明天还是不要回去，再玩一天吧，我请你吃好东西。"

孙谦笑了笑。

老刘坐起来，一边抽烟，一边说：

"真的，不要走吧，玩一天，我上山打野鸡给你吃。"

"不玩了，家里还有好多事情。"孙谦说。

彭云华说：

"你回去，把运输力量搞好，赶快来运木炭，说不定天要下雾。"

"我回去就想办法。"

外边刮起大风来了。彭云华怕变天气，赶快穿好衣服，站起来提着马灯刚要往外走，孙谦就问他：

"你到哪去？怎么不睡觉？"

"风这样大，今天刚装上两窑，我去看一看。让老刘好好歇一歇吧。"

说完，他把破棉大衣领子往脖子上一围，又把棉帽子耳扇往下一放，一只手提着马灯，一只手提着一支枪，就开开门出去了。夜风在呼啸着，他把身子往前一耸，像被风卷走了一般的就穿进树林去了。狼声在四处叫，好像越叫越近。风好像越吹越大。黑暗包围着他。但是，他牢牢地提着马灯，他怕灯光被风吹灭了，用大衣挡着风，就又把灯芯往上捻了捻，让灯光更大，更亮，让自己望得更远，更清楚。

在炭窑那儿坐了很长的时间，他才又沿着原路回到窝铺。夜更深了，大家也都睡了。他蹲在地上，抽了一袋烟，就把马灯放到一条板凳上，从衣袋里掏出日记本，扯下了一张纸，便聚精会神地写起来。

"老彭，你该睡了。"孙谦小声说。

"你怎么还没有睡呢！我写日记。"

老刘迷里迷糊的也被惊醒了，抬起头来看了看就又闭上眼睛。彭云华怕老刘那一张好开玩笑的嘴又在胡乱嚷嚷，于是把笔停下。等老刘过身去又睡了，他就又继续写下去。最后，他把写好的一张纸叠起来，装到一个用报纸糊好的信封里，就用小米饭封上了。他爬上地铺，靠近了孙谦，一边脱衣服，一边就把放在枕头旁边的一封信拿起来，塞到孙谦手里，轻轻说：

"给我带回去吧。你可别忘了。"

"我就那么不负责任！你们的信我给你们丢过几次？"孙谦笑着说。

"你回去告诉她，我们在山上工作很好。"

"还有什么需要我告诉她？"

彭云华停了停，说：

"你了解不了解她最近工作表现怎么样？"

"上次我碰到她的支部书记，说她工作很积极，对孩子们那么细致、耐心。"

"那就好了。"这一句简单的话好像说出了他全部的希望。

在孙谦回去没有几天，冬天的第一次雪在山上降落了。一个融雪的下午，几个砍柴小组因为山坡上太滑不能工作，大家便集中力量包木炭。彭云华靠着一棵树，两手在向捆包的同志递送着用柔软的细嫩的树枝条扭成的捆绳。他的腰不敢使劲转动，是在一个星期以前，他从山坡上跌倒把腰扭了，到现在还没有完全好。但他今天看见大家包木炭，自己在窝铺里躺不住，就来参加轻劳动。

工作一开始，人们不同的声调随着波动起来了。老刘哎哎呀呀地唱着，从山上走下来，他一歪头，望见彭云华正坐在那儿工作，便大声叫：

"哎哎，我的好股长，让你好好休息，你怎么又来了呢？快放下，给我树条条。"

"不要紧，轻活我可以干。"彭云华说。

"去吧，去吧，我们这样多的人，还缺少你这样一个劳动力！"

说着，老刘两手从彭云华身边拦过来一大堆树条条。

在山沟底下，在宽敞的土坪上，在太阳光芒的照耀下，那发亮的黑黑的木炭堆，在被人扒着，整理着。细碎的炭块，谁也舍不得丢它，便把它分散开夹在木炭中间。人们很有次序地工作着。有的人递送捆绳，有的人往地上铺树枝子，有的人往树枝子上抱木炭，还有的人在捆着。一包一包的木炭堆起来了。人们用黑的手掌擦着脸上的汗。在每一个人的脸上，都浮起了一层快乐而健康的笑影。人们在等待着运输。人们又继续着向丰富的炭窑，去取那更多的黑色的木炭……

一九四二年于延安

苦人儿

孔厥

【关于作家】

孔厥（1914—1966），江苏吴县人，原名郑云鹏，后改名郑挚。中学毕业后，在商务印书馆当学徒。后入江苏测量专科学校，毕业后曾做测量队技术员。1938 年赴延安，进入鲁迅艺术文学院（原鲁迅艺术学院，1940 年更名）学习。1939 年至 1945 年期间，写出了小说《父子俩》《一个女人的翻身故事》等反映边区农村生活的作品。后与袁静合著章回体长篇小说《新儿女英雄传》。"文革"时蒙冤逝世，1980 年得以昭雪。

【关于作品】

小说 1942 年发表于《解放日报》，主旨是歌颂妇女解放。一般写妇女解放的作品，最后都是在个人追求和新政权的帮助下，获得爱情和婚姻的自由，干预力量和支持力量黑白分明，支持什么、反对什么非常清楚。但生活有时是非常复杂的、混沌的，孔厥的这个作品就表现了这种复杂性。

首先，"丑相儿"有恩于贵儿。在地主东家的支配下，贵儿和她做佃户的父亲接纳了逃荒而来的"丑相儿"和他的母亲,组成了一个所谓的"爹翁娘婆"的家庭。为此,贵儿的父亲要义务为地主做十年长工。可是,家庭很快陷入困境,继母病死,贵儿的父亲卧病。"丑相儿"就成了家里的主心骨,他顶替了继父去给地主做长工,从事着非人的体力劳动。在客观上,"丑相儿"对贵儿有养育之恩。

但是,"丑相儿"与贵儿之间并没有爱情。"丑相儿"在很小的时候因劳动致残,成了跛子;做长工因劳累得了大病,手颤抖,腿不能弯,病体缠身。他面貌丑陋,比贵儿大十四岁。这些差距导致贵儿从来没有对"丑相儿"产生爱情。尽管贵儿与他举办了婚礼,但实则对他十分厌弃。在这里,伦理与爱情发生强烈的冲突。贵儿应该舍弃爱情来报答"丑相儿"呢,还是应该不顾道德追求自己的爱情呢?这就不单单是"妇女解放"问题,主题变得复杂起来了。

同志,跟你拉拉话我倒心宽了,我索性把底根子缘由尽对你说吧。交新年我十六岁,你说年龄不够,可是我三岁起就是他的人啦!

我大说的,是民国十八年上,山北地荒旱,种下庄稼出不来苗,后来饿死人不少,我们这儿好一点,许多"寻吃的"来了,他娘儿两个也是要饭吃,上了我们主家门儿,粗做粗吃,主家就把他俩留下了,过后可不晓怎的,主家又把那女人"说"给我大,说是我妈殁了,我大光棍汉儿还带娃,没家没室,没照应,怪可怜的;主家对咱租户这样好,我大说,当场直把他感激得跪下去了！主家就给立了个文书，说是我家只要净还他十年工，光做只吃，不分"颗子"不使钱就行；那年头，娘儿俩自然"得饭便安身"，就住到我家来啦。许是主家怕以后麻烦吧，文书上还写明是"将老换小"的，你解开吗？那女人做大的婆姨，我就顶她儿的婆姨啦！

初来这冤家就十七岁了，今年平三十，你看几个年头了？起先好几年我却甚也不解，只当他是我的哥。赶明到黑他跟大在地里受苦，回来总已经上灯了。我记得他早就是个大人啦，黑黑的瘦脸儿，两边挂下两条挺粗的辫子，不大说话，不大笑，可是常抱我，常亲我，实在，他疼我呢，自家人么，我自然也跟他很亲呵！

他可是个"半躄子"，八岁上给人家拦羊从崖上跌到平地，又不小心喝过死沟水里"油花子"，筋骨坏了！来我家的第四年上，身体又吃大亏，是那年后妈殁了，大也病得不能动弹，主家的庄稼又不能误，窑里山里就全凭这"半躄子"人，他可真是拼上命啦。主家却还天天来叫骂，一天他赶黑翻地，主家的牛儿瘸了腿，主家得讯冲来，一阵子"泡杆"好打呀，他就起不来了！人打坏了，人也一股子气气坏了！大心里自然也是怪难过，口头却还劝他说："端他碗，服他管，我们吃的他家饭，打死也还不是打死了！气他甚？"他可不舒气。那回他一病就七个月，真是死去活来！病好起，人可好不起了！同志，你没见他吗？至今他双手还直打抖、腿巴子不容易弯，走起路来直橛橛的，怪慢劲儿，死样子；你在他背后唤他，他还得全身转过来，他颈根子也不活啦！人真是怕呵，身体残废了，神也衰了！他的瘦脸儿从此就黑里带青了，他的颧骨一天比一天见得凸出了，他的黑眼睛也发黄发钝了，他的头发竟全秃光了——只长起一些稀毛！他简直不再说话，不再笑，他没老也像个老人了，他不憨也像憨憨的了！好同志哩，他作过啥孽呀？却罚他这样子。

可是，就这么个人，便是我的汉！我听人家说，我懂啦。记得我娃娃脑筋开是九岁上，那年三（回）红三（回）白，穷人到底翻了身，我们已经种着自家的地，住着自家的窑子。主家的牛羊我们也分了一份。这些年岁真是好日月！我大欢天喜地的，"丑相儿"也欢天喜地的，"丑相儿"是他名头。我呢，我呢，我，自然也好啰！咱们交了这号运，两三年头儿一过，我看他黑脸上青光也褪了，眼睛也活了，口也常嘻开了，他手是还抖，腿是还直，可常常叫大闲在窑里，自己却不分明夜，拼命地下苦，我知道他心意的！他疼我，他疼大，他就不疼自己了！大可不背闲着，他说："给人做活还不歇，自家做活倒歇下？怎样不忘本，报答报答新政府才好！再呢，往后你们俩……"两个人还是一齐下苦，光景就一天天好起来。丑相儿回窑也不再老是不笑不说话了，有一回他还说："大，"他的眼睛却是望着我，"往后日子可更美呢！"我十多岁的人了，我心里自然明亮的呵，我却越想越怕了，我不由得怕得厉害，我想我和他这样的人怎办，亏得我要求上了学，住了学，可是我一天回家看见，他竟抽空打下一眼新窑啦，我的同志！

后来的情形，你也有个眉目了吧？是的，去年腊月底"上"的"头"，到今儿十一朝。可是发生的事，背后却另有一本账呢！同志，你见的那位女客，那是我妈，第三个妈，前年才从榆林逃荒下来的。你说啥"漂亮后生"，那是她儿，两个儿呢。这几口子说合了住到一搭里来，两家并成一家子，倒也你快我活，大家好！

要不是主家当年给造下的孽呵……

可是，大却把我逼住啦！他倒说得好容易："两个自由，只要
上起头就对了！"我们说"上起头"，就是把头发梳起，打成髻儿，
就算婆姨了。不"上头"大还不许我上学。大这样逼我，自然是
丑相儿在背地求哇！你想我，怎么好！不过，同志，你也是个女
人，你该明亮的；一个小姑娘家，却能说个甚？我只好求求再过
几年；可是大说："好你哩！'再过几年，再过几年！'他熬过了十
几个年头还不够！"我也说给他听新社会法令，杨教员讲过的。大
就叫起来："天皇爷来判吧！他三十来岁人儿，四五十岁样子啦，
等他死毯下？"他将烟管儿指着我胸口说："贵女儿！不讲费话！
是不是你嫌他，是不是你心里不愿，你说！"我被问得气都透不过
来，我说不出，我大说："不能的呀，好女子！不管说上天，说下
地，总是当年红口白牙说定的，脱口出了，不能翻悔。好人儿一
言，好马儿一鞭！"还说："咱们不要吃回头草！人仗面子树仗皮，
眉眼要紧！他又是这样好的人，不能欺老好……"他还数说丑相
儿十多年怎样疼我，我本来受不住了，听听我就哭了！不过我左
思右想，可还是应不出口。我大就急得直瞪眼，气得说不出话，
哪一回都是这样的结局！后妈不好说甚，只是劝。她两个儿更不
好说甚，因为那些烂舌根的已经胡造开我们的谣言了！可是后来，
妈对大实在不服气了，说："挂棍儿还得拄个长的哩，伴伴儿总也
要伴个强的呀！小姑娘家……他这样人儿……"我大说："要没旧
根儿关系，自然好哇！""旧根儿！"妈说，"话说过，风吹过了！"
大说："白纸黑字写下的！"妈说："村长讲的，那种屁文书，在
新社会不作用了！"大说："不作用！你们看他吧！"真的，天
哪！丑相儿知道我不愿，一天天下去，他慢慢地竟失落人样子

了！就是当年七个月病也没这样凶，他不过是一副死骨殖了，他不过是包着一张又黑又青的皮了！他却没有病，他却还是阴出阴进地受苦！他还常常用两个眼睛，两个死眼睛，远远地，望住我，望住我，那样怕人地望住我！是我害他的吗？是我心愿的吗？看着他我心头就像有只铁钉子越钉越深了！去年开春我却因此病倒了！

同志，病里我就想不开！我想，旧社会卖女子的，童养媳的，小婆姨的，还有人在肚子里就被"问下"的……女的一辈子罪受不住，一到新社会就"撩活汉，寻活汉，跳门蹋户"，也不晓好多人，说是双方都"出罪"啦！可是男的要不看开，女的要是已经糟蹋了，那怎办！丑相儿他十多年疼我了，他是死心要我了，不是我受罪，还不他完蛋！旧根儿作下多大孽呵！可是我……唉，我能由他送了命吗？我思前想后，总没法，我只好"名誉上"先上起头了！我想先救住了他，我再慢慢劝转他，劝转他不要我这小女子，另办个大婆姨；劝得转，我就好；劝不转，我就拼一世和他过光景就是！唉，反正遭遇了，有什么办法！可是，同志，你想不到的呵，我应承了，我大也没甚快活！一满年下来，冤家也没全复原！直到做新女婿了，他戴上羔缎子小帽，鲜红结儿，他可还是缩着面颊，凸着颧骨，一副猴相儿，瘦得成干，黑黑的，带青的！他穿上黑丝布袄裤，束上红腰带子，他也还是抖着手儿直着腿，慢来慢去，一副死样儿！不过，你没见他眼睛呵！不晓哪来的光彩！唉，他就是不看我，我也知道他是怎样的感激了！他就是不看别人，我也知道他是怎样的乐了！别人呢，自然，大也像是很快乐，妈也像是很快乐，我也像是很快乐，连兄弟俩，连邻居们，连亲戚友人，也都像是很快乐；本来不够年龄不行的，可是村长竟也没敢说甚，见了我们，他也像是很快乐。同志，快乐呵！

我把我和他过的十天从头到尾跟你说吧！腊月底上了头，赶明就新年，新年末，白天吃好的、穿好的，黑夜烧"炷火"、挂灯儿，……大家总要乐个十几天。我们呢，初一来人待客，没说的。初二三里闲下了，我还是新媳妇儿"坐炕角"，冤家却在门外蹲着，我知道他一定是常想回窑，却又怕羞！回窑了，他要不背对着我，他就肩对着我，我知道他一定常想看我，却又是怕羞！一定的！他一定是不晓怎样才好了！我看见的！他口儿几次发抖，好像是笑着要跟我拉话，可终没出口！初四他才全身对我转过来，他说了什么话呀，他说："贵儿——姊，大好人！大真好人！你……也……"他笑着，发抖的手儿向前抬起，更加发抖了，话没讲完。后来他掏出一个红布包儿，从里面又拿出一个红纸包儿来交给我藏起，还看我藏好在怀里了才走开；这里面，你道是什么宝贝呵，原来是咱两个当年的文书！这烂纸子，他竟随身带着十几年啦！同志，看着他这样子，我想劝他的话，想了一千遍，也不敢劝了！我怎么能说得出呀！

可是，初五夜里他睡不安，我就害怕起来。我穿是穿着三条裤子，我束是束着四根带子，我还是怕！呵！要来的事到底来了！深更半夜，我听见他爬起来胆小地叫我，我吓得没敢应。过了一会儿，黑里来了一只手，按在我胸口发抖，我气都透不过来了，我也不知道自己说了一句什么话，他的手越发抖得厉害了！我硬叫自己定了定神，才又对他说："不要！"我不知道该怎么说！我说："我还是个小女子呢，我还不能！"他好像不明白，问我："甚?"我只好讲些什么，他约莫是呆了一会儿，后来他奇怪起来，说了一句话，我急了，我又跟他讲。过了一会儿，我才听见他说："好。"声音里还像含着笑，他又睡下去了，一忽儿我就听见他已经打鼾了。早起他还像是含着笑，抖抖地穿了旧衣服，抖抖地拿了个斧子，又慢慢儿直橛橛地出门去了。那天他砍了一天柴，晚上把钱统交给我，还叫我积多了钱分一半儿给大的。记得初九他还说过这样的话：他自己一定要穿烂些，吃坏些，让我过好些。唉，同志呀，听了他的话我真想哭！我要劝他的话我更加说不出口了，我心里反倒天天对自己说："他这样！我还是拼一世和他过吧！"可是同志，我顶好是不见他，我一见他，我可不由得就要害怕起来，害怕得心直发抖！

那些闲人儿却天天黑地在我们门缝口偷听，有的调皮捣蛋，还从上面烟囱里撒下辣子末来，惹得我喷嚏。那几夜他倒睡得挺好的，后来我也就安心睡过去了，其实我也乏得不由己了。可想不到昨儿黑里鸡叫三更他却又来缠我！我梦里惊跳起来，只听见他说："能！能！"我一时吓怕了！他还说了一句明明白白的话，天哪！怎么好呢？我一时实在吓慌了，我自己也不晓怎的，我本来要说的话不由得一下子都脱出口了！

好同志呵，这真怕人呵！他一大会没说话，黑里这听见他气得手儿索索发抖。我爬起来要点灯了，可是他开口了，他的上下牙子磕碰出声音，他说："哦，贵女儿！你……你真话？十三年了……你嫌我？"我这时候不晓怎的也发抖了。我不接气地说："我……好丑相儿！你疼我，我知道，我知道是，我我自然也想对你好的呀！我我可不成……"说说我就忍不住哭了！他又好一会儿不作声，好像他被我哭的声音吓呆了！我说："你还是另办一个大人吧！"他却说："不……我不！十三年我……你！好贵女儿，你已经正式啦，你已经'过'过来啦?"我很怕这句话，我又发抖说："不顶事不顶事的!"他又像是呆了一会儿说："怎么不顶事?"一会儿后，他好像突然想起什么紧要事了，他突然着急地问我要文书，就是旧社会那张害人的烂纸子! 我们是怕我年龄不够，没去政府里割结婚证哪! 我也不晓那文书有多重要，他着急地要，我也就着急地不给他，可就听得出他慌了手脚，他一定是怕我藏掉没证据了! 他立刻来揪住我要逼它出来，慌得我拼命挣扎，我就触到他那死骨殖了! 那死骨殖呵，不晓他哪来眼光，哪来力气，黑地里竟把我怀里那红纸包儿抢到手了，我抓住不放，他拼命夺，纸包儿碎了，文书也全烂了! 他一急，我就听见他去拿起那斧子来，我吓得歪在炕上大叫，他一定气疯了，就一斧子砍了我这里! 他们冲开门来捉住他……好同志呵，我被砍死倒好了，我道不死的苦人儿，你叫我以后跟他怎么办呀! 可是我不怨他的，我不怨他的! 他也是够可怜了呵! 够……可怜……了呵……

福贵

赵树理

【关于作家】

赵树理（1906—1970），山西晋城人，现代小说家、人民艺术家，"山药蛋派"创始人。1925年考入山西省立长治第四师范，开始写新诗和小说。1937年加入中国共产党，投身革命。解放后先后在《工人日报》《说说唱唱》《曲艺》《人民文学》等刊物工作，1964年回山西晋城工作。"文革"期间遭到残酷迫害，1970年含冤离世。他的代表作品有短篇小说《小二黑结婚》《福贵》，长篇小说《三里湾》等。

【关于作品】

《福贵》中的老家长王老万借助自己的经济优势，用"高利贷"的形式，对福贵展开残忍的盘剥。他放贷30元，利滚利，从逼迫福贵无偿做长工，到抵押四亩地，再到把堂房和土地都写成死契——高利贷如同一个死扣，把福贵越勒越紧，直到彻底破产。自此，福贵被迫靠赌博、送死孩子和当吹鼓手等手段谋生。但是，就是王老万这样一个为富不仁、把别人逼向绝路的家伙，还要站在道德制高点上，对福贵不断进行道德审判。从毒打一顿到险些活埋，封建仁义道德"吃人"的故事再次上演。这个作品采用了新旧对照模式，把封建势力控制的旧社会和共产党建立的新政权做了对比：旧社会把一个健康能干的福贵逼迫成落魄沉沦的人，而抗日政权则将福贵从沉沦的深渊里拯救出来，组织他进入难民组，到山里开垦土地，重建家园。

阿Q的革命具有闹剧色彩，他在精神上处于懵懂状态，所谓的革命也只是盲目的造反。而福贵毕竟是革命时代的农民，有了真正的革命诉求。他对王老万进行控诉，不仅要说出自己被盘剥的真相，更是要找回自己的人格尊严。他要求的不仅是经济上的翻身，更是精神上的解放。

福贵这个人，在村里比狗屎还臭。村里人说他第一个大毛病是手不稳。比方他走到谁院里，院里的人总要眼巴巴看着他走出大门才放心；他打谁地里走过，地里的人就得注意一下地头堰边放的烟袋、衣服；谁家丢了东西，总要到他家里闲转一趟；谁家丢了牲口，总要先看看他在家不在……不过有些事大家又觉着非福贵不行：谁家死了人，要叫他去穿穿衣裳；死了小孩，也得叫他给送送；遇上埋殡死人，抬棺打墓也都离不了他。

说到庄稼活，福贵也是各路精通，一个人能抵一个半，只是没人能用得住他——身上有两毛钱就要去赌博；有时候谁家的地堰塌了大壑，任凭出双工钱，也要请他去领几天工——经他补过的壑，很不容易再塌了。可是就在用他的时候，也常常留心怕他顺便偷了什么家具。

　　后来因为他当了吹鼓手，他的老家长王老万要活埋他，他就偷跑了。直到去年敌人投降以后，八路军开到他村一个多月他才回来。

　　我们的区干部初到他村里，见他很穷，想叫他找一找穷根子。可是一打听村里人，都一致说他是个招惹不得的坏家伙。直到好多的受苦受难的正派人翻身以后，区干部才慢慢打听出他的详细来历。

一

　　福贵长到十二岁，他爹就死了，他娘是个把家成人的人，纺花织布来养活福贵。福贵是好孩子，精干、漂亮，十二三岁就学得锄苗，十六七岁做手头活就能抵住一个大人，只是担挑上还差一点。就在这时候，他娘又给他订了个九岁的媳妇。这闺女叫银花，娘家也很穷，爹娘早就死了，哥嫂养活不了她，一订好便送过来做童养媳。不过银花进门以后却没有受折磨——福贵娘是个明白人，又没有生过闺女，因此把媳妇当闺女看待。

　　村里有自乐班，福贵也学会了唱戏——从小当小军①，长大了唱正生，唱得很好。银花来了第二年正月十五去看戏，看到福贵出来，别的孩子就围住她说："银花，看！你女婿出来了！"说得她怪不好意思，后来惯了，也就不说那个了。

　　银花头几年看戏，只是小孩子看热闹；后来大了几岁，慢慢看出点意思来——倒不是懂得戏，是看见自己的男人打扮起来比

_____

　　①小军：跑龙套。

谁都漂亮。每逢庙里唱自己村里的自乐班，不论怎样忙，总想去看看，怕娘说，只看到福贵下了台就回来了。有一次福贵一直唱到末一场，她回来误了做饭，娘骂了一顿，她背地里只是笑。别人不留意，福贵在台上却看出她的心事来，因此误了饭也不怪她，只悄悄地笑着跟她说一句"不能早些回来？"

二

福贵长到二十三，他娘得了病，吃上东西光吐。她自己也知道好不了，东屋婶也说该早点准备，福贵也请万应堂药店的医生给看了几次，吃了几服药也不见效。

一天，福贵娘跟东屋婶说："我看我这病也算现成了。人常说：'吃秋不吃夏，吃夏不吃秋。'如今是七月天，秋快吃得了，恐怕今年冬天就过不去。"东屋婶截住她的话道："嫂，不要胡思乱想吧！哪个人吃了五谷能不生灾？"福贵娘说："我自己的病自己明白。死我倒不怕！活了五六十岁了还死不得啦？我就只有一件心事不了：给福贵童养了个媳妇在半坡上滚①，不成一家人。这闺女也十五了，我想趁我还睁着眼给她上上头②，不论好坏也就算把我这点心尽到了。只是咱这小家人，少人没手的，麻烦你到那时候给我招呼招呼！"东屋婶满口称赞，又问了日期，答应给她尽量帮办。

七月二十六是福贵与银花结婚的日子，银花娘家哥哥也来送

---

①在半坡上滚：指事情未到底。
②上头：姑娘结婚前，要绞脸、盘髻，当地习惯叫"上头"。

女。银花借东屋婶家里梳妆上轿，抬在村里转了一圈，又抬回本院，下了轿往西屋去，堂屋里坐着送女客，请老家长王老万来陪。福贵娘嫌豆腐粉条不好，特别杀了一只鸡，做了个火锅四碗。

不论好坏吧，事情总算办过了。福贵和银花是从小就混熟了的，两个人很合得来，福贵娘觉着蛮高兴。

不过仍不出福贵娘所料，收过了秋，天气一凉病就重起来——九月里穿起棉袄，还是顶不住寒气，肚子里一吃东西就痛，一痛就吐，眼窝也成黑的了，颧骨也露出来了。

东屋婶跟福贵说："看你娘那病恐怕不中了，你也该准备一下了。"福贵也早看出来，就去寻王老万。

王老万说："什么都现成。"王老万的"万应堂"是药铺带杂货，还存着几口听缺的杨木棺材。可是不论你用什么，等到积成一个数目，就得给他写文书。王老万常教训他自己的孩子说："光生意一年能见几个钱？全要靠放债，钱赚钱比人赚钱快得多。"

将就收罢秋，穰草还没有铡，福贵娘就死了。银花是小孩子，没有经过事，光会哭。福贵也才二十三岁，比银花稍强一点，可是只顾央人抬棺木，请阴阳，顾不得照顾家里。幸亏有个东屋婶，帮着银花缝缝孝帽，挂挂白鞋，坐坐锅，擀擀面，才算把一场丧事忙乱过去。

连娶媳妇带出丧，布匹杂货钱短下王老万十几块，连棺木一共算了三十块钱，给王老万写了一张文书。

三

小家人一共四亩地，没有别的指望，怕还不了老万的钱，来年就给老万住了半个长工。银花从两条小胳膊探不着纺花车时候就学纺花，如今虽然不过十六岁，却已学成了纺织好手。小两口子每天早上起来，谁也不用催谁，就各干各的去了。

老万一共雇了四个种地伙计，老领工伙计说还数福贵，什么活一说就通。老领工前十来年是好把式，如今老了，做起吃力活来抵不住福贵，不过人家可真是通家，福贵跟人家学了好多本领。

不幸因为上一年福贵办了婚丧大事，把家里的粮食用完了，这一年一上工就借粮，一直借到割麦。十月下工的时候，老万按春天的粮价一算，工钱就完了，净欠那三十块钱的利钱十块零八毛。三十块钱的文书倒成四十块，老万念其一来是本家，二来是东家伙计，让了八毛利。

福贵从此好像两腿插进沙窝里，越圪弹越深，第四年便滚到九十多块钱了。十月里算账，连工钱带自己四亩地余下的粮食一同抵给老万还不够。

这年正月初十，银花生了头一个孩子。银花娘家只有个嫂，正月天要在家招呼客人，不能来，福贵只好在家给她熬米汤。

粮食已经给老万顶了利，过了年就没吃的。银花才生了孩子，一顿米汤只用一把米，福贵自己不能跟她吃一锅饭，又不敢把熬米汤的升把米做稠饭吃，只好把银花米汤锅里剩下的米渣子喝两口算一顿。银花见他两天没吃饭，只喝一点米渣子，心疼得很，拉住他的胳膊直哭。

四

十四那一天，自乐班要在庙里唱戏，打发人来叫福贵。福贵这时候正饿得心慌，只好推辞道："小孩子才三四天，家里离不了人照应。"

白天对付过去了，晚上非他不行，打发人叫了几次没有叫来，叫别人顶他的角，台底下不要。有些人说："本村唱个戏他就拿这么大的架子！抬也得把他抬来！"

东屋婶在厢房楼上听见这话，连忙喊道："你们都不知道！不是人家孩子的架子大！人家家里没吃的。三四天没有吃饭，只喝人家媳妇点米渣渣，哪能给咱们唱？"东屋婶这么一喊叫，台上台下都乱说："他早不说！正月天谁还不能给他拿个馍？"东屋婶说："这孩子脸皮薄，该不是不想说那丢人话啦？我给人家送个馍人家还嫌不好意思啦！"老万在社房里说："再去叫吧！跟他说明，来了叫他到饭棚底吃几个油糕，社里出钱！"

问题算是解决了，社里也出几个钱，唱戏的朋友们也给他送几个馍，才供着他唱了这三天戏。

社里还有个规矩：每正月唱过戏，还给唱戏的人一些小费，不过也不多，一个人不过分上一两毛钱，福贵是个大把式，分给他三毛。

那时候还是旧社会，正月天村里断不了赌博，十七这一天前晌，他才从庙里分了三毛钱出来，一伙爱赌博的青年孩子把他拦住，要跟他耍耍钱。他心里不净，急着要回去招呼银花，这些年轻人偏偏要留住他，有的说他撇不下老婆，有的说他舍不得三毛钱——话都说得不好听："三毛钱是你命？""不能给人家老婆攒体己？"说得他也不好意思走开，就跟大家跌起钱来。他是个巧人，忖得住手劲，当小孩子时候，到正月天也常跟别的孩子们耍，这几年日子过得不称心才不耍了。他跟这些年轻人跌了一会儿，就把他们赢干了，数了数赢了一块多钱。

五

回到家，银花说："老领工刚才来找你上工。他说正月十五也过了，今年春浅，掌柜说叫早些上工啦！"福贵说："住不住吧不是白受啦！咱给人家住半个，一月赚人家一块半；咱欠人家九十块，人家一月赚咱三块六，除给人家受了苦，见一月还得贴两块多。几时能贴到头？"银花说："不住不是贴得越多吗？"福贵说："省下些工担担挑挑还能寻个活钱。"银花说："寻来活钱不还是给人家寻吗？这日子真不能过了呀？"福贵说："早就不能过了，你才知道？"

他想住也是不能过，不住也是不能过，一样不能过，为什么一个活人叫他拴住？"且不给他住，先去籴二斗米再说！"主意一定，向银花说明，背了个口袋便往集上去。

打村头起一个光棍家门口过，听见有人跌钱，拐进去一看，还是昨天那些青年。有一人跑来拦住他道："你这人赌博真不老实！昨天为什么赢了就走，真不算人！"福贵说："你输干了，叫我跟你赌嘴？"说着就回头要走，这青年死不放，一手拉着他，一手拍着自己口袋里的铜圆道："骗不了你！只要你有本事，还是你赢的！"

福贵走不了，就又跟他们跌了一会儿，也没有什么大输赢。这时候，外边来了个大光棍。挤到场上下了一块现洋的注，小青年谁也不敢叫他这一注，慢慢都抽了腿，只剩下四五个人。福贵正预备抽身走，刚才拉他那个青年又在他背后道："福贵！你只能捉弄我，碰上一个大把式就把你的戏煞了！"福贵最怕人说他做什么不如人，怄着气跌了一把，恰恰跌红了，杀过一块现洋来。那人又从大兜肚里掏出两块来下在注上叫他复。他又不好意思说注太大，硬着头皮复了一把，又杀了。那人起了火，又下了五块，他战战兢兢又跌了一把，跌了两个红一个皮，码钱转到别人手里。这时候，老领工又寻他上工，他说："迟迟再说吧！我还不定住不住啦！"那个青年站在福贵背后向老领工道："你不看这是什么时候？赢一把抵住受几个月，输一把抵住歇几个月，哪里还能看起那一月一块半工钱来？"老领工没有说什么走了。

　　隔了不大一会儿，一个小孩从门外跑进来叫道："快！老村长来抓赌来了！"一句话说得全场的人，不论赌的看的，五零四散跑了个光，赶老万走到院里，一个人也不见了。

　　晚上，福贵买米回来，老万打发领工叫他到家，好好教训了他一番，仍叫他给自己住。他说："住也可以，只要能借一年粮。"老万合算了一下："四亩地打下的粮不够给自己上利，再借下粮指什么还？不合算，不如另雇个人。"这样一算，便说："那就算了，不过去年的利还短七块，要不住就得拿出来！"福贵说："四亩地干脆缴你吧！我种反正也打得不够给你！"

　　就这么简单。迟了一两天，老万便叫伙计往这地里担粪。

　　福贵这几年才把地堰叠得齐齐整整的，如今给人家种上了，不看见不生气，再也不愿到地里去。可是地很近，一出门总要看见，因此常钻在赌场不出来，赌不赌总要去散散心。这样一来二去，赌场也离不了福贵，手不够就要来叫他配一配。

六

福贵从此以后，在外多在家少，起先还只在村子里混，后来别的光棍也常叫上他到外村去，有时候走得远了，仨月俩月不回来。东屋婶跟银花说："他再回来劝一劝他吧！人漂流的时候长了，就不能受苦了！"银花有一回真来劝他，他说："受不受都一样，反正是个光！"

他有了钱也常买些好东西给银花跟孩子吃，输了钱任凭饿几天也不回来剥削银花。他常说他干的不是正事，不愿叫老婆孩子跟他受累。银花也知道他心上不痛快，见他回来常是顺着他；也知道靠他养活靠不住，只能靠自己的两只手养活自己和小孩。自己纺织没钱买棉花，只好给别人做，赚个手工钱。

有一年冬天，银花快要生第二个小孩，给人家纺织赚了一匹布。自己舍不得用，省下叫换米熬米汤，恰巧这时候福贵回来。他在外边输了钱，把棉衣也输了，十冬腊月穿件破衣衫，银花实在过意不去，把布给他穿了。

腊月二十银花又生了个孩子，还跟第一次一样，家里没有一颗粮，自己没米熬米汤，大孩子四岁了，一直叫肚饿，福贵也饿得肚里呱呱叫。银花说："你拿上个升，到前院堂屋支他一升米，就说我迟两天给他纺花！"福贵去了，因为这几年混得招牌不正，人家怕他是捣鬼，推说没有碾出来。听着西屋的媳妇哭，她婆婆揭起帘低低叫道："福贵！来！"福贵走到跟前，那老婆婆说："有点小事叫你办办吧，可不知道你愿意不愿意？"福贵问她是什么事，她才说是她的小孙女死了，叫福贵去送送。福贵可还没有干过这一手，猛一听了觉着这老婆太欺负人，"这些事怎么也敢叫我干？"他想这么顶回去，可是又没说出口。那老婆见他迟疑就又追道："去不去？去吧！这怕甚啦？不比你去借米强？"他又想想倒也对：自己混得连一升米也不值了，还说什么面子？他没有答话，走进西屋里，一会儿就挟了个破席片卷子出去了。他找着背道走，生怕碰上人。在村里没有碰着谁，走出村来，偷偷往回看了一下，村边有几个人一边望着他一边叽叽呱呱谈论着。他没有看清楚是谁，也没有听清楚是说什么，只听着福贵长福贵短。这时候，他躲也没处躲，席卷也没处藏，半路又不能扔了，只有快快跑。

这次赚了二升米，可是自这次也做成了门市，谁家死了孩子也去叫他，青年们互相骂着玩，也好说："你不行了，叫福贵挟出去吧！"

来年正月里唱戏，人家也不要他了，都嫌跟他在一块丢人，另换了个新把式。

七

人混得没了脸，遇事也就不很讲究了：秋头夏季饿得没了法，偷谁个南瓜找谁个萝卜，有人碰上了，骂几句板着脸受，打几下抱着头挨，不管脸不脸，能吃上就算。

有一年秋后，老万的亲家来了，说福贵偷了他村里人的胡萝卜，罚了二十块钱，扣在他村村公所。消息传到银花耳朵里，银花去求老万说情。其实老万的亲家就是来打听福贵家里还有产业没有，有就叫老万给他答应住这笔账，没有就准备把他送到县里去。老万觉着他的四亩地虽交给了自己，究竟还没有倒成死契，况且还有两座房，二十块钱还不成问题，这闲事还可以管管，便对银花说："你回去吧！家倒累家，户倒累户，逢上这些子弟，有什么办法？"钱也答应住了，人也放回来了，四亩地和三间堂房，死契写给了老万。

写过了契，老万和本家一商量，要教训这个败家子。晚上王家户下来了二十多个人，把福贵绑在门外的槐树上，老万发命令："打！"水蘸麻绳打了福贵满身红龙。福贵像杀猪一样干叫喊，银花跪在老万面前死祷告。

福贵挨了这顿打，养了一月伤，把银花半年来省下的二斗多米也吃完了。

八

伤养好了，银花说："以后不要到外面跑吧！你看怕不怕？"他说："不跑吃什么！"银花也想不出办法，没说的，只能流两行眼泪。

这年冬天他又出去了。这次不论比哪一次也强，不上一个月工夫，回来衣裳也换了，又给银花送回五块钱来。银花问他怎样弄来的，他说："这你不用问！"银花也就不问了，把这几块钱，买了些米，又给孩子换换季。

村里的人见福贵的孩子换了新衣裳，见银花一向不到别人家里支米，断定福贵一定是做了大案。丢了银钱的，失了牲口的，都猜疑是他。

来年正月，城里一位大士绅出殡，给王老万发了一张讣闻。老万去城里吊丧，听吹鼓手们唱侍宴戏，声音好像福贵。酒席快完，两个吹鼓手来谢宾，老万看见有一个是福贵，福贵也看见席上有老万，赶紧把脸扭过一边。

丧事完了，老万和福贵各自回家。福贵除分了几块钱，并不觉得自己做了什么坏事，老万觉着这福贵却非除去不可。

这天晚上，老万召集起王家户下有点面子的人来道："福贵这东西真是活够了！竟敢在城里当起吹鼓手来！叫人家知道了，咱王家户下的人哪还有脸见人呀？一坟一祖的，这堆狗屎涂到咱姓王的头上，谁也洗不清！你们大家想想这这这叫怎么办啦？"这地方人，最讲究门第清，叫吹鼓手是"忘八""龟孙子"，因此一听这句话，都起了火，有的喊"打死"，有的喊"活埋"。人多了做事不密，东屋婶不知道怎么打听着了，悄悄告诉了银花，银花跟福贵一说，福贵连夜偷跑了。

自那次走后，七八年没音信，银花只守着两个孩子过。大孩子十五了，给邻家放牛，别的孩子们常骂他是小忘八羔子。

福贵走后不到一年日本人就把这地方占了。有人劝银花说："不如再找个主吧！盼福贵还有什么盼头？"银花不肯。有人说："世界上再没有人了，你一定要守个忘八贼汉赌博光棍啦？"银花说："是你们不摸内情，俺那个汉不是坏人！"

区干部打听清楚福贵的来历，便同村农会主席和他去谈话。农会主席说："老万的账已经算过了，凡是霸占人家的东西都给人家退了，可是你也是个受剥削的，没有翻了身。我们村干部昨天跟区上的同志商量了一下，打算把咱村里庙产给你拨几亩叫你种，你看好不好？"福贵跳起来道："那些都是小事！我不要求别的。要求跟我老万家长对着大众表诉表诉，出出这一肚子忘八气！"区干部和农会主席都答应了。

　　晚上，借冬学的时间，农会主席报告了开会的意义，有些古脑筋的人们很不高兴，不愿意跟忘八在一个会上开会。福贵不管这些人愿意不愿意，就发起言来：

　　"众位老爷们：我回来半个月了，很想找个人谈谈话，可是大家都怕沾上我这忘八气——只要我跟哪里一站，别的人就都躲开了。对不住！今天晚上我要跟我老万家长领领教，请大家从旁听一听。不用怕！解放区早就没有忘八制度了，咱这里虽是新解放区，将来也一样。老万爷！我仍要叫你'爷'！逢着这种忘八子弟你就得受点累！咱爷们这账很清楚：我欠你的是三十块钱，两石多谷；我给你的，是三间房、四亩地、还给你住过五年长工。不过你不要怕！我不是跟你算这个！我是想叫你说说我究竟是好人呀是坏人？"

　　老万闷了一会儿，看看大家，又看看福贵道："这都是气话，你跟我有什么过不去可以直说！我从前剥削过人家的都包赔过了，只剩你这一户了，还不能清理清理？你不要看我没地了，大家还给我留着个铺子呢！"

　　福贵道："老家长！我不是说气话！我不要你包赔我什么，只要你说，我是什么人！你不说我自己说：我从小不能算坏孩子！一直长到二十八岁，没有干过一点胡事！"许多老人都说："对！实话！"福贵接着说："后来坏了！赌博、偷人、当忘八……什么丢人事我都干！我知道我的错，这不是什么光荣事！我已经在别处反省过了。可是照你当日说的那种好人我实在不能当！照你给我做的计划，每年给你住上半个长工，再种上我的四亩地，到年头算账，把我的工钱和地里打的粮食都给你顶了利，叫我的老婆孩子饿肚。一年又一年，到死为止。你想想我为什么要当这样好人啦？我赌博因为饿肚，我做贼也是因为饿肚，我当忘八还是因为饿肚！我饿肚是为什么啦？因为我娘使了你一口棺材，十来块钱杂货，怕还不了你，给你住了五年长工，没有抵得了这笔账，结果把四亩地缴给你，我才饿起肚来！我从二十九岁坏起，坏了六年，挨的打、受的气、流的泪、饿的肚，谁数得清呀？直到今年，大家还说我是坏人，躲着我走，叫我的孩子是'忘八羔子'，这都是你老人家的恩典呀！幸而没有叫你把我活埋了，我跑到辽县去讨饭，在那里仍是赌博、偷人，只是因为日本人打进来了，大家顾不上取乐，才算没有再当忘八！后来那地方成了八路军的抗日根据地，抗日政府在那里改造流氓、懒汉、小偷，把我组织到难民组里到山里去开地。从这时起，我又有地种了、有房住了、有饭吃了，只是不敢回来看我那受苦受难的孩子老婆！这七八年来，虽然也没有攒下什么家当，也买了一头牛，攒下一窑谷，一大窑子山药蛋。我这次回来，原是来搬我的孩子老婆，本没有心事来和你算账，可是回来以后，看见大家也不知道怕我偷他们，也不知道是怕沾上我这个忘八气，总是不敢跟我说句话。我想就这样不明不白走了，我这个坏蛋名字，还不知道要传流到几时，因此我想请你老人家向大家解释解释，看我究竟算一种什么人！看这个坏蛋责任应该谁负？"

一九四六年八月三十一日

师徒

周洁夫

【关于作家】

周洁夫（1917—1966），祖籍浙江镇海，生于上海。1938 年奔赴延安，进入延安抗日军政大学，次年加入中国共产党。1945 年出任东北人民解放军（原"东北人民自治军"，1947 年更名）政治部《自卫报》记者、编辑、副社长。1951 年后成为专业作家。20 世纪 60 年代后，曾任《解放军文艺》社副主编。著有长诗《开垦》，小说《祖国屏障》《十月的阳光》《走向胜利》等。

【关于作品】

《师徒》选自 1955 年出版的短篇小说集《坚强的人》。王勤和袁二毛是师徒关系，两人都认真工作，但师傅对徒弟喜欢"离宗"的特点不满，徒弟则不喜欢师傅保守的姿态。为节省纸张，徒弟提出用二十六开纸代替现有二十四开纸印刷杂志的想法，师傅近乎本能地抵触了。袁二毛不因师傅的反对而放弃，而是着手调整版样，反复试验；王勤现场观看后深受触动，觉得徒弟的想法可行，暗地里也开始探索。不久，师徒二人几乎同时找到了解决问题的办法。王勤不仅表扬了袁二毛勇于创新，而且还做了深刻的自我批评。

　　作品采用对比的手法，师徒二人一个趋于保守、一个喜欢创新，一个经验丰富、一个干劲十足，对比鲜明。作品还写出了人物的成长，比较新颖的不是师傅带动徒弟成长，而是徒弟带动师傅成长。王勤经过自我反省，由不思进取到参与创新，性格发生了深刻的变化。好的小说总是这样，不仅要写出人物鲜活的个性，而且还要写出性格的变化。

　　在厂长室里挂着一幅半身大画像——陕甘宁边区的一位劳动英雄。画像左边，挂着个玻璃镜框，里面是两个工人合照的全身像。他们并排站着，肩膀靠着肩膀。左边的是个中年人，大方脸，身材魁伟，穿一套紧身短衫裤；右面的是个瘦削的，穿着工装裤的青年。两个人都在微笑，这笑跟大画像上的那个劳动英雄一样，充满幸福和自信。身材魁伟的那个名叫王勤，瘦削的那个叫袁二毛。

　　袁二毛是机印股快满师的学徒，当过矿工。到了延安，进抗日军政大学的工人大队学习，毕业后就分配到这个印刷厂当学徒。学了一年，机器上的活就摸得差不多了。因为熟练工人少，每逢开日夜班，总让他负责掌握一班的对开机。比起熟练工人来，他上版的时间要长些，可是，在工作中间，只要发觉有点小毛病，他马上停下机器检查，如果是某个字不显，他就剪一块小纸片贴在滚筒上；如果是某个字高了些，他就把这个铅字用钳子夹出来，把它锉平。跟他合作的学徒常嫌他噜苏劲大，他听见了只当没听见。机印股长很满意他的认真态度，常在股务会上表扬他，说他肯学，肯干，干得有门道。

机印股长王勤在开封、西安吃过十三年印刷饭。他熟悉厂里的每一架印刷机，不管机器发生什么故障，他能够立刻找出毛病，当场修好。他来边区一年多了，管理一向挺严格，哪个学徒要是不肯下功夫学，他会毫不客气地训他："怎日鬼的！心眼放灵些，别老像给浆子粘住了似的，糊里糊涂。"有时还加上这么个尾巴："你学不会，别人还当我保守，不尽心教哩。我不愿意听人讲我一句坏话。"他确实是尽心尽意地教，也希望别人尽心尽意地学。他喜欢袁二毛，就因为袁二毛肯专心学。可是他也有一点不喜欢袁二毛，那就是袁二毛不完全按他教的去做，用他的话来说，就是"离宗"。每逢袁二毛用自信的口气说："股长，这样做是不是更好些？"他就皱眉摆头，从牙齿缝里说话。

这时国民党顽固派封锁边区很严，油墨、铅、纸张都不容易进来。工厂提出要节约材料。王勤心里不大同意："一分钱，一分货，节省材料就出不了好货色。"想是那么想，可没有说出口。袁二毛一听到号召，脑子里可转开了，他想起一件事情：工厂里印的一种二十四开本的杂志，一部分用白报纸，一部分用土纸印，白报纸比土纸大，因此每张纸都得裁下一掌宽的长条。"这些空白纸条不是浪费了！"以后，这件事就老放在他的心上。

过不几天，材料保管员调走了，工作暂时由王勤兼管。他把铺盖搬进材料房，一查登记簿子，白报纸只剩下三十令了。纸堆得不整齐，地上还有好些碎纸屑，他就动手盘纸。一盘，发现底下两令纸给老鼠啃坏了，他立刻报告了工务科。这自然是个严重情况，工务科马上下通知，要大伙特别节省白报纸。

袁二毛看了通知，当晚没有睡好，翻腾了大半夜，暗暗下了个决心。

　　第二天上午，袁二毛上材料房领纸，见王勤坐在小凳子上补老鼠啃过的白报纸，窑洞里发出半生的面粉气息，糊过的纸摊了一地一床铺。王勤把纸点给了袁二毛，一句话也不说，重新坐下来补纸。袁二毛走了两步，忍不住回转身说："股长，咱们印的二十四开的杂志，白报纸本的每张印页总要裁下一宽条，是笔浪费。一张白报纸比土纸大，为什么都印二十四开？我想把它改成二十六开。"

　　王勤的眉毛一皱，头也不抬地说："这是规矩。从来都是这样，不是三十二开就是六十四开；不是二十四开就是四十八开。二十六开，亘古没有听说过。"

　　袁二毛本想争辩几句，转念一想，知道越争辩越会加强股长的固执，就笑了笑说："我想研究研究看看。"

　　"还是专心学好技术吧，少分些心。"

　　袁二毛捧着纸回到机印股，坐上对开机旁边的高凳，工作起来。股长的话敲着他的心。对那种硬按着头叫喝水的办法，他平素就不满意，此刻这种不满增长了。"偏要做成功给他看看。克服当前困难不比学技术重要？"于是他的想头脱了缰：改成二十六开，版样一定得改变，有几块版必须横放……他一边想，一边机械地挪动手臂，把报纸填进机器。一声沙响惊醒了他，有张印页滑到地上去了。他拾起纸张，责备自己不该在工作时间内分心，便张大眼睛，想把精神贯注到工作上去。然而眼前的印页好像变了样子，有几块是横排的，多了两个码子：二十五、二十六。他挺了挺腰，摇摇头，想赶掉眼前的幻象。

　　下工的哨子响了，人们离开印刷机，洗了洗沾上油墨的手，唱着歌跑出去。袁二毛依旧坐在高凳上，好像胶住了似的，凝然不动，直到响起吃饭的哨声，才舍不得地离开。他匆匆忙忙地扒下两口饭，撂下饭碗，一头踏进机印股，抽出底盘。可是这一版还没有印完，版不能卸。卸了，装起来费事，妨碍工作。

他跑进宿舍，把摇机器的学徒从床上拖起来，拖到门外，低声细气地说："咱们加个义务工，今天把这一版印完，好不好?"说罢拖起他就走。

整个午睡时间，他们没有休息。可是到下午收工时，还剩下五百多张。袁二毛鼓了鼓劲儿，又加了一个钟头义务工，在黄昏前终于把这一版赶印完了。

晚间，袁二毛钻进工房，点上灯，卸开版，从每块版样的左右抽去几根铅条，这样放放，那样拼拼，拼来拼去拼不好。他的脑子越拼越乱，好像印重叠了的纸张一样，黑乎乎的一大片。他卷了支烟，走到门外，猛吸了几口，捻熄烟，又转回去摆弄。这样忙了两三个钟头，还是没有头绪。

第二天，他紧赶慢赶又赶完了一版，准备晚上再研究，谁知晚上临时开工人大会，他只好去了。工务科长在会上宣布说，今天到新市场转了大半天，买不到白报纸，要求大家一定要尽量节省。随后提到铅字用得太久，有的压坏了，有的不显了，要重铸一副，可是铅也买不到，希望大家想办法。一时大伙讨论得很热烈，袁二毛几次想把他的想法提出来，又觉得没把握，话到喉咙口好几次，每次都咽回去了。王勤始终没发表意见，别人提出办法来了，他也赞成。比方说，表格图表一律不用白报纸印，他举手同意；从垃圾堆里回收过去不小心扫出去的废铅，他也举手同意。最后工务科长问他有什么意见，他只说了句："干就是了。"

　　第二天是星期天，一大早，好些人就去捡废铅，王勤也去了。袁二毛留在工房里忙了一整天，还是没忙出头绪，不管这样放还是那样放，总是差一截，搭不上榫。他无心吃晚饭，胡乱嚼了几嘴，又钻进了工房。傍晚好像比中午还闷，只觉一阵阵燥热从胸口冲到头顶。他把工帽往脑后推了推，顺势抹了抹额头，抹了一手汗。他走到窗前，支起窗扇，阴暗的窑洞突然明朗起来。他吸了口气，似觉燥热消退了些。这时一张大方脸从窗口伸进来，阔嘴一张："加义务工？"

　　"我在试……"袁二毛猛想起前天的谈话，收住话头。

　　王勤一眼看到了散在底盘上的版样，立刻明白了袁二毛在做什么。他"哦"了一声，缩回头，走进工房，走到机器跟前，扫视一眼横七竖八的铅版，装作冷淡地问："快成了吗？"

　　袁二毛摇了摇头，斜瞅了一眼，见股长的脸上没有丝毫嘲笑的神色，心情平稳下来，走近机器，指指这块版，动动那块版，讲开他的想法。开头还不时看看股长的脸色，带着几分拘谨，后来讲得兴奋了，就毫无顾忌地讲解起来。

　　王勤一边听，一边看，他的注意力慢慢地被抓住了。他一手摸着刚刮过的青色下巴，另一只手的手指在底盘上画着。袁二毛讲完了好一会儿，他才点点头说："主意倒不错，好好研究吧。"说罢又望了一眼横三倒四的版样，晃着阔背脊走出窑洞。

　　王勤慢吞吞地走回材料房，躺到床上，两手交叉颈后，仰望着窑洞顶。刚才看到的情形打动了他，脑子里好像有个钟摆在来回晃动。"做得到！真是能做到的！"他喃喃地说，心头漾起一种痒痒的感情。

　　他一动不动地躺了一会儿，突然跳起来，从半人高的纸堆上拉过一张补过的白报纸，折成两面，摊在桌子上。十五年的经验帮助了他，在白报纸上现出十二块显明的版样，上面六块，下面六块，这是现在印的式样。他先照着袁二毛说的调排，折了几折，轻微地摇摇头：中缝太挤，边上的页码挤到一块去了。窑洞慢慢黑下来，跟前只能辨出报纸的暗光，他的脑袋里，却跟白天一样清亮。在那个小天地里，铅字、版样和它的距离间隔，全都清清楚楚。他在脑子里调度了一阵，头有点发胀，于是走到院子里，来回踱了一阵，回进材料房，喝了几口凉水，又躺在床上默想起来。

天黑了好久，他才爬起来点上豆油灯，从抽屉里取出一本二十四开的白报纸本杂志，翻了翻，端详了好一会儿，然后把那张报纸用小刀裁成两张，根据想到的样式，这样那样折了一阵子，摇摇头，吁了口长气又仰面躺下了。

他一动不动地躺了好一会儿，突然"哈"了一声，两步跳到桌子跟前，拿起一张纸裁成几小张，折了几折，加起来正好二十六面！跟那本杂志一比较，每一页虽然窄了一些，但除了把页码从边上移到顶头上之外，一点用不着减少行数和每行的字数。一种从来没有过的喜悦，流过他的全身。他拿起铅笔，在每页的天头上记上阿拉伯字码，翻开看了看，又细细折叠好，把书页紧握在潮热的手掌中，兴冲冲地走了出去。

他急步走到机印股门口，门缝中漏出灯光，自然袁二毛还在忙着。他正要推门，刮来一阵凉爽的夜风，使他从兴奋中清醒过来。他猛地记起自己在前天讲过的话，不禁缩回脚，犹豫起来。他望见不远处的一个窗子里亮着灯光，不知不觉地挪动脚步，径直向那边走去。

他推开门，一道淡黄色的光焰撒上他的脸庞。

工务科长的背脊弯成弓形，正在统计上半个月的生产数字，桌子上堆了一堆表格。听见脚步响，他抬起头来，一看到王勤的通红的脸，以为发生了什么事故，他的映在墙上的庞大影子伸直了，他站起身问："出了什么事啦？"

王勤拉过一张凳子，把沉重的身体投在上面，说了声"我——"就停住了。他不知道该怎么说下去，觉着脑袋里嗡嗡叫，好像屋里烧着一盆烈火。见工务科长两手撑住桌沿等他说话，便吃力地说："我，我刚才……"他又说不下去了，两手摸弄书页，不安地在凳子上挪动着屁股。

工务科长又等了一会儿，半开玩笑半不耐烦地说："有什么话不好开口，怎么成了大姑娘了？"

"我们的纸张消耗很大，"王勤没头没脑地说了一句，停了停，一欠身，把手里的书页塞到工务科长跟前，"喏，这是二十六开的！"

当工务科长翻看书页的时候，王勤已经镇定了自己。他坐正身子，抬起头朗声地说："前天袁二毛对我说，想把二十四开杂志的报纸本改成二十六开。我脑筋都没有转，一下子把他顶回去了。今天晚饭后……"一说开头，他的话慢慢流畅起来。他谈完了自己回到材料房以后的经过，指了指工务科长手上的书页说："这就是二十六开本的样张！"

"呵！好极了！"工务科长叫了起来。随手抽出一本上期的杂志，比了比，细细地又检视了一遍样张，这才伸出双手，握住王勤的手，使劲摇了几摇，叫喊着说："王股长，你替革命做了一件好事情！"

"这件好事情是袁二毛做的！没有他，我做梦也想不到这上面去。"

"工务科长！工务科长！"欢快的、短促的喊叫一路响过来，掀起的门帘卷进个年轻人，一折书页举在头上。"咱们的杂志照这个样子印，能省一大批报纸！"

工务科长拖过一张凳子，亲热地说："坐下，小袁！坐下歇歇。"

"我出娘胎都没这么高兴过。"袁二毛一脚踏在凳子档上，依旧忘形地喊叫，"好像坐着吊车往矿井上升，全身飞轻！"他一眼看到靠在墙角落的王勤，便把书页塞过去说："股长，你看看！"股长没有接，倒是工务科长把它抽走了。

工务科长翻着书页，边看边笑。袁二毛两肘支在桌边上，仰头盯着工务科长，准备随时解答问题。工务科长什么也没有问，捡起王勤带来的样张，笑着递给他："小袁，你看看这一份。"

袁二毛翻看了一遍，又翻了一遍，露出惊奇的神色："怎么搞的？这一份跟我的完全一样！"

工务科长笑出声来，拍了拍他的肩膀说："这一份是王勤同志的！"

袁二毛情不自禁地奔向靠在墙上的王勤，抓住他的手说："股长，你什么时候搞的？我怎么一点不知道啊？"

在王勤听来，袁二毛的话里好像有根刺。袁二毛刚进门，他就不安起来："他会怎么想呢？工务科长会怎么想呢？"现在，他不回答袁二毛的问话，转向工务科长说："我一时高兴得掌不住才拿着样张上这儿来的，我不是想抢先。"

"抢先？"工务科长的笑容消逝了，眉间起了短纹，用严肃的口吻说，"王股长，你怎么想到这上头去？边区工厂不像外边的工厂，我们这里没有创造发明的专利权。人人都可以创造，可以发明。袁二毛想出好主意，告诉了你；你认为这个主意好，也去绞脑筋，也得到成功。这都是好事情啊！咱们边区就需要这样的工人，越多越好。"

王勤摸着上衣的盘香纽扣，低声地说："道理是对，可我总觉得不光彩。"

工务科长走前一步，两手按在王勤的宽肩膀上："给革命做了好事情就是光彩。你没有抄袭袁二毛的图样。袁二毛也不会想：'主意是我想的，别人沾不得。'小袁，你不会这样想吧？"

袁二毛没想到股长会难过，而且难过成这样，心里又奇怪，又不安，听工务科长一问，连忙摇了摇头，挖肝掏心地说："我从来没那么想过。说实话，我早先总觉得股长干是肯干，就是死抱着老一套，不想改进，这回我可从心底佩服了，只要股长动开脑筋，干啥都行！"

王勤还是摆弄着盘香纽扣。工务科长知道他在想事情，走到窗前，把窗户打开，一阵凉风穿了进来，灯焰摆动一下，墙上的三个影子也晃动起来。

王勤突然摆了摆头，爽脱地说："工务科长，我一生就怕别人说我要奸猾。这事情也碰得巧，显得我很不光明似的。我又抓住这一点死钻，就越钻越偏了。想起来啊，我这人脑子里还有许多旧想法，爱用自己的想法套别人，自己这么想，以为别人也会这么想，唉。"

袁二毛见股长平静下来，像喝了一碗凉水那样舒服，便向股长提出老早想提的问题："股长，你怎么想得这样快啊？"

"要不是这十多年老跟印刷机打交道，凭空哪能想得出来？可是你要不提醒我，就是再加十五年经验，我这个闭塞脑袋恐怕还是块死木头模子，打不出新花样。"王勤双手一摊，感慨地说，"我才当学徒的时节，倒也肯动动脑筋。有一回，机器上掉了个螺丝，师傅没检查出来。我看出来了，对师傅一说，他反倒骂我：'才闻到油墨味就来多嘴，站远些！'自此我就懒得想事情了，反正叫干什么就干什么，少管闲事，少受闲气，这样饭碗倒稳些。袁二毛同志，这次你对我的帮助太大了，我是说对我今后工作的帮助。"

"走吧，咱们一块到厂长那儿去！"工务科长愉快地笑着，把两张样张插进口袋，一手拉着王勤，一手拉着袁二毛，走出门去。院子里，月光洒了一地，满天是闪闪点点的星星，院落边沿的两棵杨树，在微风里点着头。袁二毛低低地哼起《边区工人》歌来：

> 生活好像一朵鲜花，
> 在民主政权的滋润下，
> 我们长大了
> ……

一星期以后，在全厂职工大会上，厂长把边区工业局赠的两枚奖章和厂部赠的奖金，庄穆地交到袁二毛和王勤的手里。一散会，就把他俩拉到机印股的门口，用他的不熟练的技术，给他俩拍了一张照片。拍的时候，王勤和袁二毛——师徒两个，紧紧地靠在一起，互相可以觉出对方的心跳。

一九四四年十二月作于延安

纺车的力量

方纪

【关于作家】

方纪（1919—1998），原名冯骥，笔名公羊子，河北省辛集市（原束鹿县）人。1936年加入中国共产党，加入中国左翼作家联盟。1939年到延安，曾在《解放日报》等单位工作。抗战胜利后，任热河省（旧称）文联主席。新中国成立后曾担任《天津日报》编委、文艺部主任，中共天津市委宣传部副部长等。创作有长篇小说《老桑树底下的故事》、中篇小说《不连续的故事》和短篇小说《来访者》等。另外还出版了散文集《长江行》《挥手之间》，长诗《不尽长江滚滚来》《大江东去》，文学评论集《学剑集》等。

【关于作品】

知识分子的改造，是延安时代的一个重大课题。这个作品表现了一个知识分子是如何克服小资产阶级思想，逐渐变成一个合格体力劳动者的。主人公沈平是一个曾经留学美国的大学生，学习电机工程专业。就是这样一个拥有先进理论和技术的科技工作者，在大生产运动中不仅掌握了使用传统纺车的方法，而且受到了思想上的改造。

作品详尽地描述了沈平纺线技术不断进步和认识不断变化的过程。刚刚坐在纺车前时，沈平为断线困扰，十分沮丧。经过几天的练习，断线变少，但纺出的线粗细不匀；在调整和掌握了"拉"与"摇"的节奏之后，他纺出的线质量不断提高，技术不断提升，纺出的线无论在匀度还是在捻度上逐渐合乎要求，向着"每小时八钱一千八百尺头等纱"的目标靠近。最后，经过多次失败，他终于在全校纺织大赛中获得了第八名的好成绩。

在学习纺线的过程中，沈平思想的波折与斗争也展示得一清二楚。开始，沈平用带有知识分子鄙视体力劳动的眼光看待手工纺线，他总是产生这样的联想："一架纺车与一个盘着腿坐在地上的小脚女人形成一幅可怜的画像。"他觉得纺线"不如多看点书好些"，这样的劳动"毋宁说是'生命的浪费'"；因此，刚刚开始纺线的时候，他需要不断地赋予纺线以意义才能坚持下去："劳动改造自然，也改造人类自己""这是一种整风""改造思想，与劳动人民结合""改造自己的小资产阶级思想，只有面向工农兵，到实际中去"。他不断放低身段，而纺线劳动的难度也让他"一到纺车前，就感受到知识分子的渺小，和劳动人民的伟大"。最后，他改掉了参加纺线仅仅是锻炼锻炼的思想，清除了劳动之上附着的种种意义，认同了"能够把一份实际工作做好，就证明了自己的思想改造"的观念。由此，他安心纺线，逐渐成了纺线的高手。

不同的历史时期会有不同的价值观念。延安时代物质高度匮乏，要战胜敌人就必须有基本的物资供给，因此这种带有原始色彩的劳动对于解放区而言意义重大。这个作品带有那个特定时代的价值观，承载着特定历史时期的文化记忆。

一

沈平坐在纺车跟前生闷气。他觉得对付一架纺车，硬是比装置一部发电机要困难不知多少倍。他记得在大学里学电机工程的时候，连在美国都要五十年后才能用得到的电机，都没有使他这样头疼过。可是现在，已经整一个上午了，他坐在这部原始的木制纺车前，抽不出一条完整的线来！锭子上还是他开始时缠上去的几圈稀疏的引线。尤其使他难为情的，是那些纺断的线头：地上、胸前、两个膝盖和袖子上，都错综地交叉排列着，远远望去，他的蓝毛布棉衣上，像是添加了白条花纹。风吹过来，开玩笑似的又在他帽子上挂起几条。老袁走过来的时候，说他这是纺织工人的劳动的标志。他连头都没有抬，像是回答老袁的嘲讽，狠狠地摇动车轮，纺车嗡嗡地叫起来。但当他把棉条接上去，一拉，又断了！老袁大声笑着。沈平一脚把纺车蹬开，站起来，望着老袁，用力揉着手里的棉条。

谁能说沈平轻视劳动呢？虽说他是个大学生出身，从来没有摸过镢头把。可是他初来延安参加开荒的时候，以他青年人的热情，手上磨得出血，还以一天开三分生荒的纪录，成为开荒突击手，受到学校的表扬。他凭自己单纯的热情，懂得生产是为了坚持抗战，为了革命的利益。而且，他还常常说："这也是一种锻炼呢！"

可是，今年的生产不同了，为了不妨碍工作和学习，机关学校的生产改为手工业为主。口号是"自己动手，丰衣足食"。还不仅只凭热情，卖力气，还要认真地学会一门技术。在生产动员大会上，沈平是首先响应这号召的一个；而且会后立即订了自己完成一石五斗小米的生产任务计划，还同老袁挑战比赛——按照他自己的想法：这是他为了帮助老袁的思想进步才向他挑战的。因为老袁说生产的意义主要是为了"丰衣足食"，而他则强调"自己动手"。他们各自抱着这口号的半截，争论了很久，谁也不服谁。最后，他自信地笑一笑对老袁说："看吧！"立即去领了纺车和棉花，趁昨天礼拜六，晚上搓好棉条，今天一早就开始纺了。

可是，仅仅一个上午，他的满腔热情便为这个中世纪的生产工具磨冷了！他开始觉得自己无能，接着就是骂纺车，怨棉花，最后，他竟觉得这种生产毋宁说是"生命的浪费"了！

"这样落后……"他喃喃地说，把眼光从老袁身上移到纺车上。

"当然啦，学过电机工程的！"老袁说。

"少扯淡吧！"他扭过头去瞪了老袁一眼，"可是你呢？"

"我？搞这玩意儿，我觉得这有点不合算！"

"什么？"他像被触痛似的，带着微微的吃惊立即反问了一句，同时意识到一种模糊而尖锐的反感：像是老袁的话侮辱了他。虽然他刚刚还在想着"毋宁说是生命的浪费！"

"我说在一个钟头挣两石小米不合算！"老袁肯定地补充着。

"但这是一种整风！"沈平立即变得严肃起来，仿佛自言自语地说，"改造思想，与劳动人民结合……"

"吓！算了吧，老兄！"老袁带着讽刺的微笑回答，"这可没有那么清高。生产，就是生产，是经济任务。"

"但是，'劳动改造自然，也改造人类自己'……"沈平仍自沉思地说。

"教条！"老袁耸一耸肩膀，扭身走了。沈平带着被刺痛的迷惘的反感，望着老袁的背影。脑子里继续着自己的思路，分析着他的所谓"浪费"，与老袁的"不合算"的思想的不同。他固执地要把这两者分开来，似乎非如此不足以维持思想的纯洁性似的。他迟滞地思索着，分析着，但实在很难找出它们之间有什么分别……逐渐，他模糊地感到：老袁不过是一种狭隘的经济观点；"而我"，他想，"是觉得不如多看点书好些……"于是他坐下去，从口袋里掏出"整风文献"读起来。

春天的中午的太阳晒得人真舒服，简直想睡。而且一上午的劳动，沈平确也有点疲倦，他慢慢地闭上眼睛，让书从手里滑落下去……蓦地，纺车声叫醒了他，一睁眼，大李的宽大的背脊蹲在他面前，正在摇着他的纺车。

"怎么？沈平同志，纺车不好用吧？"

"锭子跳，跳得厉害……"沈平揉一揉眼睛，看到自己面前凌乱的棉条、线头，脸一红，搭讪着站起来，"你看，断得这样多！"

大李继续慢慢地摇动着车轮，仔细观察着锭子的旋转。接着取下锭子来，闭起一只眼睛瞄锭子的直线。慢慢转动着，并随时在不直的地方划下记号。然后从口袋里摸出一把虎头钳子，把锭子放在一块平石板上轻轻地捶起来。当大李把锭子装上去，调整了弦线的松紧，并在轮轴和锭鼻子上加了油，车轮摇动了，纺车发出一种和谐悦耳的声音，锭子成一条直线转动着。

"好小组长，你简直救了我！"沈平高兴得跳起来，扯住大李的粗大健壮的手。

"你再试试看。"大李微笑着回答。可是当沈平又接连拉断了两根线的时候，他又失望地摇摇头，困惑地望着小组长了。

"你拉得太急了，"大李说，"可是摇得太慢，两只手不配合。"

而这个建议，使沈平又形成了相反的毛病。拉得慢，摇得快，线一紧，又断了，沈平苦笑起来。

"慢慢来，别急，"小组长知道他又要发急了，"两只手的动作快慢平衡，互相配合。"

这位生产小组长总是那么耐心，讲解着，鼓励着，并且亲自纺给他看。到下午，沈平显得进步了，断线较少，能够连续纺下去，这使他变得高兴起来。晚上，他在自己的日记上写着：

> 今天我饱尝了一种新的快乐。在这第一天的生产中，我经历了种种困难所招致的痛苦，而终于达到了胜利的喜悦，这是劳动实践对自己的改造的开始……

二

当天晚上，沈平一直睡不着觉。他感到疲倦而兴奋，纺车的声音似乎还在他耳边嗡嗡地响着。他觉得他今天的成功简直是个奇迹！能够把棉花变成线，而且是用这样一种最原始的工具——这对于他，沈平，一个学过电机工程的大学生，几乎是不可想象的。以前，他对于一架木制的纺车怎样能纺出线，是从来也没有想过的。在他的想象里，常常是一架纺车和一个盘着腿坐在地上的小脚女人形成一幅可怜的图画。可是现在，坐在纺车前的不是小脚女人，而是像他这样的大学生。他的脑子里立即闪出白天的各种形象：老袁把戴着眼镜的眼睛，一直凑到锭尖上看线，小于坐在纺车前仍旧是那样洒脱的风姿，要拍一张照才好呢……还有他自己，满身线头，涨红着脸，那样狼狈，可笑……渐渐地他听着人们熟睡的鼾声，变成"嗡嗡"的纺车声，带着微笑睡着了……

全校展开了生产热潮。每天下午两点钟以后，几百部纺车都开动起来，到处听见"嗡嗡"的声响，像置身在一所巨大的养蜂场里。沈平和小于坐在窑前的阳光下纺着，经过了一星期的努力，沈平虽然算会纺了，但纺的线很不好，粗细不匀。按照老袁的说法，细的可以请小于给他绣枕头；粗的呢，送给运输员拴毛驴也蛮可以。可是沈平自己，却没有注意到这些，他还为这几天来讨论会上关于思想改造问题的争论所苦恼着。他也知道，改造自己的小资产阶级思想，只有面向工农兵，到实际中去。可是，从何改造起呢？老袁认为他这是"杞人忧天"，将来一到实际工作中，一切思想问题都自然会解决的。沈平则主张必须首先学习理论，认识自己，并举了他第一天的纺线做例子。

"我一坐到纺车前，就感到知识分子的渺小，和劳动人民的伟大！"他说，"从这一架小小的纺车里，你可以认识现实，认识生活，认识劳动的一切意义……"

他兴奋而急促地说着，挥动着手。但因为这，老袁笑了他，说他是"典型的，头重脚轻根底浅的知识分子"；他涨红着脸，说老袁是"没有远见的，自流的，狭隘经验主义"。

他一想到这争论就不安。很想问问小于，因为他一向是尊敬小于的。可是，他几次想开口，都被小于那种专心致志在纺线的严肃的态度所截住。现在，他一回头，正看到小于在换一个线穗子，于是赶紧鼓起勇气说："小于，你觉得今天上午老袁的发言怎样？"

小于一面匆忙地从锭子上取下一个比橄榄大不了多少的线穗

143

子，接着在锭上卷着一个纸套，简短地回答他："偏了一点。"当她抬起头来的时候，看到沈平停了纺车望着她，还想继续说什么，便又立刻加上了一句："赶快纺线吧！"

小于这简单而又含蓄的回答，立刻把沈平那刚刚想好的一大套意见打断了，只得赶紧摇动车轮，把左手的半条线送到锭子上去。

沉默了一会儿，沈平忍耐不住了，自言自语地说：

"我当然懂得，只有到实际工作中去，才能彻底消灭自己那个'灵魂里的小资产阶级王国'；可是问题就在于：你从何消灭起呢？你不首先懂得它，并控制它，它就要支配你的一切，如像整风以前那样……"

"能够把一份实际工作做好，就证明了自己思想的改造！"小于简单地截断了他的话。

"但你是要用思想去工作啊！况且……"

他的话跟线一起断了。这使他忽然意识到现在是生产，而不是在讨论会上，立刻不安地摇摇头，偷看了一下小于，小于正全神贯注地纺着。他赶紧弯下腰去接线。

"况且，思想改造是贯穿在每件日常事务上的！"

当他刚刚把一条线接起，立刻又抢话似的被他自己的话打断。并且像是为了加重语气似的，用力把右手一挥，车轮猛响了一下，线又断了。

"你们在争论什么？"这是大李的声音。他正走过这里，看到沈平连断了两次线，而且红着脸在谈些什么。

"思想问题。"小于俏皮地回答。

"我看不是思想问题，倒是技术问题，"大李带着微笑开玩笑地说，然后转向沈平，"车子不好用吗？"

"不，还好……"沈平觉得脸发热，没有抬头，急急地接好线纺起来。

大李在他旁边蹲下去，看着他出线忽快忽慢，快的时候线很细，一慢又变得很粗了。

"上星期交线，你比老袁多二两呢。"大李用他那沉重而粗嘎的声音对沈平说。

"哦……"沈平惊喜地叫起来，停了纺车望着大李。

"可是有一大半是不入等的，另一小半勉强交了二等。"

沈平觉得脸一热，低下头去，眼光停在线穗上，像是在仔细评判着自己的产品，半天没有作声。

"不过，这没有关系，"大李仍旧慢慢地说，"要一步一步掌握技术。"

"可是我总纺得这样慢呢！"小于插进来说。

"慢工出巧匠！"大李说，笑了笑，站起来去看小于。

"所以啦，要好，就不能快，要快，就不能好！"沈平趁机为自己辩解道。

"不过，话可得说回来，"大李一本正经地转过脸来，"要快，也要好，这就是技术。"

"技术？……"沈平像第一次听到这两个字似的，迷惑地抬起头来，望着大李。他没有想到在这样一架原始的纺车上还有技术！

"是的，技术。现在是，技术决定一切！要掌握技术，才能完成任务。而且……"

大李最后告诉他们一个消息：为了突击技术，礼拜天要举行全校纺纱大竞赛。

三

傍晚的延河是多么魅人啊！尤其是春天。夕照的太阳，从这条川远处的一个蒙古包似的圆圆的山顶上射过来，平静的延河便闪耀着千万条金链。拥挤着，跳动着，带着热情的快乐的喧闹，流向远处。到了山脚下拐弯的地方，水深了。平静的河面上，把一片金光投向陡峭的山壁，映得对面河滩上一片辉煌……

每天晚饭后，沈平总要到河边来散步的。而且每天有不同的新鲜感觉，使他永久留恋着这美丽的延河。天黑了，延河流走一天的疲劳，他带着新的满足回去。

可是今天，沈平的心情是这样坏，像初夏暴雨将至的阴天，沉重而郁闷。他已经三天没有到河边来了，而这熟悉的热情的水声和辉煌的夕照，并没有给他任何新的启示。他低着头，双手插在衣袋里，独自在沙滩上漫步着。

致使他这样苦恼的，并不单单是竞赛的失败，也不是因为老袁纺了头等线，来嘲笑他的二等。他现在所想的，是两个熟悉而简单的字：技术。他曾经为这住过两年大学，背过讲义，在实验室里吃过苦。可是现在，在这部原始的木制的纺车前，他简直不懂得这两个字的意义了！竞赛的失败，给他带来了惭愧，但同时也带来了奋发的刺激。从那一刻起，他就下定决心：全力突击，掌握技术，准备下次竞赛。但三次突击的结果，他始终不能同时达到质量的标准：每小时八钱一千八百尺的头等纱。他努力于达到一千八百尺的长度，但重量却不够了；他纺够八钱的重量，又不够长度了。

"纷车，"他停下来，无意识地把眼光投到河面上，自言自语地沉吟着，"已经修理好了呀……"

于是他开始在心里计算着：锭鼻换了铜钩——铜和铁的摩擦系数最小，这一点他是懂得的。锭葫芦去掉了，弦线直接放在锭子上；这就加大了车轮和锭子的旋转比例。而且这些改造发生了显著的效果：已经由车轮转一周，锭子转七十周，增加到一百三十周了。这就是说，速度几乎加快了一倍。

"那么，棉花呢？"他继续想着，"连一个黑点都拣净了的！"

他想到这些，简直有点生气了。忽然听到背后有人走在沙上的脚步声。正要回过头去，耳边却猛响起了一声："沈平！"

他吓了一跳，刚转过半侧面，小于已站在他面前了。脸上还挂着她那天真顽皮的微笑。而且劈头就问："今天纷了多少？够尺寸吗？匀不匀？捻度怎样？"

这一连串的问题，他简直没有听清楚；脑子像被刚才的思路绊住了。好半天，他才"哦"了一声。

"多少呀？"

"哦……八钱……"他仿佛才懂得了对方的意思，在一个拖长了声调的"哦"之后，迸出了两个听来非常急促的字。他感到有点难堪，微微涨红了脸。

"那不是够了吗？"小于接上一句。

"只有一千五百尺呀！"沈平摇摇头，把眼光从小于脸上移开去。

"你昨天不是已经纷够了一千八百尺了吗？"

"可是，那只有六钱五……"

小于也沉默了，把眼睛转向河水。水里闪耀着的金光正变得暗红，渐渐映出了蓝色的天空。

"那么，"小于转过头来，把声音放得低而柔缓地说："你觉得困难究竟在哪里呢？"

"正是这个问题呀！"沈平的声音倒变得高昂而急促起来，像是压抑了多久的委屈，一齐发作出来，"车子也改造了，棉花也拣净了，棉条也搓紧了，座位也合适了，就是，就是技术，我简直不懂，什么叫技术！"

小于望着他那急得要哭的样子，倒笑了笑。然后一字一字地，很有分量地说：

"技术，在你'首先'就是耐心！"

"难道我还不够耐心吗？整天守住纺车，生怕它跑了似的！"

"你才守了几天？这是需要一个过程的。"

"过程？有这两个礼拜的过程，连最现代化的机器都可以掌握了！"

"对，问题就在这儿，就因为它不是近代机器，而是中世纪的手工业机器。"

"对，问题就在这儿。"像是小于的话恰好供给了他什么理论根据，沈平抓住她的话重复着，"所以这只能作为一种体验劳动的锻炼，而不能作为生产手段！"

"这就是你的'改造思想'吗？"

像受到什么意外打击似的，沈平立刻涨红了脸，张大眼睛望着小于，好半天说不出话来。他觉得他那个模糊的，但却十分重要的隐秘的痛处，被小于这一句话完全揭开了。

沈平一向喜欢抽象的思想，他把一切都当作达到某种神圣的无极境界的过程。因而他漠视一切而又从不满足。现在，他把生产任务也只当作了"体验劳动",想通过这达到他所理想的"思想改造"。虽然在这次竞赛失败后,他受到打击开始变得犹疑起来,但接着又产生了对于技术的苦闷。在他幻想为事实所击碎,失掉了自己认为最重要的劳动意义之后,他完全丧失了那最初的对于生产的热情。

天色渐渐暗下去。只有远处的蒙古包似的圆圆的山顶后面,还呈现着青色的落日的余晖,映着这条川里一切景物的黑色的轮廓,像一张美术照片。

他们望了一会儿,便一齐默默地转回去。路上,沈平忽然停下来,望着小于,严肃而激动地说:"谢谢你,你给了我一个重大的启示。"

"又来了……"小于笑了。

"不——"他也笑了。

四

大李在小组上提出了"集体纺,个别教"的办法之后,人们变得更加热烈起来。每天下午,在窑洞前的空地上,十几架纺车一齐开动,响起一片震耳的嗡嗡声。纺车声中夹杂着不整齐的断续的歌声。小于的圆润响亮的女中音,给人们带来了安慰,而老袁的小嗓京戏,常常引起一阵哄笑。不连贯的话头在纺车声中跳来跳去,有时沉默下来,只剩下一片纺车声,整齐而规律地响着。

沈平默默地纺着,以一种冷淡的但却是坚持着忍耐的心情纺着。有人以为他有什么心事,另外一个却说他在同老袁赌气,可是小于却断定他是在努力于克服自己的烦躁。其实,他自己倒不明白究竟为什么这样。关于为什么的问题，他已经不再去想了，他只知道这样纺就是，仿佛无可奈何似的。从前天同小于谈话之后，他感到一种漠然的空虚。他发现自己所热衷于以劳动改造思想的努力，却正是自己原来不切实际的空洞幻想的另一形式的表现。这使他觉得可怕——他所要竭力否定的东西，却以一种肯定的形式在他身上出现了！当他揭去自己所加给纺车的那层神秘的外衣，开始坐在纺车前把学习技术的努力来代替"体验劳动"的时候，他对纺车的那种视为神圣劳动工具的情感一点也没有了。纺车对他，也变成了只不过用以完成生产任务的普通工具。他对它冷淡，但却极力想接近它……在他的淡漠的空虚情感里，包藏着一种辛辣的不安和烦躁。

第一次休息哨子响了，立即引起一片快乐的喧闹。人们在抢着秤，都想知道自己这一点钟的成绩。同时互相看着别人的线，用各种各样的话批评或赞美着，只有沈平，仍旧一声不响地坐在那里纺。

"纺了多少？去，去称一称。"小于走过来说。

"何必！"沈平淡淡地回答，继续纺着。

"怎么'何必'呢！"小于弯下腰去，扳住沈平的手，强迫他停下来，取了那个不小的线穗子去称，沈平没有动，双手抱住膝盖，心不在焉地坐着。

很快，小于转回来，高兴地跳着，一面在喊："六钱九，头等，沈平进步了！"说着把线穗子丢到沈平怀里。

沈平惊喜地半信半疑地拿起线来反复地看着。

"不相信吗？大李掌秤。"

沈平抬起头来，望着小于。涨红了的脸上，浮起一个不安的微笑，问：

"你呢？"

"我？七钱五。"

这时候，传来大李粗嘎的声音，报着他正在看秤的数字：

"七钱一，六钱八，七钱五，八钱……"

"突击手呀！"

"谁的？"

"咱家我的！"这是老袁的尖声，用京戏道白，一字一字地说出来。

"我看看……"

"太粗！"

"不匀。"

"不够尺寸……"

"保过险的！"这又是老袁的声音。

"量量看，敢打赌吗？"

"一斤饼干！"

"不过，你要注意匀度和捻度。你看，太松，也太粗了。只能算二等。"这又是大李的声音。小于没有再说什么，蹲下去和沈平讨论着他的线。

第二点钟，沈平仍旧是默默地纺着。但可以看出来，他不再显得那么冷淡，从他脸上那种严肃的、聚精会神的表情，可以知道他是在暗用力了。这一点钟，他又增加了二钱。

第二天，第三天，第四天……沈平的态度似乎没有显著的改变，仍旧是不声不响地默默地纺着。上工早，下工迟，停工少。他记得自己每一点钟的成绩，同时也记得在每一次成绩中的缺点。

开始他注意到应该克服什么和学习什么。这是他首先从纺车的声音中听出来的：他羡慕小于那纺车响起来特别和谐悦耳的声音，并努力使自己达到这一点。因为他已经懂得：在这种声音里包括着技术的全部秘密。

沈平坚持着忍耐的努力，给他带来了熟练；而熟练产生了技术。虽然你不能从他表面的态度上看出什么，但他每一点钟不断增加的数字却说明了这点。他那一度冷淡了的心情，又逐渐变得热烈起来。感情上的冷淡和空虚，逐渐为新的劳动能力的增长所填补了。他对纺车发生了一种几乎是"爱"的情感。而纺车对他，也不再是那样顽皮不驯了，变得逐渐熟悉而亲热起来。他带着每天日益新鲜的情绪坐在纺车前，听着自己的和别人的纺车声混成一支雄壮的合唱，从他内心里，也发出一种愉悦的劳动的歌声。

五

教室变成了工厂，错综地排列着纺车。人们在紧张地准备着：修理车子和检查棉条，试验着光线明暗和座位高低，来迟的人搬着纺车找自己的座位……拥挤着，叫着，人声和纺车声混成一片，发出一种"嗡嗡"的沉重的声响。间或响起一连串尖锐的斧头砸着锭子的声音，像是在一部低沉的混声合唱中，加入了高昂的钢琴伴奏。

竞赛还没有开始。沈平坐在屋角靠窗子的地方试纺车，他像是为了怕人看见似的才选择了这个角落里。然后他调整座位，试着远近距离和光线的角度。检查了一下棉条，把它们放在左边随手可以拿到的地方。接着给纺车加油，上纸卷，缠引线……是谁匆忙地走过，不小心碰了他的车子，他连看都没有看一眼，揩着额上的汗珠，赶紧把车子搬正。

此刻，沈平的心里紧张到了镇静的程度，但并不确信自己会胜利，成为光荣的突击手。虽说早在竞赛前四天，就已经能有把握地达到完全的质量标准了，但他也不觉得自己会失败，像第一次竞赛那样。按照他自己的说法：那是思想上还没有解决问题。最近两个礼拜的努力，虽然他没有给自己找出明确的思想性的回答，但坚持与努力使他达到了情绪上的乐观与技术上的自信。这使他对劳动产生了一种理性的实际的要求；不再是那种空泛的热情的"体验"了。他开始领悟到小于那句"能做好一份实际工作，就是思想的改造"的话，而大李所说的技术，原来就是把思想与劳动结合……他想着自己现在所要努力的，是在这即将到来的一点钟内，集中精力，发挥技能，提高劳动强度，创造更高的劳动成果。他觉得紧张，但是不急躁，倒是一种兴奋的镇静统治着他。可是偶尔响起一声评判员要宣布什么的尖锐的哨声，会立刻使他不由自主地心跳起来……评判员在宣布着竞赛规约。他转过头去，一眼看见老袁，坐在他右手不远的地方，正满面惧怒地看着棉条叽咕什么，不时转动脑袋，东张西望；偶尔和沈平的目光相遇了，便眯缝起眼睛笑一笑。接着，把手里的棉条丢在地上，小声而急促地叫着：

"你成心跟我捣蛋吗？给我这样的棉条！"他站起来，望着正在教室另一端紧张工作着的卷棉组。忽然，他又一眼看见大李在人丛中穿来穿去检查着准备工作，便大声叫起来："小组长，小组长……"他的尖细的声音为嘈杂的声浪淹没了。他涨红着脸，更提高了嗓子。

"大李，大李！"他看见大李回过头来，"把你的车子借我用用吧，你当评判员哩……"

"你自己的呢？"大李从远处掷来一个反问。

"不好用呢！呃，不好用吗，真倒霉！"

"临阵换马，可要挨摔呀！"

说话的声音是小于。她坐在沈平背后。老袁瞪了她一眼，看着大李被评判员叫到室外去谈话了，颓然坐下去。沈平也回过头来，和小于的眼光遇到一起，同时笑了，好像在互相预祝着对方的胜利。

评判员宣布了最后两分钟的预备时间，人声和纺车声立刻变弱了，平息了。人们都做出了准备纺的姿势，左手捏着接好线的棉条，右手扶着车把，紧张地等待着"开始"的那一声哨音，像伏在堑壕里的战士，上好刺刀等待着冲锋号一样……这两分钟是这样长，人们屏住气，听得见自己心脏的跳动。扶着车把的右手发酸了，捏棉条的左手在颤抖……

就在这偶不留意的刹那，哨子突然响了。人们的心一紧，两手下意识地动作起来。接着是一片纺车声，淹没了一切……

在最初的十分钟内，纺车声响得很不整齐，错杂而紊乱。像一个指挥得不好的乐队，互不相关地演奏着。沈平也觉得一切都不顺手，抽起线来那么生涩，上线和摇车总不配合，简直连平时都不如了！他心里一急，额上渗出了汗珠。同时不自主地回过头去瞥了老袁一眼。老袁正在皱着浸出汗渍的鼻子，弯下腰去接一根断线；小于在紧张地纺着，她那坚毅的面孔，带着一种兴奋的微笑。霎时间，这两个不同形象似乎给了沈平什么启示。他吐一口气，调匀自己的呼吸，从容地纺起来。他听着纺车的声音慢慢变得均匀而整齐了，几百部纺车像被同一只手摇动着。"嗡嗡嗡，嗡——嗡嗡嗡，嗡"——这声音的规律更逐渐变快，每一个间歇越来越短，渐渐拉直合为一整个无间断的吼声："嗡嗡嗡嗡……"

当评判员吹着哨子，大声报告着"过半点"的时候，纺车的声音立即失掉了整齐的韵律，变得错落不齐了。同时响起低低的急促的谈话声，长长的呼吸和有谁大声地叫着"加油"！

老袁扭过头去，瞥见沈平锭子上是一个看来很紧的颇有分量的线穗子。小于锭子上的一个虽然还不大，但旁边已放了一个不下四钱的线疙瘩，他心里有点着慌，额上的汗珠立刻变大，接着一个跟一个地滚下来，落在他面前的线穗子上。他赶紧去揩，雪白的线上立即现出一片黑渍。他生气地换下那个穗子，丢到一边，想加紧赶上去，但他的情绪失掉了平衡，他再没有力气控制纺车和棉花！断得很多，出线不匀。他平时那种追求数量的技术上的粗心和自满，铸成了他此刻最大的苦恼……他时时回过头去看沈平。他觉得沈平是那样从容而自信地纺着，这使他更觉得急躁而懊悔起来。

到最后一刻钟的时候，纺车的声音又逐渐变得匀整起来。……评判员报告着最后十分钟，这是用一种带有鼓动性的高而有力的声音一个字一个字叫出来的，仿佛在说：决定胜负的最后时间到了！

随着这报告，纺车声每四节一间歇的时间又逐渐缩短，又连成一个割不断的沉重的吼声了。沈平为这声音鼓舞着，感到一种特别的兴奋。仿佛为这种声音所陶醉了，他与纺车结合成一个不可分的整体。摇着，拉着，上着线，一根接着一根……眼看第二个穗子又满了。

评判员叫着最后五分钟，老袁完全泄气了！他为自己这注定了的不可挽回的失败而愤怒。他很想站起来走开，但这是为竞赛纪律所不许的。他现在唯一的希望，是这最后五分钟赶快完结。

纺车的声音越来越紧了，像夏天的疾风骤雨。仿佛这最后五分钟，才是决定胜负的关键。只有老袁，听着自己的纺车声是特别的，稀稀拉拉地响着。这声音，使他烦躁不安，以致他后悔不该放弃这最后的努力。当他刚刚要振起精神，企图在最后一分钟里挽回败局的时候，命令停止的哨音响起来。

教室里立刻变得一片嘈杂。称线和量线的评判工作接着在教室后面的操场上进行。人们在周围看着，议论着，带着颤抖的希望等待着最后的评判。一点钟以后，评判员站在操场中央的桌子上，宣布着突击手的人名和数字。在念过特等纺纱突击手第七名小于的后面，接着，第八名：

"沈平同志，"评判员大声叫着，"八钱四，全长一千五百四十四尺，每两长一千八百四十八尺，匀紧适度。"

一九四五年四月，清凉山

我的两家房东

康濯

【关于作家】

康濯（1920—1991），湖南湘阴人。康濯中学时就参加长沙省立高中的文学研究会，经常在校办刊物和《通俗报》上发表洋溢爱国主义激情的诗歌、散文和小说。1938年赴延安，就读于鲁迅艺术文学院（原鲁迅艺术学院，1940年更名），同年11月加入中国共产党。1940年任文化界抗日联合会宣传部长、晋察冀边区抗日联合会秘书长，《文化导报》《工人日报》《时代青年》等书刊编辑。新中国成立后，曾任湖南省文联主席，中国作协书记处书记等职。

【关于作品】

《我的两家房东》写的是抗战时期民主根据地地方干部老康的新房东陈永年两个女儿的故事。大女儿因为家庭的包办婚姻，结婚八年，遭受婆家虐待，男人在外面还有一个女人。小女儿为包办婚姻困扰，同一个比自己大七岁的人定了亲，对方"人没人相没相的，不务庄稼活"，也不是一个正派人。老康给他们讲解根据地婚姻政策，让她们豁然开朗。结果在政府的支持下，老大离了婚，获得了解脱；老二退了婚，与自己的旧房东青救会主任拴柱确立了恋爱关系。抗日民主根据地的制度发生了深刻变化，移风易俗，深刻地影响到普通人的思想观念和生活方式，让他们获得了经济、生活和精神的全面解放。

康濯的写实功夫很强。这首先表现为描写准确，观察细致。例如他对于驴子的描写就非常传神："……我跟拴柱走得很慢：边走边谈，拴柱连牲口也不管了。他那小毛驴也很懂事，在我们前面慢慢走着，有时候停下来，伸着鼻子嗅嗅道上别的牲口拉的粪蛋蛋，或者把嘴伸向地边，啃一两根枯草，并且，有时候它还侧过身子朝我们望望，仿佛是等我们似的。等到拴柱吆喝一声，它才急颠颠地快走几步，于是又很老实地慢慢走了。"恐怕只有与驴子接触较多的人，才会明白驴子的这些特性。其次是善于通过语言行动表现人物的心理波折和情感变化。金凤的母亲问拴柱的情况，本来应该由拴柱作答，但金凤抢着说："人家是下庄大干部哩！青救会主任，又是青抗先队长！"这是对拴柱的友善揶揄，也是向母亲介绍，语气里满是对拴柱的满意与骄傲，也是在向母亲暗示自己与拴柱的特殊关系，为日后自己的家庭接纳他做准备。康濯用笔含蓄，写拴柱和金凤的恋爱，写陈永年对政策的关心，都若隐若现，由此产生了悬念，吸引读者读下去。

明天，我要从下庄搬到上庄去。今天去上庄看房子，分配给我的那间靠上庄村西大道，房东老头子叫陈永年。回到下庄，旧房东拴柱问了问我房子的情形，他就说明天要送我去。我没有答应他：

"我行李不多！你们干部，挺忙；冬学又刚开头，别误了你的工作！"

他也没有答应我，他说：

"五几里嘛！明儿我赶集去，又顺道。冬学动员得也不差甚了，不碍事。"

第二天，我到底扭不过拴柱的一片心。他把我的行李放在他牲口上，吆着驴，我们就顺着河槽走了。

这天，是个初冬好天气，日头挺暖和，河槽里结了一层薄冰的小河，有些地方冰化了，河水轻轻流着，声音像敲小铜锣。道上，赶集去的人不多不少，他们都赶到前面去了，我跟拴柱走得很慢：边走边谈，拴柱连牲口也不管了。他那小毛驴也很懂事，在我们前面慢慢走着，有时候停下来，伸着鼻子嗅嗅路上别的牲口拉的粪蛋蛋，或者把嘴伸向地边，啃一两根枯草，并且，有时候它还侧过身子朝我们望望，仿佛是等我们似的，等到拴柱吆喝一声，它才急颠颠地快走几步，于是又很老实地慢慢走了。

拴柱跟着我谈得最多的，是他的学习。他说，我搬了家，他实在不乐意哩！

"往后，学习可真是没法闹腾啦！再往哪儿寻找你这样的先生啊？"

"学习，主要的还是靠自己个儿嘛！再说，这会儿你也不赖了，能自己个捉摸了！"

于是，他又说，往后他还要短不了上我那里去，叫别忘了他，还得像以前那工夫一样教他；他并且又说开了：于今他看《晋察

《冀日报》还看不下，就去嘱托我：

"可别忘了啊，老康！买个小字典……呃，给记着呀！"

"可不会忘。"

"唉！要有个字典，多好啊！"他自己个儿感叹起来，并且拍了拍我的肩膊，停下来望了我一眼。他们这一湾子青年们，也不知道什么时候从区青救会主任那里见到过一本袖珍小字典，又经过区青救会主任的解说，往后就差不多逢是学习积极分子，一谈起识字学习什么的，就都希望着买个字典。可是，敌人封锁了我们，我为他们到处打听过，怎么也买不到，连好多机关里也找不到一本旧的；和我一个机关工作的同志，倒都有过字典，却不是早就送给了农村出身的干部，便是反"扫荡"中弄丢了……

走在我们前面的小毛驴，迎面碰上了一条叫驴，它两个想要靠近亲密一下，就不三不四地挤碰起来；那个叫驴被主人往旁边拉开，就伸着脖子"喔喔……"嗥叫。拴柱跑上去拉开牲口，我们又往前走。好大一会儿我们都没说什么。忽然，拴柱，独自个"吃吃"笑了声，脸往我肩膀头上靠了靠，眯着眼问我：

"老康，你真的还没有对象吗？"

"我……我……我什么时候骗过你？"我领会了他的话，不自觉地脸上一阵热，就很快地说，"我捉摸你可准有了吧？"

"没，没，可没哩！"他的脸唰地红了，忙向旁边避开我，低下脑瓜子笑了笑，就机灵地吆喝他那牲口去了。这时候我才忽然注意上他；原来他今天穿了新棉袄，破棉袄脱下了，换了条夹裤，小腿上整整齐齐绑了裹腿，百团大战时他配合队伍上前线得的一根皮带，也系在腰上，头上还包了块新的白毛巾。没有什么大事，他怎么打扮起来了啊？他比我还大一岁，今年二十二了哩！照乡村的习惯，也该着是娶媳妇的年岁了啊！莫非他真有个什么对象，今个要去约会吗？我胡乱地闪出这么些想法，就跑上去抓住他的肩膀：

"拴柱，你可是准有了对象吧？可不能骗……"

"没，没，可没哩！"他脸上血红，忙把手上的鞭子啪地击打了一下，牲口跑走了，他才支支吾吾地说："快……快……呃，眼看到啦，紧走两步吧！"

真个，不大会，进上庄村了，我就忙着收拾着房子。我从陈永年家院里出来，去牲口上取行李的时候，不知道为什么，拴柱忽然那么忸忸怩怩：他又要给我把行李扛进去，又不动手，等我动手的时候，他却又挤上来帮我扛；他好像捉摸着是不是要进这个院子似的，还往院里偷望了两眼，最后倒还是帮我把行李扛进去了。

房东老太太嚷着："来了吗？"就颠着小脚进了屋子，手里拿着把笤帚，一骨碌爬上炕，跪着给我扫炕；房东小孩靠门边怯生生地往屋里望了两眼，一下子就发现了我挎包上拴着的大红洋瓷茶缸，就跳进来，望我一眼，我一笑，他就大胆地摸弄那茶缸去了。我跟拴柱都抽起了一锅旱烟，只见拴柱好像周身不灵活不舒展了，把刚抽了两口的烟拍掉，一会儿又取下头巾擦擦汗，一会儿叫我一声，却又没话。我无意地回眼一望，才发觉门口站了两个青年妇女。

那靠门外站的一个，是我昨天见了的，见我望她就低了头扯扯衣角，对我轻声说了句："搬来了呀？"靠门里的一个，年岁大些，望我笑笑，还纳着她的鞋底。我又望望拴柱，他把头巾往肩上一搭，说：

"我……我走……"

"你送他来的吗?"

我还没开口哩! 却有谁问拴柱了, 是靠门外站着的那个妇女。这会儿, 她把门里的那个往里挤了挤, 也靠进门里来了。

"我……我赶集去, 顺道给同志把行李捎来的!"

"你们认识吗?"他两个谁也没回答我, 都笑了笑, 拴柱又取下毛巾擦汗。那个小孩, 这会儿才转过身来说:

"他是下庄青救会主任, 我知道, 姐姐你说是不?"

"是就是呗!"那个纳底子的妇女随便道说了一句。

老太太扫炕扫完了, 翻身下地, 拍打着自己的上衣, 跟我聊了两句, 就问开拴柱:"你是下庄的吗? 下庄哪一家呀? 是你送这位同志来的吗?"

"人家是下庄大干部哩! 青救会主任, 又是青抗先队长!"

门口那个年轻妇女, 代替拴柱回答她娘。她扬起脸来, 却又望着院子里说:"娘, 集上捎什么不?"

"你爹才去了嘛, 又捎什么?"

"人家也赶集去呀!"

"对, 我……我得走了……"

拴柱说着, 猛转过头朝那年轻妇女闪地一下偷望过去, 就支支吾吾走了。当他到房门口的时候, 我看见那个年轻妇女脸一阵红, 脑瓜子低得靠近了胸脯; 我也看见拴柱走到院子里, 又回头望一眼, 而那个年轻妇女, 也好像偷偷地斜溜过眼珠子去, 朝拴柱望了望; 纳底子的妇女这才楞了身旁那个一眼, 就推着她走了。

人们都走了, 我慢慢地摆设开我的行李和办公用具。连个桌子也没有啊! 只小孩给我搬来了个炕桌。不一会儿, 老太太抓了把干得挺硬挺硬的脆枣，叫我吃，一边又跟我拉开了话。

趁这个机会，我知道了：这家房东五口人，老头子五十岁，老太太比她丈夫大三岁，小孩叫金锁，那两个妇女是姊妹俩，妹妹叫金凤。老太婆头发灰白了，个子却比较高大，脸上也不瘦，黄黄的脸皮里面还透点红，像是个精神好、手脚利落、能说会道的持家干才。小孩十三岁，见了我的文具、洗漱用具、大衣等，都觉得新奇，并且竟敢大胆地拿我的牙刷就往嘴里放；他娘拿眼瞪他，他也不管，又拿起我的一瓶牙膏，嚷着就往外跑去了：

"姐姐，姐姐！看……看这物件儿……"

下午，我开会回来，拿了张报纸，坐在门槛上面看。我住的是东房，西屋是牲口圈；北屋台阶上面，那两个妇女都在做针线活。妹妹金凤，看样子挺多不过二十挂零，细长个子四方脸，眼珠子黄里带黑，不是那乌油油放光的眼睛，转动起来，却也"忽幽忽幽"地有神；可惜这山沟里，人家穷，也轻易见不着个洋布、花布的，她也跟别的妇女一样，黑布袄裤，裤子还是补了好几块的，浑身上下倒是挺干净；这会她还正在补着条小棉裤，想是她弟弟的吧！她姐姐看来却像平三十子年岁了，圆脸上倒也有白有红，可就是眼角边、额头上皱纹不少，棉裤裤筒口还用带子绑起来了，一个十足的中年妇女模样；她还在纳她的底子。我看看报，又好奇地偷望望她们，好几次都发现金凤也好像在偷看望我；我觉得浑身不舒展，就进屋了。

晚饭后，我忙着把我们机关每个同志的房子都看了看，又领了些零碎家什，回到家来，天老晚了。我点上灯，打算休息一会儿。那时节，我们还点的煤油灯，怕是这吸引了房东的注意吧！老太太领着金锁进来了，大闺女还是靠门纳底子，金凤却端了个

163

碗，里面盛了两块黄米枣糕，放到炕桌上，叫我吃，一面就翻看煤油灯下面我写的字；我正慌忙着，老头子也连连点着头，嘻嘻哈哈笑进来，用旱烟锅指点着枣糕说：

"吃……吃吧，同志，没个好物件！就这上下三五十里，唯独咱村有枣，吃个稀罕，嘿嘿！"

我推托了半天，就问老头：

"赶集才回来吗？买了些什么物件？"

"回来工夫不大！呃，今……今个籴了几升子黄米，买了点子布。"

"同志！说起来可是……一家子，三几年没穿个新呀，这会儿才买点布，盘算着缝个被子，鞋面啦，袜子啦，谁们衣裳该换的换点，该补的补点！唉！这光景可是搁浅着哩！"

老头子蹲在炕沿下面，催我吃糕，又打火镰吸烟！一边接着老太太的话往下说：

"今年个算不赖哩！头秋里不是什么民主运动吗？换了个好村长，农会里也顶事了，我这租子才算是真个二五减了！欠租嘛也不要了！这才多捞上两颗。"

"多捞上两颗吧，也是个不抵！"老太太嘴一翘，眼睛斜楞了丈夫一眼，对我说，"这一家子，就靠这老的受嘛！人没人手没手的，净一把子坐着吃的！"

"明年个我就下地！"金凤抢着说了句。

金锁也爬在他娘怀里说了："娘，我也拾粪割柴火，行吧？娘！"

"行！只怕你没那个本事！"

"只要一家子齐心干，光景总会好过的！"

我说了这么一句，就吃了块糕。金锁问他爹要铅笔去了，金凤忙从口袋里掏出根红杆铅笔来，晃了晃：

"金锁，看这！"

姐弟俩抢开了铅笔，老太太就骂开了他们；门口靠着的妇女嚷着，叫别误了我工作，老头子才站起来：

"锁儿！你也有一根嘛，在你娘那针线盘里，不用抢啦！"

锁儿跑去拿铅笔去了，人们也就慢慢地一个个出去。金凤走在最后，她掏出个白报纸订的新本本，叫我给写上名字，还说叫我往后有工夫教她识字，这么说了半天才走。我走到屋门口，望望回到了北屋的这一家子，觉得我又碰上了一家好房东，心眼里高兴了。实在说：下庄拴柱那房东，我也有点舍不得离开哩！

往后的日子，我又跟在下庄一样：白天紧张地工作，谁也不来打扰；黑夜，金凤金锁就短不了三天两头的，来问个字，就着我的灯写个字的。我又跟这村冬学担任政治课，我跟这村人就慢慢熟识了，有的时候，金凤还领着些别的妇女来问我的字了；她并且对我说：

"老康同志！你可得多费心教我们哟！要像你在下庄教……教……教拴柱他们一样！"

"你怎么知道我在下庄教拴柱他们？"

"我怎么知不道呀？"

另外两个妇女，不知道咬着耳朵叨叨了两句什么，大家就叽叽喳喳笑开来，金凤扭着她们就打就闹，还骂着："死鬼！死鬼！"扭扭扯扯地出去了。

拴柱往后也短不了来。有一回，他来的时候，陈永年老头子出去了，老太太领着金锁赶着牲口推碾子去了。他还是皮带裹腿好装扮，随便跟我谈了谈，问了几个字，就掏出他记的日记给我看；那也是一个白报纸订的新本本，我仿佛在哪里见过这本本似的。我一面看，一面说，一面改，我并且赞叹着他的进步。这工夫，房东姐妹俩又进来了，而拴柱又好像满身长了疯疙瘩，周身不舒展起来。

今天，姐姐在做布袜子，她靠炕边的大红柜立着，还跟往日一样，不言不语，低头做活。金凤是给他爹做棉帮鞋；她却嘻嘻笑着，走近炕桌边，看拴柱的日记：

"这是你写的吗，拴柱？"

"可不！"

"写了这么半本本了呀！"

拴柱好像不乐意叫金凤看他的日记，想用手捂着，又扭不过我硬叫金凤看。拴柱只好用巴掌抹了一下脸，离开炕边，在屋子里走来走去。我对金凤说：

"人家拴柱文化可比你高哩！"

"人家大干部嘛！"

"不用说啦，不用说啦。"拴柱把他的日记抢走，就问金凤：

"你学习怎么样啦？也应该把你的本本给我看看吧！"

"不用着急！我这会儿一天跟老康学三个字，怕赶不上你？"

"拴柱，我说你怎么也知道她也有个本本啊？"

我这么一问，拴柱脸血红了，就赶忙说开了别的事，就往外走，金凤追了上去：

"拴柱！你回去问问你村妇救会……"

下面的话，听不清，只仿佛他们在院子里还叽咕了半天。金凤她姐望了我一眼，又望了望院子外面，忽然不出声地叹息一声，也往外走。

"我说，你怎么也不识个字？"我无意地问了问金凤她姐，她又叹息了一声：

"唉！见天愁楚得不行，没那个心思！人也老啦！"

她对我笑了笑，就走了。这个女人有什么愁楚心事啊？她那笑，就好像是说不尽的辛酸似的……说她老吗？我搬来以后，还见到过很多回，她和她妹子，和村里青年妇女们一道，说笑开了的时候，她也是好打好闹的，不过像二十五六子年岁呀！她……她很像个妇人了，她出嫁了吗？

那时节，是民国二十九年，晋察冀边区刚刚在这年进行了民主大选举，八路军又来了个百团大战，出击敌人，中国共产党晋察冀分局，还在这年八月十三，公布了对边区的施政纲领二十条。冬学的政治课，就开始给老百姓讲解这"双十纲领"了。边区老百姓是多么关心这个纲领啊！我每回讲完了一条纲领以后，第二天或者第三天晚上，金凤就要跑到我这里来，叫我再把讲过的一条给她讲一遍；她爹也每回来听，老太太、金锁也短不了来，连对学习是那么冷淡的那个房东大闺女，偶尔也来听听。他们一边听有时还提出许多问题来；讲到深夜，他们似乎也不困。有时候金锁听着听着，就趴在娘怀里睡着了；有时候，他又会站在炕上，抱着我的脖子，一连问我："共产党是怎么个模样啊？你见过共产党吗？怎么共产党就这么好啊？……"逢当这时候，坐在我对面的金凤，就要瞪着眼横她弟弟，直到老太太把金锁拉走了，她才又静静地望着我，眼珠子忽悠忽悠地转着，听半天，又趴在炕桌上，在她的小本本上记个什么……

这是个平静的家庭。冬闲时节，女人们做针线，老头喂喂猪，闹闹粪，小孩也短不了跟爹去坡里割把柴火，老太太就是做饭，推碾，喂鸡。边区民主好天地，他家租的地又减了租，实在说：光景也不赖啊！一个月里面，他们也吃了三两顿子白面哩！

可是，凭我的心眼捉摸，这个家庭好像还有点什么问题：一家子好像还吵过几回嘴。只是他们并没有大嚷大闹，而且又都是在屋子里嚷说的，我怎么也闹不清底细。我问过他家每一个人，大家却都不说什么，只金锁说了句：

"姐姐的事呀！"

"姐姐的什么事？"

"俺不知道！"

有一回，我又听见他们吵了半天，忽然老头子跑到院子里嚷起来了，我忙跑了出去，只见陈永年对着他家北屋，跳着脚，溅着唾沫星子直嚷：

"我……我不管你们的事！你们……你们拿主意吧！我不白操这份心！"

说着，他就气冲冲地往外走去，我问他，他也没理。北屋里干什么呢？谁抽抽搐搐不舒展啊？我问金锁，他说是他大姐啼哭啦！我不好再问，只得回到屋子里发闷。

不过，他家一会儿也没了什么，好了，又回复平常的日子，我也就不再发急了。

这一天，晌午我给妇女冬学讲了"双十纲领"，晚上，房东们早早地就都来了。我还有工作哩！我说明儿进行吗？大闺女却忽然跟平常不同，笑着说了话：

"就今个吧！你讲了俺们就……"

"讲吧，老康同志！"金凤也催我，我只好讲。一看，老头子没来，我问了问他是不是要听。人们都说不用管他啦，我就讲开了。

今天讲的是"双十纲领"第十四条。我隔三四天讲一条，讲的日子也不短了！这会，已经是腊月初，数九天气，这山沟里冷起来了，今早上飞了些雪片，后来日头也一直没出来，我觉得浑身凉浸浸的；我把炕桌推开，叫他们一家子都上炕围着木炭炉坐着。房东的大闺女，把手里的活计放在大红柜上，却不上炕，坐在炕沿边，低头静听。老太太的眼一直没离开我，我说几句，她就"呵！呵"念叨着，金凤却有好多问题。今天我讲的是关于妇女问题的一条，妇女社会的地位啦，婚姻啦，童养媳啦，离婚结婚啦……金凤就一个劲问："怎么个才是童养媳啊？为什么男二十女十八才叫结婚啊……"她姐姐，也不时抬起头来，偷偷地望我。

外面忽然刮起一阵大风，"呜——呜——"地绞着，没关得严实的房门，突地被刮开了，炕桌上的煤油灯火苗也晃了两下，在我大衣里面睡着了的金锁，往我身边更紧地挤了挤，迷糊地哼着"娘，娘……"我的窗子外面，却好像有个什么老头子被风刮得闷咳了两声，我忙问是谁，金凤也突然叫了声"爹！"却没人答应。房东大闺女关了门，我又说开了。

今天说的时间特别长，金凤的问题也特别多。他们走了，我实在累了，却不得不还开了个夜车，完成了工作。

第二天，我起得很晚。胡乱吃了点饭，出去开了个会。回来，房东家已经做午饭了。房东大闺女在北屋外面锅台边拉风箱，屋子里，老太太好像又跟谁在嘀咕什么。只听见大闺女忽然把风箱把手一推，停下来，对屋里嚷：

"娘！你那脑筋不用那么磨化不开呀！眼看要憋死了我的，又还要把金凤往死里送么……你，你也看看这世道！"

　　屋里说了些什么，我没听见。我这两天工作忙了一些，也没心思留心他们的事了。

　　我们机关里整整开了三天干部会。会完了，我松了口气，吃过早饭，趁天气好，约了几个同志，去村南球场上打球。就在那道口上，忽然看见陈水年老头子骑着牲口往南去。我好像觉着这几天他心眼里老不痛快似的，而且差不多好几天没跟他说话了！这会就走上去问了问他：

　　"上哪去？"

　　"嘿嘿，看望个亲戚！"

　　看他那模样，还是不怎么舒展。到底是怎么回事啊！我打了会子球，回到家里，刚进院，房东大闺女就望着我笑，金凤忙扯她姐姐的衣角，打她姐姐，她姐姐却老是对我笑，我也不自觉地笑起来，问是怎么回事，金凤却低着头跑进屋里去了。金锁问我："你们这几天吃什么饭啊？"他大姐也问我："明儿你们不吃的吗？"我说："这几天尽吃小米。"到底是怎么回事？为什么又问这？我还是不知道。房东大闺女这几天不同得多，老是诡诡谲谲地对我笑，而金凤，却是见了我就低着头紧着溜走了。一句话也不说，也不问字了，也不学习了，连冬学上课的时候，我望她一眼，她就脸红，这才是个闷葫芦！

　　第二天，我见金凤捉了只草鸡在杀，又见他家蒸白面馒头，这出了什么事？而且，这一天金凤更是见了我就红着脸跑了，她姐姐还是望着我笑。我憋闷得实在透不过气来。下午，老太太忽然拖我上她家吃饭去。我骇得拼命推辞，她却硬拖，金锁也帮她拖。我说：

　　"那么着，我要受批评哟！"

"批评！你挨揍也得去！特地为你的，有个正经事哩！"

我红着脸，满肚子憋闷，上了北屋。屋里，炕桌擦得净净的，筷子摆好了，还放了酒杯，金锁提了壶热酒进来，老太太就给我满酒。我慌乱得话也说不出，却忽然听到窗子外面锅台旁边两个女人细声地争吵起来了："你端嘛！""我不！""你不端拉倒！又不是我的事情！'吃吃吃'……"一阵不出声的笑，像是金凤她姐。又听见像金凤的声音："我求求你！""求我干什么？求人家吧！'吃吃吃'……""个死鬼！"于是金凤脑瓜子低得快靠近胸脯，端了一盆菜和馒头，进来了，她拼命把脸背转向我，放下盆，脸血红地就跑了，只听见外面又细声地吵了起来。

刘太太硬逼着我喝了杯酒，吃了个鸡爪子，才把金锁嚷出去对我说开了话：

"那黑家你不是说过吗，老康？这会儿，什么妇女们寻婆家，也兴自个儿出主意？两口子闹不好，也兴休了……呃，你看我又忘了，是……是兴离婚吗？唉！就为的这么个事！你……老康，你不知道我是好命苦哟！"

老太太隔炕桌坐在我对面，上半身伸向我，说不两句，就紧扯衣角擦眼睛。刚擦完，我见她的眼泪却扑簌扑簌往出涌，她狠狠地闭了下眼睛，就更俯身向我说：

"俺那大闺女，十六上给了人家，到如今八年啦！她丈夫比她大十岁，从过门那工夫起，公婆治得她没日没夜地受，事变啦，还是个打她哩！饭也不叫吃！唉……不用说她整天愁楚得不行，我也是说起来就心眼痛哩！闺女，闺女也是我的肉啊！"

老太太又啼哭得说不下去了。我却惊奇起来：那个女人还只二十四岁！我问了：

"她什么工夫回来的？"

"打年上秋里就回了，不去了，婆家年上来接过一回，往后就音信全无，听说她男人还……唉，还瞒着人闹了个坏女人哩！可怎么会想到她？她也发誓不回啦！婆家又在敌区的！"

"那就离婚嘛！条件可是不差甚呀！"

我心眼早被这些情由和老太太的啼哭闹得发急得不行，老太太却又说：

"老康！不，先说二闺女吧！大闺女闹下个这，二闺女差不大点也要闹下个这？金凤嘛，今年个十九啰，十四上就许给人家了呀！男的比她大七岁，听说这会儿不进步，头秋里闹选举那工夫，还被人们斗争来哩！那人嘛我也见过，呃，……你，你吃吧，老康！"

她又给我满上酒，还夹了一块鸡肉：

"人没人相没相的，不务庄稼活，也是好寻个人拉个胡话，吃吃喝喝，听说也胡闹坏女人哩！头九月里，也知不道他赶哪儿见着俺金凤一面，就催亲了，说是今年个冬里要人过门，金凤死不乐意，她姐姐也不赞这个成，俺就一个劲拖哂！拖到这会儿，男家说过年开春准要娶啦，你说老康，这，这可怎么着？唉，俺这命也是……"

"那可以退婚嘛！"

"你说怎么个？"

"不只是说定了吗？这会儿，金凤自己个儿不愿意，男的年岁又大那么些，要是男的真个不进步，那也兴退婚，也兴把这许给人家的约毁了呀！"

"那也兴吗？"

"可兴哩！"

老太太眼一睁，吁了口白气，像放下块大石头似的，又忙叫我喝酒；我喝了两口，也松了松劲，朝门口望望，见门槛上坐的好像是老太太的大闺女，半扇门板挡了，看不怎么真。忽然，我又发现我背后的纸窗外面，好像有个影子在隔窗偷听，就忙回过头望，于是那个人影子赶紧避开了；我又回过来给老太太说话，却仿佛觉得窗外的影子又闪回来了。我想起了那天黑夜，为什么我讲到离婚的时候，金凤她姐姐直愣愣地看着我，而"双十纲领"上是没有提到退婚这件事的，我又忘了说，金凤那黑家直到走的时候，还似乎有个什么问题要开口问又没开口的……

"老康！俺家计议着就是个先跟金凤办了这事，回头再说俺大闺女的。那离婚，不是什么纲领上说兴的吗？自打那黑家，俺大闺女可高兴了哩，她那个，慢着点子吧！唉！那黑家，你看，你又没说金凤这也行的！闹得俺们家吵了一场！"

老太太抿着嘴，好像责备我，却又笑了。

"你想，结了婚还兴离，没结婚的就不兴退吗？"

"俺们这死脑筋嘛！唉……说是说吧，我可还是脑筋活化着点，俺老头子就是个不哩！这不是，争吵得他没法，他出门去打听金凤男家那人才去了哩！呃，等他回吧！"

"行！没问题！只要有条件，找村里，区里说说，就办了。"

院里，两个女人又吱吱喳喳吵闹开了。金锁进屋来，他娘抱他上炕吃饭，我就便下炕走了。我走到院里，金凤她姐姐拍着巴掌笑起来；我叫她们吃饭去，金凤脸血红地溜过我身边，就紧着跑进了北屋，她姐对我笑了笑，追着她妹子嚷：

"哈，兴啦兴啦兴啦……"

往后，他们一家好像都高兴了些，只是陈永年老头子回家以后，还是不声不响，好几天没跟我说话，我只见他每天在街里，不是蹲在这个角落跟几个老人们讲说什么，就是蹲在那个角落跟村干部们讲说什么。不多日子以后，村干部们又跟我说过一回金凤的事，并且告诉我：金凤那男人着实不进步，还敢许有问题哩！又过了几天，我从村干部那里打听到：区里已经批准金凤解除婚约了。我回到家来，又问了问金凤她姐，她也原原本本地告给了我，她并且说：等开了春，她也要办离婚了哩！

想不到这么一件小事，也叫我高兴得不行，我并且也不顾金凤的害臊劲，却找她开玩笑了。这么一来，金凤变得一点也不害臊了，又是认字又是学习的，并且白天也短不了一个人就跑到我屋子里来，有时候是学习，有时候却随便来闹一闹。我觉得这不很好，又没恰当的话说，就支支吾吾地说过几句；这一来，金凤她姐就冲着我笑了：

"哟！老康同志，你也害臊咧？"

"你是领导俺老百姓教育工作的呀！你也封建吗？"

我也不觉红了脸。好在这么一说，往后金凤白天也不来了，晚上来，也总是叫上她娘，她弟弟，或是她姐，或是别的妇女们同来，这倒是好了。

日子过得快，天下了两场雪，刮了两回风，旧历年节不觉就到了。这天上午，我正工作，忽然，拴柱跑来了。他大约有二十来天子没来过了吧！今天还是皮带裹腿打扮，脑袋上并且添了顶自己做的黑布棉军帽，手上，还提了个什么小包包。

"没啥物件，老康，这二十个鸡蛋给你过年吃！"

我真要骂他！又送什么东西啊！他把日记本本交给我看，一眼看见我炕桌上放了一本刚印好的"秧歌舞剧本"就拿去了。

"哈！正说是没娱乐材料哩！这可好了！"

我工作正忙，就说今天没时间看他的日记，他说不吃紧，过两天他再来拿。房门外，是谁来了，拴柱就跟外面的人说开了话：是金凤！两个人细声细气地说什么啊？后来还同到我屋子里，两个人靠大红柜谈着，可惜我埋头写字去了，一句也没有听。

过了年，拴柱来得更勤，差不多三五天、七八天总得来一回；每回来，总是趁我响午休息的时候，一进院子就叫我，我走出去了，叫他进来，他不大进来了；他总是在院里把日记给了我，或者讲说个什么故事，就急急地走了。后来，我并且发现：白天，金凤姐妹俩总坐在北屋台阶上做针线的；每回拴柱来了，金凤马上就进北屋去了。他俩好多日子没打过招呼、说过话的，我又迷糊不清了！到底又是怎么回事？村里面却是谣传开来，说金凤和拴柱自由咧，讲爱情咧……我问金凤她姐，她只说：

"他们早就好嘛！这些日子，不知道怎么个的，我问金凤，她也不说，你问问拴柱吧！"

拴柱也不跟我说什么，逢当我问到这，他只红着脸，笑笑，叫我往后看。

往后，村里面谣言更厉害，村干部和我们机关的同志还问起我来了。我知道什么啊？我只知道：拴柱还是不断来找我，问学习什么的；也不进我住的房子，也不见他跟金凤说过半句话；他一来，金凤又赶紧上北屋去了。再说别的嘛，只是我发现：这些日子金凤也短不了出去的。有一回，金锁忽然从外面急急地跑进来，大声嚷着：

"啊啊……二姐跟拴柱上枣树林里去了啊，啊……"

"嚷什么哩?"老头子向金锁一瞪眼,金锁又说:

"我见来着嘛!"

"你见,你见……你个狗入的!"

老头子顿着脚,就跑进北屋,乱骂开了。我拉过金锁问,也没问出个什么事由。只是村里谣言还很重,老头子陈永年脾气好像更大了:好多日子也没跟我说个什么话,还短不了随便骂家里人;可是,金凤来了,他却不骂金凤,只气冲冲出去了。

天气暖和起来,开春了!杨花飘落着,枣树冒出了细嫩嫩的小绿叶,也开出了水绿水绿的小花朵朵,村里人们送粪下地的都动起来了。这天后晌,我吃过晚饭,也背了个铁锹,去村西地里,给咱们机关种的菜园子翻地。傍黑,我回来的时候,一个同志找我谈谈问题,我们就在地边一棵槐树下坐着,对面不远,大道那边,日头的余光正照在我们住的院子门口。那门口外面,一大群妇女挤着坐着,在赶做军鞋,吱吱喳喳地闹个不止。忽然我见拴柱背着个锹,从大道北头走来,我记起了他还有三亩山药地在上庄北沟里。正在这当口,我房东家门口的妇女怕也是发觉了他,都赶紧挤着扯着,没有一个说话的,而且慢慢地一个个都把小板床往大门里面搬,都偷偷溜到门里坐去了。拴柱忽然也周身不舒服似的,那么不顺当地走着,慢慢地一步一个模样。门外面只剩下金凤一个人了,她好像啥也不知道,愣愣地回头一望,就赶紧埋下脑瓜子,抿紧嘴做活。我撒开了身边那个同志,望着前面,见拴柱一点也没看见我,只是一步一步地硬往前挪脚步;直到他走过那个大门口好远,要拐弯了,他才回过头朝门口望了望;又走两步,又停下来回头望;他停了好多回,也望了好多回;而大门口这边,我明明看见,金凤也从埋着的脑瓜子下面,硬翻过眼珠子，"忽幽忽幽"地也直往前面望哩！

这天晚上，我没有睡好觉。第二天一大早，我就上下庄找拴柱去了。

拴柱还没起来，他娘他哥他嫂迎着我，一边给我端饭，一边说："他这几天也不知道怎么闹的！一句话也不说，身子骨老是不精神；说他有病吧，他说没，见天吃过饭还就是个下地里闷干！"

"不吃紧，我给他说说就行的。"

我拉拴柱起来，吃过饭，就跟他一道下地。我们坐在地头上，我问他：

"怎么个的？干脆利落说说吧！"

他却一句话也不说。我动员了好久，他还是闷着个脑瓜子；我急了，跳起来嚷着：

"你怎么个落后了啊？你还是个重要干部哩！"

他这才对我笑笑，拉我坐下，说了一句：

"干脆说吧，我早就想请你帮个忙哩！"

"那还用说，一定帮忙嘛！你说吧！"

"我跟金凤早就好啰！俺俩早就合定了的哩！"

"那怎么不公开？"

"笨人嘛！臊得不行，谁也不知道怎么说，也不知道对谁们说！"

"这会子你们怎么老不说话了呀？"

"嘿……说得才多哩！"

拴柱一把抱住我的脖子，笑开了。我问他，他说：他每回上我那里去，就是去约金凤的；他们都是在枣树林僻静角落里说话。他每回到了我住的院里，金凤就回北屋去，用缝衣裳的针给他做记号，要是针在窗子靠东第五个格子的窗纸上通三下，就是三天

177

以后相会，通四下就是四天以后；在第七个格子上通三下，就是前响，通五下，就是后响。他这么说着，我却搡了他一拳头，仰着脖子大笑；他脸上一阵血红，马上把头埋在两个巴掌里，也"吃吃"笑。我跟他开了个玩笑：

"你们没胡来吗？"

"可不敢！只像你们男女同志见面那样，握过手！"

我又搡了他一拳，他臊得不行，就做活去了。我向他保证，一定成功！就回到了他家，他娘他哥听了我的解说，都没有什么意见。回到上庄，我跟房东老太太和金凤她姐姐说了，她们也说行，最不好办的，就是陈永年老头子了。晚上，我把他约来，很详细地跟他谈了谈，他二话没说，直到听我说完，才开口：

"这事吧，我也不反对，反正，老康，我对你实说：俺们这老骨头，不用看老无用啦，可这心眼倒挺硬，这死脑筋也轻易磨化不开的。嘿嘿。"他对我笑笑，吸了口烟，"俺们这脑筋，比年轻人这新式脑筋可离着远点子哩！我跟我那些个老伙计们说道说道再说吧！你说行不？哈哈……"

这以后，事情还没有办妥，我却要下乡了。我把事情托给了干部，又给区里青救会和妇救会写了封信，就往易县工作去了。

下乡时候，我还老惦念着这件事。好在，二十天很快过去，我急急往回走。道上，在山北村大集上，无意中发现了一本从保定来的《学生袖珍小字典》，我马上买了。我很可惜，为什么这小字典只一本啊！回得家来，金凤见了这，听说是小字典，就抢过去了。我急得不行，我说那是拴柱叫我买了一年多的啊！她却硬不给我，只问我多少钱；我一气，就不搭理她了。

两天以后，我汇报完了工作，村干部告给我：拴柱金凤的事成功了！两家都同意，区里也同意，正式订了婚。我回到我住的地方，高兴地就直叫金凤。金凤跟她娘推碾子去了，她姐姐出来告给了我，我马上问她：

"金凤他俩订婚了吗？"

"订了！我也离婚了哩！"

我欢喜得跳起来，她又说：

"他们前日个换的东西。拴柱给她的是两条毛巾，两双洋袜子，还有本本，铅笔的。她给拴柱的是抢了你的那本小书，一对千层底鞋，一双纳了底子的洋袜子，也有本本，铅笔。"

"你们瞎叨叨什么哩！"金凤跑进来了。我大声笑着，拱着手跟她作揖。她脸上一阵血红，她姐却从口袋里掏出条新白毛巾来，晃了晃，给我送过来，却对她妹子说：

"你这毛巾还不该送老康一条？我见老康回了，就拿了一条哩！怎么个？行吧？"

"那可是该着的哩！"她娘一进来，也这么说。金凤从她姐姐手里抢走了毛巾，斜溜了我一眼，说：

"他有哩！后响拴柱来，白毛巾一条，还有我纳了底子的洋袜子也给他哩！那毛巾，比我这还好啊！"

金锁也回了。大家笑着。他就一边跳，一边伸着脖子："呵，呵！"陈永年老头子一走进院，见了这情由，也一边笑着，一边顿着脚，嚷着："嗨，嗨……"不好意思似的，朝我们这群望望，紧着往北屋里走去了。

一九四六年五月二十三日夜，于张家口草

村东十亩地

孙谦

【关于作家】

孙谦（1920—1996），原名孙怀谦，山西省文水县人。1937年参加革命，1942年开始创作。曾在山西青年抗日决死队、延安鲁艺部艺班、东北电影制片厂等地学习和工作。新中国成立后曾在中央电影局、北京电影制片厂、山西省文联工作等部门就职。他是以赵树理为旗帜的"山药蛋派"的重要作家，创作有大量小说、剧本、报告文学等，其中十六部剧本被拍成电影。

【关于作品】

《村东十亩地》于1946年发表于《人民时代》，表现了减租减息运动中阶级对抗的尖锐性。"我"（杨猴小）在村东的十亩地与地主吕笃谦的地相邻，他每年都要越过地界往"我"的地里侵占一块。六年以前，他把他家的"玉茭子"（玉米）棒子弄到"我"的地里，诬陷"我"偷盗，毒打了一顿，迫使"我"连地带青赔给了他。土改在即，吕笃谦忽然交给"我"一张"拦约"，说把那村东十亩地连同成熟了的玉茭子一同还给"我"。可是，夜里他却到地里收获粮食，被"我"发现又要赖说约是假的。他只想用一纸假契约让"我"承担一个名分，对抗"土改"，事实上他还想要继续占有土地和土地生产的粮食。这个作品艺术上最值得肯定之处在于成功地刻画了地主吕笃谦的形象，他凶残狡诈，机关算尽，为霸占土地不择手段，为对抗土改又要尽手腕。

一

我们村有个地主，官名叫吕笃谦，绰号人称"活财神"。此人生得慈眉善眼，一品富相，年纪约在五十开外。他留着两撇八字胡，又黑又净；走起路来慢条斯理，活像个活财神。

听老人们说，财神爷是殷朝的比干丞相，他的心叫妲己吃了，可是我们村里这个活财神啊，心眼儿多得像马蜂窝一样，见了钱，见了东西，像蝇子见了血，翅膀一拍就钻进去了。

村里人让他钻过的很多，我就是一个——

民国二十九年，七月里，有一天清早，天还黑乎乎的，老婆把我叫醒，她说有人打街门呢。我爬起来，开了街门，有一伙人闯进来。为首的就是活财神，他后边跟着村警、巡田夫，约莫有十几个人。

他同我说话，这是第一次。的确，活财神从来没来过我们家里，这一次，他带了这么多人，我不晓得来干什么。

活财神笑嘻嘻的，眼睛挤成两条缝。他仰着头，朝天说话："杨猴小，真想不到，真想不到你是这种人！"忽然，他把眼一睁，翻着白眼说："你干的好事！——来，捆起来！"马上，村警和巡田夫十几个人，一下子拥上来，七手八足把咱五花大绑捆起来。

那时候，我真"葫芦"了，摸不清自己犯了甚罪，也不知道是死呀是活呀，心只管跳，身上打哆嗦，老婆娃娃哭作一团，我一句话也说不出来。

我被人家拉到街上，拉到村外，一直拉到我那村东十亩地的地头，停住了。

先说清楚：我那村东十亩地是和活财神的村东二十亩地接畔的，说也日怪（即奇怪），我的地越种越少，他的地越种越多——活财神总是活财神，神通广大，把我的地"盗"过去了。那一年，他地里种着绿豆夹玉茭子（即玉米），我地面种着大黄谷，他的是好庄禾，我的也是好庄禾。

我们站在地头，巡田夫走近谷地里。他走得很快，谷苗碰倒一条道。看着实在心疼。我咬住牙，闭着眼睛，索性由他们作践去！猛听得活财神说："你慢点吧，把谷子都碰折了。"我睁开眼一看，只见巡田夫双手拨开谷苗，慢慢地走到地当心，扭转身说："赃在这里，验来吧。"

活财神撩起大衫子，走在头前，我们跟在后面。抹胸的谷子，满是露水，一尺长的谷穗子，已经睁开眼了，重甸甸地低着头，闪闪发光。

到了地当心，我愣住了：谷苗踩倒一大片，在踩倒的谷苗上，堆着百十个黑了胡子的玉茭子。这东西是哪里来的？谁来"黑漆"（即栽诬）我？我仔细一看：足迹是从活财神地里过来的，而且是皮底鞋印子。好，对足印吧，我看了看我们这一伙人的鞋，只有活财神穿的是礼服呢红皮鞋底，别的人都一律是布底鞋。

　　这一下，我甚也明白了：活财神看中我的地了，设下圈套摆布我。那地是我家的传家宝呀，我怎舍得呀？我干急说不出话，干气哭不出泪，只好瞪着眼睛，让人家往案子上推。

　　活财神踢了踢玉茭子，又跺了跺脚，一个字一个字地说："杨猴小，我这玉茭子长了翅膀啦？"

　　我气炸了，想捣他一捶，手捆住啦，想踢他一脚，离得太远。我只好赌气说："天知道！"

　　活财神摇着大脑袋，好像很可怜我。他走了两步，扭过身来，说："这你可不能怨我呀！人有人证，物有物证，你还要抵赖？好人家还能养你这样子弟！好，拉到村上去。"

　　众人拉着咱上了庙，捣了钟，按贼情办理。麻绳换成猪毛绳，"燕儿飞天"把咱挂在大槐树上。足足吊了一个钟头，断了两次气，腕子上勒出血来。

　　老婆急疯了，满街找保人。保人找着了，罚下二百元鬼票，没有钱，连地带青苗推给活财神了，临出庙，还给活财神磕了一个响头。

　　从此，我那村东十亩地就不是我的了，以后我再不敢到那段地头——一去就得哭，就是有事要路过，我也要绕个大圈子……

二

　　今年秋天，也是七月里——我参加了农会的第二天，日落西山天黑啦，我从地里回来，老婆对我说："活财神寻你来，他要退给咱那村东十亩地，看你要呀不？"

　　这是活财神第二次来我家里，第一次把我家捣了个鸡飞狗跳墙，夺去了我的"眼睛仁子"，烟筒里险乎冒不出烟来。如今，事情隔了六年啦，世事也变了，他又到我家里来，寻的退给我地来了。你说是真的？还是假的？我是猜不出来。

我拿不定主意，尽管抽旱烟。老婆等得急了，问我说："你到底要呀不？"我说："你说该要呀不？"她说："我也不知道。"她没主意，我也没主意，我们两个谁也不说话。我又抽了一锅烟，站起来就走。老婆说："你做甚去呀？"我说："到农会里讨论讨论。"

在街上拐弯地方，我碰见活财神。他好像瘦了，胡子也不光净了；脱了长衫子，换了件白洋布小衫，头上戴着洋草帽；现在看去，不但不像财神爷，倒有点像夜游神。他客客气气地，只管对我笑，好像有什么事情求乞我一样。

他这一笑，把我笑软了。我看着他怪可怜，怪没出息。他摘下洋草帽，抓了抓光溜溜的头皮，笑着对我说："那地你是要呀不？"这下可问到头上了，"该要呀不！"心里乱得像团乱麻一般，霎时寻不出一句话来。活财神又笑着说："以前就是老叔扎了你一刀子，如今伤口也合住啦。你看，我的地种不了——那十亩地，可是好庄禾啊！玉茭子长得一人高，结的棒子像小孩儿胳膊，又粗又胖，已经老啦，收回来就是粮食。"

你猜我要呀不？我满口答应下来："要！"这一下，活财神可真的高兴了，他的眼睛又笑成两道缝缝，掏出一张纸来说："这是一张拦约，你先执住，等大风刮过去了，老叔再给你立正约。"

我抓过约来，揣在怀里。

活财神前后左右瞭眄瞭眄，拉住我的衣襟子说："这可不敢让人知道啊，老叔如今在难中，你不可怜我，你也可怜可怜你那些兄弟姐妹们……"

月亮上到头顶上，卖油老（秋虫之一种）叫起来。有一个黑影子一闪，从五道庙后边跑走了。活财神压住嗓子，说了声"记住"，就鬼头鬼脑地，真像偷人贼一样溜走了。

他走了，我倒怕了起来，这家伙说不定又害我呀，我想回家，又不敢回去；想去农会，又觉得怪不好意思。我站在街当中，定夺了好久，才打定主意："到农会里讨论讨论。"

三

到了农会，主任不在家，只有民兵队长玉生子和几个民兵在讨论什么，争吵得很厉害。可是一见我进去，他们都不说话了。几个人互看了一眼，活像大姑娘一般，偷眼瞟了我一下，低下头来各干各的。

我觉得不好过，又不好一下子把事情说出来。我在灯上吸着烟，等他们大家先说话。等着等着没人说，我实在憋不住了，站起来走到玉生子跟前。我说："玉生子，有件小事情跟你商量。"

"甚事？"玉生子和往常不同了，他眨着眼睛，待理不待理地，好像什么事情，他早知道了，只看我说不说。

我鼓足劲，低下头来，把退地的事情，原原本本地说了，民兵们马上混吵起来，年轻娃娃李四娃说："我说的话，你们偏不信，这他自己说了，看你们信不信？"

噢，我说有个黑影子闪过去，原来就是他！他留神这些事情。

玉生子说："真的活财神下软蛋呀？"我说："真的。"直到现在，玉生子还不大相信，他说："来，把约拿来。"我把拦约给了他，民兵们都围到灯跟前，我蹲在地上抽烟。

拦约念完了，民兵们又嚷起来："农会到底厉害，一成立，就把地主老财吓草啦，看活财神，往常多威风，如今松成面糊了！咱们还没斗他呢，他倒下了软蛋啦。"

啪的一声，玉生子把拦约往桌子上一摔，说："这是哄小孩子！"民兵们都跟着他站起来，睁着眼睛看他，我口里衔的烟袋"叭嚓"跌在地上。

玉生子气呼呼地说："这是软蛋？——铁蛋外头包了一层软皮，你要吃下去，挣断你的肠子。猴小叔，你上了人家的当啦！"

呜的一下，我的头晕起来了，我不知道说什么好。

玉生子没有看我，他又拿起约来说："你们看一看，这叫什么约？年月没有年月，中人没有中人，上边又写了个'暂时推给杨猴小耕种'，这不是哄鬼?!"

民兵们又围上去看约，我也凑了上去。只见白纸上写下一堆黑字，不知是些什么。字倒是挺秀气。

众人看完约都说："这不是下软蛋，是耍计策，躲风头。"

我又上了圈套啦。这张烂纸，是该我拿着呢？还是该送回去呢？我连一点主意也没有了。我请玉生子定计策。玉生子不慌不忙地抽着烟，思谋了一袋烟工夫说："约你暂时拿着，那是你上当的执把。今天你先回去睡去，等明天主任回来了再研究。"他又对民兵们说："今天晚上下点功夫到底看一看他干什么。"

我不知道以后要出什么事情，心里像吊了一块石头。

回到家里，老婆不知道磨叨了些什么，我连一句话也没听进去。躺在炕上，翻过来折过去睡不着，好容易挨到混鸡叫过，天闪亮了。我忽然拿定主意，先去我那村东十亩地里眊一眊，看他到底给我长了些什么样的庄稼。我爬起来，就往地里走。

四

到了地里，凉风一吹，我的心亮了。

活财神的心是黑的，像他的八字胡子一样黑漆。他时时刻刻在打算盘，生法子捉弄人——我被他摆布过两回了。他和你要笑脸，笑脸后边藏着杀人刀；他给你下软蛋，软蛋后边就是"顶心锤"。

要想翻身、出气，一定得扯破脸！要不，就得像小画眉鸟儿一样，让活财神要过来，要过去！

不，我要和他闹，要闹到底！——哼，"伤口也合住了"？伤口合住了，还有坏伤疤！我这手腕上，不是猪毛绳的伤疤吗？伤不疼了，可是我的心还疼呢！

想着想着，我走到岔路口。

离了大道，我走到六年不走的小路上，小路上草很高，露水很大，裤子被打湿了，我心里是热的。这不是村东十亩地吗？看这一渠地多好：土是三色的，就是一春天不下雨，苗子也能长得绿油油。再看今年的庄禾：八路军来了，龙王也跟的来了，大庄禾长得黑密密的，回茬荞麦也长得抹胸高，荞麦花开得白雾一般，通鼻香气。

那不是我那十亩地吗？六年不见啦，一见面眼里就酸起来。不，我不能笑，我的地要回来呀，我得看看她长着什么庄稼。

果然是块好玉茭子，秆子长得一人高，远看伞头已经黄了，"马上就是粮食"。这庄禾是我的，六年前，活财神把我快吃到嘴里的谷子夺去，如今，我要我的地，要我的粮食。

我把昨天晚上的事都忘了，只觉得这地就是我的地，这庄禾就是我的庄禾。我向庄禾跟前走，快到地头了，我听见一种响声："圪叭——圪叭"，像高粱拔节子，又像蚂蚱拍翅膀子，可是，高粱已经过了拔节时候，蚂蚱露水打湿翅膀，拍不响了。我仔细听，声音是从我那地里过来的，噢！这是，有人下玉茭子。谁下我的玉茭子？谁偷我的玉茭子？我浑身热起来，我要去和偷人贼拼命。

我三拔两步走到地头，从庄禾缝里，看见有个戴洋草帽的人，在我地里偷玉茭子。你猜他是谁？不是别人，就是我们村里的活财神——吕笃谦。

不知道那里来的劲儿，我扑上去，扼住他的脖子，使劲把他按在地上。吕笃谦不知道是我，粗声粗气地吆喝，大概嫌杀了他的虎威。他问："你是谁？"我说："我——杨猴小。"这一下，他软了，翻着白眼睛，斜瞟了我一眼，装着十分可怜的调调央计我："猴小子，你叔叔的错，你先放开！"我一松手，他像小鱼儿一样，身子一滚，爬起来就跑。

你说他能跑脱吗？他跑不脱，我奔上去，一把把他抓住，像耍小鸡子一般，一下又把他提到原地方，因为用劲过大，他把洋草帽甩了很远。

吕笃谦恼了，脸憋得像个红瓢，眉毛拧成一疙瘩。他气呼呼地说："杨猴小，你是要怎？"他还要摆威风，我也没给他好气头，我说："我要捆你！"吕笃谦愣了一下，说："就凭你啊？——你要捆我？"他像只下山老虎，忽地站起来，指着鼻子问我："你为甚捆我?!"

"你偷人！"

"我在那里偷过人？"

"在我这地里！"

"这是你的地？"

"是我的地。"

"你花了多少钱？"

这可把我问住了，脑子里只打转转，寻不上个说的。我着急地摸胸口。噢，拦约！我把它掏出来，在吕笃谦眼跟前一晃，我说："这是你写的！"吕笃谦很沉住气，晃晃脑袋，拾起洋草帽，冷笑着说："那是假的！"

好，我就等他这句话！我的火气压下去了，心平气静地对他说："吕笃谦，我早就知道你写的是假约，走吧，咱们到农会里去算算账去！"

看吧，财神变成土地神了。吕笃谦的脸色变成一张白纸，扑通一下双膝跪在地上，鼻涕一撮泪一把地哭起来。

不，我再不能上当啦。我记得我手腕上的绳子印，我爱我这村东十亩地！他跪下，他磕头也不抵事！我拉上他就走。可是他要起死狗来了，直挺挺地睡在地上，死下也不走。拉住足拖他吧，实在说，我还有点不忍心；白白地饶过他吧，我又得让他要一次——真闹得我左右为难，前后不是。

正在这时候，救驾的来了——玉生子带着民兵巡田来了。他们一直走到我跟前，活财神一看事色不对，一骨碌爬起来。李四娃说："我们早跟上你了，看你能偷多少！"活财神还想胡支理对，民兵们早把他拉的拉、扯的扯，牵出地来。大家正带着赃物向村里走的时候，半路上又碰见他的长工，赶着骡驮子来接驾，民兵们就把他的骡子也拉到村公所……

你问以后吗？以后我们把吕笃谦斗倒了。我的"村东十亩地"回来了，像多年不见的老朋友，我把老约装在身上一直装了三天！

同志，这就是翻身！

一九四六年十一月，兴县

三个朋友

韦君宜

【关于作家】

韦君宜（1917—2002），原名魏蓁一，1936 年参加中华民族解放先锋队，同年加入中国共产党。1939 年赴延安，后任新华社《中国青年》杂志社编辑。解放后曾担任《中国青年》总编辑、《文艺学习》主编、作家出版社文学编辑、人民文学出版社副社长等职。作品有散文集《似水流年》、短篇小说集《女人集》、中篇小说集《老干部别传》、长篇小说《母与子》及长篇回忆录《思痛录》等。

【关于作品】

《三个朋友》是一部表现知识分子思想改造的作品，写出了"我"对于农民从游离到认同的过程。这个作品中的三个朋友，代表着三种立场。第一个朋友是农民刘金宽。作为驻村干部，"我"就住在他家中。一开始"我"就努力地亲近他一家，喜他们所喜，哀他们所哀，克制自己。虽然刻意靠近，但依然无法获得心灵相通，因此倍感寂寞。第二个朋友是知识分子出身的干部罗平。"我"本反感他敷衍应酬的做派，但由于在农村太寂寞了，居然一时间把他视为知己。因为"我"喜欢"深巷明朝卖杏花"的格调，喜欢电影院的"淡蓝色墙壁"，喜欢爵士乐，喜欢罗平所说的美术展览、新来的外国人——这是一个属于知识分子的优美舒适的世界。罗平来自那个世界，因此"我"把他视为朋友。第三个朋友是地主黄宗谷。他作为地主，剥削农民绝不手软，但他有旧文化，追求的是"试帖诗"式的风雅。因为"我"也受过类似的教育，勉强能与他应答，因此被他划入朋友的圈子。"我"刚驻村，首先拜访的不是农民，而是作为乡绅的他。

作品就是写"我"在这三个朋友之间的纠结。刘金宽一家视"我"为亲人，"我"因需要虚伪的罗平来消除心灵寂寞，因此倍感愧疚。当农民要求退租的时候，黄宗谷以友情的名义客观上拉"我"做挡箭牌，"我"险些站在农民利益的对立面。"我"不断挣扎，不断反思，充分意识到，在文化认同的背后，其实隐含着价值立场。于是，最后终于在感情上疏远了"淡蓝色墙壁"的世界，割断了与黄宗谷的"试帖诗"式风雅世界的精神联系，真正认同了"红太阳绿麦田"的农民世界。

不管"我"的价值选择是否具有时代的局限性，但韦君宜写出了那个时代知识分子心灵特有的矛盾，非常具有深度。

老朋友！你刚从北平来吗？八年不见，如果在街上碰见，真是彼此都不敢认了。不要惊奇，你看我这副样子，像不像你们那里的清道夫？

你问我这十年来的变化吗？那真是一部二十四史，从何说起？

也别把我们解放区人捧得太高，叫我脸红，当初咱们谁还不是一样？谁都是一点一点变。说跟我学可不敢当。——你要问我的良师益友吗？我可没有什么伟大人物的惊人事迹可以告诉你，我的朋友也是平凡的人；变，也是平凡的变。也好，我就随便说一段。

一九四三年我刚刚下乡，组织变工组，住在刘家庄新选的劳动英雄刘金宽家。我在这村庄里有过三个朋友，三个人三样：一个知识分子，一个绅士，还有一个是农民。

先说这农民朋友，就是我的房东刘金宽。一开始去，我和他自然说不上朋友。住到那里，自己常觉着好像上西天取经的唐三藏似的，为了修成正果，只好咬着牙去受罪吃苦，去熬过那九九八十一难。我每天尽我所能地想办法和他们在生活上打成一片，想使他们不看外我。除了做工作，我天天跟他们上山用心去了解什么"直谷""志谷""安种谷"……自从下乡，几个月就没剃过胡子。刘金宽女人回娘家去了，我就赶着和他住到一个炕上；刘家的驴草完了，我帮他们铡草；他家院子脏了，我替他们扫院。临下乡以前，连一本文艺书也不敢带，甚至因为刘老太婆天天用诧异的眼神看我刷牙，我觉察了，就连牙也不敢刷了。

你也不能说我在那里整天都像充军似的，我也和他们一起说说笑笑。刘老太婆的母鸡开始抱窝，我拿着第一只小鸡，跑着笑着去送给他们看。驴子吃草忽然吃多了，我也高兴地和他们谈论一整晚上。有一个时期，连我自己也几乎相信我真的完全改变了。——但是不行！挖土担粪我全不怕，只要咬牙就能成，只有一点终归骗不了自己——心里总好像有一块不能侵犯的小小空隙，一放开工作，一丢下锄头，那空隙就慢慢扩大起来，变成一股真正的寂寞，更禁不住外界一点刺激，好像靠枪手考了一百分的小学生，一当堂试验就露了马脚。

就说有一回，我接到一个远方女友的信，信上说成都的情调像北平，深巷里听到卖花声。她问："你呢?"接信以后的几天，我的寂寞感达到了最高度。一个傍晚，我独自蹲在刘家院里石槽的旁边，望着墙外那渐渐朦胧的树梢，试听听看吧——院子里的石碾子发出极沉重的吱唔吱唔声音，那是刘老太婆推着碾子在压黑豆钱钱，粗麻绳套在她肩膀上，接着刘金宽的女人站在院心发出一声长吼："尔唠唠唠唠……"立刻一头大黑母猪带着一群小猪直冲到我身边的石槽上来吃食。大猪叫道："哼哼哼!"小猪叫道："吱吱吱!"这现实环境和那信简直是个极具讽刺性的对比。我禁不住轻轻地"嘻"了一声，刘金宽正走了过来，偏偏听见了，他就说："老吴你愁什么? ——噢! 一定又愁咱们少下的那只猪娃了了。"于是他就告诉我，后晌女人们寻着了它，原来它跌在茅坑里，闷成个屎疙瘩，不知还能活不。刘老太婆和刘金宽女人也接过口来，这一个黄昏，他们全家老小就只在谈论那掉在茅坑里的小猪，吃饭也在谈，做活也在谈。我本来知道，我应该随着一起谈的，但是那寂寞已经来了，就不肯去，越扩越大，像一块石磨一样压住我的心思，我一言不发地吃饭，连饭都吃得很少。放下饭碗，背着手走到院心，在这阵寂寞的袭击之下，我把别的道理一下子都忘了，心里堵着一个念头："即使是唐三藏取经，路上也得歇歇腿。就随便有个什么地方让我散荡散荡也好啊!"真真凑巧! 正在这时候，村长忽然跑进门来招呼我，说专署今天又派了一个知识分子干部到刘家庄来了。

那个人叫罗平，是做经济工作的，我在城里认识他，但是一点也不熟。老实说，我还有点讨厌那家伙"嘻嘻哈哈"一套敷衍应酬的作风。但是不知道什么缘故，这一下我听到他来，高兴得好像孤身一人在遥远寂寞的异乡遇见了至亲骨肉，好像他是我专心盼望的唯一知己。听到消息，我立刻跳起来就一直跑到村口去欢迎他，替他背挂包，扛行李，拉着手跑进村来，我招呼他吃饭啊，喝水啊，洗脚啊。当天夜晚我特别跑到村合作社去和他睡在一起，东问西问城里的情形，我把我自己所知道的刘家庄情形，干部、劳动英雄、风俗人情，甚至我个人的生活情况全都告诉了他。他跟我讲城里最近开的美术展览会，新来的外国人，以至某某人的恋爱纠纷等。我觉得这些东西到了我的耳朵里真惯熟真滑溜，好像这些才是我自己那个世界里的东西，不知不觉就谈到快鸡叫才合眼。

和他扯的时候我很高兴，脑子里无挂无碍的什么也没想。一直到合上眼以后，朦朦胧胧，突然一个念头跳到我的意识中间，这晚上的情景忽然使我联想到一九三七年流亡在汉口，曾有过依稀相像的感觉。——朋友，你还记得吗？那一次看电影，我告诉你的一句话，我说："一进了这淡蓝色墙壁的电影院，电灯一暗，银幕一闪，音乐台前爵士乐的调子铿铿锵锵奏起来，我就感觉一种说不出的熟悉的气氛，好像脱离了这个酷热而生疏的汉口，回到自己原来熟惯的一个优美安适的世界。"这句旧话在刘家庄半夜里涌现出来。我猛然觉得好像有一个人站在黑暗地方比着手势嘲讽我，那个人在笑："哈哈！嘿嘿！你原来还是老样子！"我只觉得没有地方可以躲开他的嘲笑。

我真还是老样子吗？——可不是！到了这时候，寂寞也排遣完了。自己睡在这个生地方，想起刘金宽家不定怎么等我找我呢，倒觉得自己好像一个开小差的兵似的，难受了整整一夜，在合作社那床上怎么也睡不着。第二天一大早，我红着脸跑回刘金宽家去，这一天帮他们做活做得格外卖力。

　　我跟刘金宽的变工组上山去种谷子，刘金开和王相如一组，我和刘金宽一组，他耕行子，我跟在后面拿粪点籽。

　　谷雨过后的小春风，在山上荡来荡去。一个山峁接一个山峁，像被风掀动的大浪。谷子地旁边的麦苗已经有好几寸高，漾起一层翠绿的小波纹，一波赶着一波。我鼻子使劲一吸，肺里立刻充满了清新的空气。再长长地呼出一口去，刘金宽在前边听见了，回头问我："老吴怎么了？为甚又长出气？"我说："没什么，我觉着这地里怪美的，景致多好！"他说："是啊！今年地里壤气实在好。你看那片麦地，齐格蓬蓬满山绿，保险请你老吴吃好面啦！"我赶紧也转过话头谈起庄稼来，他耕得很深，含着湿气的黑土翻起来，埋过我的脚面。土里好像有一股饱满温热的香味，也给翻了出来，闻着很舒服。大阳升高了，我出了汗，一上来那份不安才渐渐消失下去。我自己问自己："我在这个红太阳绿麦田的世界里不也很快乐吗？这也是我的世界，为什么总留恋那个淡蓝色墙壁的世界呢？为什么我不能拿刘金宽当我的知心朋友呢？为什么……"一面出汗一面想，两个人越耕越快，一会儿就赶上了前边的王相如和刘金开。听见他俩正在议论刘金宽的地垧数，实在不像陈发兴虚报垧数，对减租又是明减暗不减。

　　刘金宽忽然大有感触地挺起胸来，大声说："那谁还不知道？他从老人手里租黄家七垧地，现在又成了五垧，这是图瞒哄自己庄上人，还是图瞒哄老吴？看人家老吴起早睡晚替咱谋虑，跟咱上地受苦，心眼里全是为咱嘛！咱晚上因为我的猪娃子跌在茅坑里，老吴愁得饭都吃不下，就是自家老人，自家亲兄弟，看能不能赶上老吴这样待咱们亲？"

　　我脸上猛然一发烫。他这句话正撞上我心里自怨自艾的念头。

我不说你自然也知道，我到那里本是专被他们进行教育的，尽管和刘金宽天天在一起，吃在一起，住在一起，但他在我心里的地位，只是我的一个工作对象，是许多对象中间的一个，犹如满山高粱中间的一根。但是他对我却正相反，他真把我当成知心朋友看，或者说比知心朋友还要高一层。我刚到的时候，刘老太婆曾经告诉过我，刘金宽那年是四十六岁，他家连租地带自地一共十五垧，但是刘金宽后来却对我说他其实只有三十七岁，地亩也还多着七垧，他说他妈谎报，她太落后，相信别人造谣，怕前怕后，怕我们要拔他去做公家人，她又相信地主黄四爷是恩人，不愿意减租。此外，我还从他嘴里知道他一辈子的几件奇耻大辱——黄四爷十九岁的小老婆打过他的嘴巴，小少爷拿他当过马骑……我早就看得出刘金宽是一个很要强不低头的人，这样的事怕很少和人谈过吧，但是却拿来和我这个相识只有一个多月，过去生活天差地远的人来谈。他这样曾使我很惶惑，特别是那晚上我为了逃避寂寞跑去找了罗平，第二天反倒在山上听见刘金宽这些夸我的话（还说我为他愁呢!），我真觉得比他骂我还厉害。从这一个由头，勾我想到刘金宽平日待我那些情形，我在自己心里暗暗评量：假如我妈也在解放区，她若是不愿意减租，或偷偷埋怨革命等，我能把这些事都告诉刘金宽这样的人不能？不能够！这简直不可想象，我一向自负是心地最纯厚的人，只会自己吃亏，没做过亏负人的事。但是，这时在刘金宽的面前，突然使我感觉到自己有点像旧小说里写的那种负义之徒，人家待他义重如山，向他托妻寄子，他却看不起这八拜之交，另外去和宰相尚书家攀结亲眷了。

我从后面看着他，他站在铺满阳光的山坡上，土地在他的桨子底下一片片开花，高大的背影衬在碧青的空间，格外显明。好像一根大粗柱子，在青天和大地中间撑着。这一比，比得我好小。

从那早上，我拼命地下了决心，要真和刘金宽他们做朋友，和他们在一起要真能快乐，不再寂寞。实在的，以后我在刘家庄觉着心上轻松多了。吃饭说话洗脸刷牙，不再觉得像背着一个重担。你知道，一个施粥的慈善家和受施舍的穷人，是没有办法成为朋友的。我在刘家庄，开始觉得自己是他们中间的一个的时候，我就开始快乐起来了。

以后我还去找过罗平，但是，和刘金宽久了，倒觉得那些外国人和恋爱纠纷之类，到了耳朵里反而生疏。同时，他那"嘻嘻哈哈"的应酬作风，重新引起了我的反感。我无论工作有困难或生活有问题，都更爱和刘金宽商量，因为刘金宽真能帮我解决，而和罗平说话太绕弯子。我一和老刘在一起，就觉得眼睛也亮了，勇气也来了。我曾经拿他做仗腰子，在那绅士朋友面前壮出了一口窝囊气。

现在该说那个绅士朋友了，他就是刘金宽的东家黄四爷，名字叫黄宗谷，他家住在刘家庄。我认识他是以前在城里开参议会的时候，老实说，过去我见了他心里常有点敬畏的，因为那家伙有一个出名的脾气，专爱考人。不论哪个工作人员见了他，他总是说来说去就把肚里那一套搬出来了。什么《左传》呀唐诗呀，弄得县上许多干部都怕见他。他们几个老头子组织了一个诗社，县上都称他们为"文化界"。我亏着爹娘供我念那几年书，还可以凑合和他们对答。那个黄宗谷就故意把我当成知己似的，一见面就"咱们念书人""咱们这些人"，把他作的诗给我看，硬要我批评，甚至要我同他唱和几首。你知道我那旧学，不过是几本国文课本和自己翻着玩的几首诗，我自然害怕在他面前露马脚，一见面就提心吊胆地唯恐被他笑话了去。本来，莫说共产主义思想和黄宗谷风马牛不相及，就是我十几年的资本主义教育也使我难以接近这套试帖诗式的风雅，但是县上的同志都说："亏了老吴给咱挣面子，不然咱这统战工作可要丢脸。"这使我又隐约地觉得，别人没法和他们攀交，独有我能，而且能谈得来，能称为朋友，这却是一桩能耐。我曾为这感到暗暗的得意。

这次到了刘家庄，我自然知道自己是为做下层工作来的，该多和农民在一起，少去接近地主。但是，又觉得譬如一个走江湖卖艺的人，到了一个码头，也总该先去拜望当地的要紧人物，场面才能撑得开，因此我这次去看了看黄宗谷，受了他满够交情的招待。直到我和刘金宽他们成了朋友，我才开始觉着这黄宗谷是两面国的人，拿给我们县上干部看的是一张脸，拿给刘金宽他们看的却是另一张脸。只是，在村里路上碰见他，大家都还是满客气，他总又是有什么新开的桃花请我去吟咏，还像好朋友。我照例还是一听见他谈诗论文，就又有些心虚。

这一直继续到县里发动查租的时候，要地主把去年秋天长收的租退出来。刘金宽是刘家庄减租会的首领，领着租户伙子，带着麻袋布袋，到黄宗谷家去了。那天下午我赶到黄家，他家那五十多步宽的青石板大院早都站满了农民，连水磨砖的花台上也蹲着人。吵吵嚷嚷的声音连街上也听见了。从大门一直到三门都敞开着，例外的没有恶狗咬，也没有老妈子应门待客。我悄悄地溜进去，望见黄宗谷站在正中的台阶上，手里还拿着那三尺五的白铜旱烟袋，只是那张瘦黄脸却涨得像他身上的紫铜色绸袍一样，红里透紫，紫里透亮。我看他张着嘴"啊啊"了几声，说不出个下文来，觉得很有趣。本想躲在人背后多看他一会儿，不料我还没站住，他已经看到了我，细眼睛里立刻发了光，好像抓到救星

似的，三脚两步就走下台阶，赶到我面前来，嘴里连声嚷着："老
吴老吴！老吴同志！"一面叫一面就来拉我的手。我那时无可退
缩，只得点一点头，从人背后挤出来。满院的农民忽然看见这一
幕，都睁大了眼睛看着我和他。都不吵嚷了，院里突然静悄悄的，
大家慢慢地向两面闪开。黄宗谷满脸全是奇怪的笑，引着我向廊
沿上走，嘴里高声向上房、向厢房、向全院子所有各角落喊叫：
"张妈！春子！张妈！来客了！倒茶呀！"立刻院里全充满了他的
声音。回头又满面春风地让我："快请！快请！我正有点东西要请
你教正啦！咱很久没有叙一叙啦！"说着笑着，倒好像突然完全忘
了有这一院子农民存在似的。——我可怎么能看不见那一百多双
熟悉的眼睛？我清清楚楚知道，他们低声咕哝的全是我——刘金
宽正在台阶口上，见我走近，叫了一声："老吴！"我刚答应一声，
黄宗谷又亲手掀起堂屋的毡门帘，又哈腰连叫："老吴老吴！"一
定要让我屋里坐，我不进去，他就亲手把凳子端出来放在廊沿上，
嘴里还若无其事地跟我直套交情："外人不知道，老吴你明白啊！
我一向是慵生疏懒！不问家事，呵呵！不爱那求田问舍，家里这
些人也实在糊涂，不懂法令，呵呵！你我知交，自然能原谅……"
我心里又气又恼，他采取这种态度，简直是故意拆我台。我直挥
手叫他停止，他却滔滔不绝，好像老伶工背台词一样，使我连开
口的空子都没有。——亏的是刘金宽替我解了围！

　　黄宗谷正说着，台阶口的刘金宽突然上前一步，很严正地又
叫我一声："老吴！咱做甚来了？"我遽然满脸通红，赶快一跺脚
从黄宗谷的凳子上站起来。哎呀！台阶前面站的刘金开、王相如
他们八九个一拥上了廊沿，院子中心的人群乱动。人们中间发出
呼叫："肚里饿呀！""不要骚情呀！"许多小孩子也从人腿缝里挤

进来，喊着："盘粮！盘粮！"有的叫："棉裤脱下顶口袋今天也得
盘粮！"黄家的老妈子刚拿洋瓷茶盘托着两杯茶，从上房门口露出
半身，一看这景象，马上又缩回那毡门帘里去了。我急忙一扭身，
站在刘金宽他们这一群的前面。刘金宽在我背后说："咱和他算
粮。"我说："对！"黄宗谷才有点慌了，还忙着来拉我的手，嘴里
说："老吴看我薄面……"我一抬头，看见他那张瘦黄脸上的小眼
睛，正向满院子惶惑地张望，脸上勉强堆出笑容。我突然感到，这
家伙当着这一院子的农民和我套交情拉朋友，简直是我莫大的耻辱！
平日我对他那些胆怯敬畏的意思，此时忽然像春雪见太阳一样消失
干净。脑子里的观念异常明确——咦！我怕你什么呢？你是什么？
你不过是一个违法盘剥的顽固地主！我立刻用力把手一甩。

　　下文不用说了，刘金宽他们的减租自然是胜利了的。虽然黄
宗谷以后为这件事还做了一首诗，说自己好像竹林七贤，因为不
治生产，误收了些租。但是我和县上所有那些怕见他的干部，这
回看了这首诗，都忍不住拍手打掌哈哈大笑起来。

　　现在你自己懂得了，我所说的良师益友是谁——和刘金宽一
起，真是胜读十年书！你们外边人老爱过分称赞我们这些会摇摇
笔杆的解放区人，说我们是什么"百炼成钢"了。其实，你听我
说了还不知道？我们还不是照样有这么多往昔依恋、寂寞、梦幻，
真丢人，常常分不清谁是自己的朋友，糊里糊涂忘掉了自己的脚
步站在什么地方。只是，我一到了刘金宽跟前，这各种破东西就
被他一层一层剥掉了。你要问我的改变，这就算改变，是跟着他
这良师益友学来的。

　　你也许不满意，但是我早说过我讲不出稀奇东西，这只是在
我们这地方，到处都发生过的平平常常的故事。

喜
事

西
戎

【关于作家】

西戎（1922—2001），原名席诚正，山西省蒲县人。1940年进入延安鲁迅艺术文学院（原鲁迅艺术学院，1940年更名）附设干部班学习。1942年开始创作活动。曾担任《晋绥大众报》编辑。新中国成立后，历任《川西文艺》主编、山西省文联主席和作协山西分会主席等职。著有长篇小说《吕梁英雄传》（与马烽合著），短篇小说《我掉了队后》《谁害的》《喜事》等，秧歌剧《王德锁减租》（与孙谦、常功、卢梦合作）等。

【关于作品】

《喜事》原载于《小说》（香港）1948年第1卷第1期。这篇小说写得干净利落，没有多少情节，充满了喜庆的氛围，作品背后是有一个反对封建婚姻的故事。小秀的母亲想把小秀嫁给一个财主家，但是遭到小秀的反对。因为时代已经变化了，小秀母亲的包办显得没有多少约束力，因此很容易就失败了。小秀爱上了民兵小队长海娃，于是他们很快就决定结婚。作品潜在地对比了新旧婚姻的种种不同：旧婚姻都是父母包办的，新婚姻基于自由恋爱；旧婚礼前妇女多"哭嫁"，现在的新娘只有幸福感；旧婚姻特别看重家庭和财产，新婚姻更重德行和喜好；旧婚姻男方下聘礼，新婚姻男女双方互赠礼物；旧婚仪要叩头，新婚仪只鞠躬……搭布棚，摆酒席，秧歌队打锣鼓、吹笙管，行过礼，村主任讲话……没有多少故事情节，占据主要篇幅的是两位新人的新婚礼仪。作家的高明之处在于，他把场面写得特别活跃，酿造出了一种热烈的氛围，充满了喜庆的气息。通过一场婚礼，以及这场婚礼给新人带来的幸福感，赞颂了民主政权的正义性和合法性。

这几天，小秀真高兴，脸颊红润润的。一碰到人，别人还不觉得怎样，她便把黑缎子似的头发一甩，忍不住咧开嘴笑了。

"哎哟！有了喜，高兴得嘴都抿不住哩！"村里和小秀同辈的妇女们，见了面这样开着小秀的玩笑。

小秀真是有了喜，再待两天，就要同村里民兵小队长海娃结婚啦，这是年青人一生中头一件喜事，为什么不高兴呢？再说人家小秀和海娃，两个人是"自由"的对象，没有点点不舒意处，自然更该乐啦！

小秀的喜事，村里谁都说和往日不同了。小秀从前也见过村里女子们出嫁，前两天就饭不吃，门不出，坐在炕角里哭鼻子，想象着自己未来的生活，和没有见过一次面的陌生的丈夫，心里感到恐惧和不安。这种心情，在小秀是半点也没有了。还在半个月以前，小秀就和海娃商量好结婚要做的衣服，要买的东西，海娃进城全置办回来了：蓝花布、红花布、条儿布、红毛衣、洋袜子，样样都叫小秀满意。海娃知道小秀爱讲卫生，爱学习，还特别多买了一块香胰子，一个小日记本，送给小秀。小秀呢？也早加工缝了一条子弹袋，一个"时兴"挂包送给了海娃。这几天，小秀约了纺织组的几个伙伴，一面赶缝嫁衣，顺便就又讲起她和海娃来了。小秀一点不封建，她讲她同她妈妈闹斗争。原来在不久以前，东土村的张财主家，差了两个媒人来说媒，要给他儿娶小秀，一口就答应出八万块钱，她妈答应下了，小秀不依，向她提出抗议说："旧社会把妇女当牲口卖，这阵新社会不能啦，没有经我同意，就是不成！"她妈说："你懂下个甚？人家几辈子的财主，高门大户，去了享一辈子福！"

"谁爱他的享福日子！恶心！"小秀白了她妈一眼，"谁不知道他儿是个二大流，又抽又赌不劳动，我不爱！"

就这样，小秀拒绝了她妈妈同媒人，根据自己要求的条件，挑上了海娃。他年青，又识字，当民兵四年啦，作战勇敢，四四年当了民兵英雄，又是小队长，工作积极，劳动也好，这就是小秀"自由"海娃的条件。

海娃呢？自然也爱小秀，心灵手巧，做得了好茶好饭，缝得了细针细线，纺织、学习、拥军都好，还是村里妇女小组长。两个人的条件，自然是在一块谈过了，都同意，才向家里提出来的。

海娃爹来找小秀妈妈探话了："你大婶，你看海娃和小秀……你是个甚意见呢？"

"唉！怕不好吧！外人听见了会笑话！"

"哎噫！"海娃爹偏了一下头，"如今这世势你不看，可不是从前啦！这个好嘛！孩儿们自己给自己'自由'，将来没埋怨，闹生产呀，过日子呀，人家能合到一块。看从前，花上银钱孩儿们还不如意，今天打架，明天动武，根本是砂面捏窝窝，就团不到一垯嘛，唉，为父母的跟上尽是生气！"

"呵！也真是！"小秀妈想起自己年青时候的痛苦，动摇了。

"如今这是年青人的世势，干甚都要新脑筋，咱们这老脑筋，人家说'顽固''封建'，依我看，也是正月里卖门神——过时货啦，由他们年青人去吧！"

小秀妈妈想了想海娃，虽然穷，倒是个挺好后生，也还如意，便正式征求小秀的话："海娃你舒意的，可是穷呀！"

"穷怕甚？"小秀驳斥着她妈妈，"鞋上绣花不算能，能刨能闹不算穷，好日子是人刨闹的，又不是天生的命定的。要是坐下当二流子，有座泰山也能吃倒它哩，那才真是穷！"

老婆婆叫小秀驳倒了，发着感慨："如今这世势，就是好活了你们这一把子年青人！"

"对嘛！妇女要解放，就是为的这个嘛！"

小秀妈妈无话可答了。

正月十五，这是海娃和小秀结婚的日子，没有请先生，也不测八字，是他两个选择的。因为刚过了年，全村都在闹红火，吃好的，能好好高兴几天。

真是个好天气，太阳红彤彤的。海娃家的黄土院打扫得净光，门口贴了一副大红对子：

> 男人耕种做模范
> 妇女纺织当英雄

院子里，搭起布棚，摆好酒席，村公所、民兵、八路军送来的大红幛子、礼物，在四面挂起，红艳艳的，一片新气象。

傍响午，一声铁炮响，秧歌队的锣鼓就震天价敲打起来。这

205

时，海娃穿了一身深蓝布棉袄棉裤，束了一根宽皮带，洋袜子新鞋，头上戴一顶油亮的瓜壳帽，脸也洗得挺白净，俊腔腔的。胸前戴一朵大红花，五角星的毛主席像牌牌，挂在红花上面。小秀穿戴也一崭新，花格裤，海青色袄，头上匝着雪白的羊肚手巾，俊旦旦的脸盘，和胸腔上戴的红花一样，格外惹人喜欢。

两面红幛子飘在前面，中间是秧歌队的人打着锣鼓，吹着笙管，最后在簇拥的人群中，海娃和小秀手拉着手，随上走。人们唱着，笑着，乐器奏着，一直在村子里绕了一个大圈圈，又返回到院子里布棚下面，正式举行结婚仪式。看热闹的人把院子挤满了，简直水泄不通，连窗台上也爬满了小孩。

民兵中队长生贵子当司仪，扯起亮嗓子刚喊了一声"注意"，那边秧歌队的胡琴便拉开了"割韭菜"调儿，声音悠扬悦耳得很。

"向父母行礼！"生贵子又喊了。海娃和小秀同时转过身，海娃拉开腿，正准备磕头，小秀一把拉住了他。这时东墙角一群妇女叫起来："磕嘛！跪下磕嘛！"村主任突然从人堆里挤出来招着手喊："吵死人啦，老婆老婆，赛过打锣，这新式结婚是鞠躬嘛！"海娃和小秀便向坐在正面椅子上的海娃爹小秀妈妈鞠了一躬。接着生贵子又喊："向来宾行礼！""男女互相行礼！"海娃和小秀站成了对脸，两人互相看了一眼，都羞得低下了头，周围人群里，霎时爆发出一阵掌声笑声，好像看戏喝彩一样。

礼罢，村主任出来讲话了。这是个最爱逗笑的人，今天请他讲这场喜事，更该引人发笑了。他一开口便说："在场的农救会、妇救会、婆姨女子少先队，今天海娃和小秀，是自由结婚，这就是咱新社会的结婚。旧社会里，婚姻不合理，受媒人的骗，谁也见不了谁，花上银钱，还不知道是哑子、是麻子、是拐子、是爬子，到结了婚，两口都不如意，今天吵，明天闹，你看糟糕不糟

糕？你们说那日子怎能过好呢？"他讲到这里，突然向西墙角招手
大呼："嗳，老婆婆们，你们有经验，我讲的对呀不对？"全场子
人都哄然大笑了。留辫子的女子们特别感兴趣，笑得格外响，村
主任扭回头来说："你们别憨笑，我说的全是实话，你们可不要上
媒人的当，长大了自己好好'自由'个好对象！"这一说，女子们
都羞了，往人后面钻。

忽然，民兵们拍起手来，欢迎新郎新娘讲话。先是海娃出来，
红着脸说："我很高兴……"他笑了，笑得没讲下去，跑回去了。

小秀大方地站出来，说："我们是自由结婚，自己愿意！"说
了两句，旁边有人鼓了掌，小秀也羞得用手巾遮住脸，退回去。

天黑，摆开了酒席。小秀妈妈同村里几个老婆婆在一张桌上
吃喜酒。有一个感慨着今天的喜事，对小秀妈妈说：

"你今天好大的喜事呀，咱活了六七十可没经过这么红火！"

"没旧规矩啦，日子也不择，花轿也不坐，新房也不安，倒挺
省事！"又一个这么说着。

"这好得多啦，新社会解放妇女嘛！我那女子早知道能这样的
话，也不用整天和男人不合，也早死不了！"又一个老婆婆说着，
拧一把鼻涕哭了。

小秀妈妈见众人羡慕她，心里真高兴，但却沉一下脸皮说：

"如今年青人的世势，由他们，我不管他！"

听哪！每张桌上，人们都是又说又笑，谈论着今天这桩喜事。海
娃和小秀桌上，更是热闹。酒席一直吃到上灯，人们才尽欢而散了。

黑夜，村里一群小孩子，偷偷爬到海娃和小秀的窗子上听房，
听了一阵子，回来对大人们说：

"真日怪，听了老半天，人家两口尽讲些生产的事，还订生产
计划哩！别的话，一句也没听见讲……哈哈……"

一天

丁
克
辛

【关于作家】

丁克辛，1938 年考入鲁迅艺术文学院（原鲁迅艺术学院，1940 年更名）。1939 年 9 月在晋察冀边区到华北联合大学文艺学院任教，是晋察冀的著名作家。著有中篇小说《村长和他的兵》（与轻影合著）、短篇小说集《父子英雄》，另有《民兵战斗故事集》（编著），还曾创作话剧《二七风暴》等。

【关于作品】

《一天》中的主人公李主任身兼数职，是县抗联会主任，也是县生产委员会副主任。下乡已经半个月了，他的典型村是八区刘家台，离县里八十里。他负责那里的"户计划"和"家庭会议"，也就是为每户制订生产计划，通过召开家庭会议的方式宣讲政策，排解家庭内部矛盾。这是 1945 年大生产运动的头一步。他现在接到通知，要回县城参加县政府召开的汇报总结会。这个小说所谓的"一天"，就是李主任从准备离开刘家台到参加了县里会议这前后一天的工作经历。

离村之前，李主任处理了东家对雇工羊倌郝三毛的工资明增暗不增的问题；步行八十里回到县里的宿舍，没有来得及休息就着手调查夏家庄妇女上吊的事情，然后掏出工作日记组织第二天的发言；第二天一早用四个小时调查明白了夏家庄妇女上吊的事；在会议上做了一般的报告，还兴奋地讲了三个典型户；听了郭科长的报告，郭科长的报告恰恰以自己落后的老婆为典型；会后他亲自过问机关生产问题，到猪圈里出粪；晚上，动员下属小王服从工作分配，去搞经济工作；深夜，接待了七区干河村来访的村民，与他们睡在一起，帮他们解决土地回赎和减租问题。第二天一大早，送小王到新的工作地点，还给了他自己仅有的一点钱。这个作品就是刻画了李主任这样一个好干部，如何废寝忘食地工作，妥善处理烦琐复杂的事务，解决各种矛盾，推进农村的制度建设和经济发展的。我们可以从中看到，新中国成立之初，那些清正廉明、大公无私的干部是如何为工作鞠躬尽瘁的。

县生产委员会下了通知，为了工作步调非常紧急，这次下乡干部一律要在今天回县。明天十二点钟在县政府汇报总结。县抗联会李主任接到通知已经是下午。他这次工作的典型村是八区刘家台，离县里足足八十里。马上动身也得赶到半夜。幸好半个月的日夜苦忙已把预定工作完成，收获很大。他立刻找到村生产委员会——村长和村抗联会主任他们，告诉他们马上要回县。

村抗联会主任带着羊倌郝三毛正来找他：郝三毛的东家对郝三毛的工资明增暗不增，吓唬着欺骗着郝三毛一直没敢说。这回李主任到村里来住了半个月，把好多土地问题工资问题弄清楚了，

把绝大部分雇工佃户连好多雇主地主的脑筋也弄开了。郝三毛憋
到今天，再也憋不住，把东家的吓唬欺骗和自己糊涂胆小也说了
个痛快，而且说到末了哭了：

"李主任，你这回来，是来救我来了！"

"不是我救你，工人该翻身……你敢把你东家找来吗？"

"我要不敢我就不找你来了。"

等到把这问题彻底解决，村抗联会主任，郝三毛连他东家送
李主任出村的时候，太阳已经搁上西山头。

"可要使劲赶呢，明天走不行吗？"

"那怎么行？"

走了一节，五里路出去了，浑身燥热起来，背上刺痒痒的，
他脱下大袄，搭在肩上，脚步跨得更大一些。这次下乡是做"户
计划"和"家庭会议"的典型村，是一九四五年开展大生产运动
的头一步最基本最重要的工作。——去年大生产运动的经验总结
尖锐地证实了这一点。因此这次派下去做典型村的，都是主要干
部：县政府派了科长秘书，县抗联会派了工、农、妇、青各部长。
李主任自己还是县生产委员会的副主任，也亲自下乡了半个月。

现在，一面走，一面他老想着县里的事情。离开了半个月，
一定又有不少紧要问题等着解决，土地问题是一年三百六十天短
不了的，机关生产要抓紧，五区夏家庄的那件人命案不知弄明白
了没有，干部新的调动和配备……

到县早过半夜。组织部长老张起来开门，点上菜油灯。照着
他满脸油汗和灰尘，背后棉袄也湿了青隐隐一大片。连擦脸的热
水也没有，把肩上的破毛巾抹一通算了。

老张本来睡得正酣，点上灯说了一两句话又迷迷糊糊睡着了。

"家里没有碰到什么大问题吧？"

"唔……多……哩……"

他想了一想：

"夏家庄那妇女上吊的事儿怎么样了？"

"唔，……没有什么……打老婆……上了……吊……活该！"

"可是人命关天……"

"关天不关天的……你赖不着人家……地主……睡吧……明天再……"

他的确是很累了，一口气爬山过岭走了几十里夜路，现在两条腿软绵绵的，头也昏沉沉。但是明天十二点要汇报总结，一睡不知要睡到什么时候呢？就坐在炕沿上，掏出工作日记来，想先看一遍，把材料组织一下，明天好报告啊。可是：

"人命关天……"他自己的话在耳边刺刺地响。

小本子上的字一个也看不到眼里去。下乡的那天就嘱告老张他们在家要挖根追究，慎重处理这件事，而现在……

越想越纷乱，越想越难过，好像他自己的老婆吊死了一样！可是实在太困倦，天就快明了，还是先睡吧。

随随便便，衣服也不脱，蒙上被子就躺下了。可是背一靠到炕席，湿棉袄冰冷地刺了他一下，不由地自语着："嗨唷唷……"他翻来覆去觉得不对劲。他想起自己的事情来了：抗战前一年他也上过一次吊！种了本村地主王志豪五亩租子地，那年打的粮食光交租子还不够。王志豪不管他一家死活，租子一粒也不能少。求了多少情，说了多少好话，下了多少跪，回到家来流了多少眼泪，有什么用啊？……地主就是要逼穷人的死！可是穷人的命虽然不值钱，死难道是容易的吗？下了多少次决心，才在一天夜里等老婆孩子睡着之后，拿了一条井绳：刚刚套上脖子，老婆醒来了。一看见，吓得她那个样子，哭得那样伤心，说："保儿他爹，……你不能死呀！……"自己也就一场痛哭，可是再也不想死了。……死难道是这样容易的吗？……他越想越不是那么回事！反正明天十二点才开会，上午还有时间。他不再思索，随即下炕来，走到另一间屋里，叫醒事务员，叫他天一明就到夏家庄把吊死者的丈夫、邻居、村抗联会主任都叫来，务必在早饭前叫到。

回到炕上一睡着就睡得那么香。不光今天累坏了，半个月来在刘家台动员组织按户做生产计划，白天帮他们送粪跟他们到地里去，一面帮他们生产，一面个别闲谈、调查、说服、解释。黑夜又要开小会，开大会，要调解婆媳间的纠纷，要动员懒汉和顽固老头。一个家庭会议一开就开半夜，要是开好了开成功了，全家老少男女都兴致勃勃地发表意见，时间就拖得更长，半个月来几乎就没有睡过一夜好觉……然而事务员把他叫醒了：夏家庄那一帮人们叫来啦。

掀开被子，把松开的棉袄扣门扣了扣，用衣袖抹一抹脸和嘴唇，就问开话了。死者的丈夫一说话就要哭，说他打老婆固然是不对，可是老婆寻死实在是因为地主夺了他家租种了十多年的地。村抗联会主任却赶快从旁插上来："这我证明，不是！我当过农会主任，我知道要保护佃权，尤其是永佃权，可是这不是……"

"这不是，都是你是，人家吊死，活该！"李主任说。

"啊呀呀，李主任，你何必跟我生气呢？我当干部也不止一年两年了，难道说我也会帮地主？执行政策，不能右，也不能左，李主任你说？"

"我是说你右了一点，右出人命来了！"

"……"两只眼睛翻白眼。

从早上七点钟，一直到十一点钟，整整四个钟头，问题到底追究明白了：是地主买通了村长，村长蒙蔽了村抗联会主任，捣鬼夺了地。死者几次力争，都没有用，埋怨丈夫没出息。丈夫真是没出息，无处出气，打了老婆一顿。第二天早晨女人跑到祖坟旁边的一棵杏树上吊死了。

县长早派人来，叫他准备今天的总结会，十二点钟一定到。他却还没有吃早上饭。稀里糊涂走到伙房里，大司务要把饭菜给热一热，他说用不着，十分钟内就吃了三碗冷小米饭。赶紧又回到炕头桌子上，拿出工作日记。上面歪歪斜斜的，但是很清楚地写满了一页页的钢笔字。把典型村的"型"字写成"形"，模范户的"范"字写成"犯"，诸如此类。而且记得很不通顺，也不太完全。但那有什么关系呢？他自己能看懂，看了记下的，把没有记下的也能完全想起来。以前他一字不识，从三八年到区农会当伙夫开始学认字，到现在能记下一本一本的工作日记了。今年，他整整四十岁了呵。

总结会开得很热烈，内容实在丰富。每个干部都详细生动地报告了各个典型村典型户的"家庭会议"和"户计划"的组织经过、具体经验和成绩收获。

李主任除了一般的报告以外，他很兴奋地报告了三个典型户：一家抗属，一家孤儿寡母，一家有九口人的中农。而这三户都是很麻烦的。但在他的滔滔不绝的报告里，不断引起了全场的大笑和掌声。他用了许多办法，经过了许多曲折，克服了许多困难，三个典型户完全做成功了。特别是那个中农家庭，婆媳不和，父子不和，兄弟不和，妯娌不和，真不好闹，老头子非常顽固小气，说："家有千口，主持一人。"光骂儿子媳妇不好好干活，不肯放一点手，老太婆袒护三小子，挑拨老头子无理压迫老大老二两个媳妇。二儿媳妇本来挺能干，挺有魄力，能计划，因为全家闹不好，也就不好好做活，成天斗气……

"我用两个晚上一个白天的工夫,从各方面把这一家的复杂情况完全了解清楚,"李主任滔滔不绝地说,"先说服二儿媳妇,再动员老两口子,又跟三个弟兄谈……家庭会议开成了,老两口子勉勉强强愿意二儿媳妇当主席。主席听了我的话,先来了一个诚恳的自我批评,并且请公公婆婆大伯大娘跟小叔都原谅她的缺点,为的把今年的大生产运动闹好,使光景好过起来。这么一闹,大家也都检讨起来,连老头子也说了自己一些缺点。"

李主任用破毛巾在额头抹了一把汗,继续说下去:"等到对全家生产计划提意见的时候,尤其是谈到实行家庭分红制、提高生产效率的时候,连两个小孩子也发了言。他们说:他们上学回家每天割的柴火要给分红的话,他们就能保证全家不要买柴烧……老头子听得也禁不住眉开眼笑,死脑筋真正转开了!"

会场上笑声掌声接连不断,李主任的话收不住了:

"总结的时候,那当主席的真强,说得一清二白,像机关枪一样,我们的干部轻易比不上……无怪散会以后老太婆也高兴地对我说,她二婶子原是个机灵角色,就是不正干嘛。我就说,这回全家和睦了,生产有计划了,我保证她一定正干,眼看着你们家业就要兴隆啦,我也敢保这个险!全家都哈哈大笑了,说:'这都是托八路军的福啊!'"

又是笑声掌声过去之后,静寂了几分钟。这寂静,好像都在说:"还以为自己这次做成功了哩,差得远呢,人家李主任才是真正成功的哩!"

接着是民政科郭科长汇报。他做的典型户恰恰是李主任家里,郭科长没有说话就先对李主任笑了笑,说:"我这个典型户没有做好,李主任他媳妇横竖不听我一句话。动员了半天,她说,家里没有男人,光凭一个妇女三个小孩有么用,你想法把我家保儿他爹叫回家种地，我什么话都听你们的，啊哈哈哈……"

大家也不禁哄堂大笑，笑得一个个前仰后合。

李主任的脸红红的，眯着眼睛也跟着微笑了一阵。接着就想拿肩上的破毛巾擦额头的汗，可是毛巾没有了，他忘记了却捏在左手里，找了一回，就用衣袖在脸上用力抹了一下。

开完会回来，就吃下午饭。他特别吃得快，很早就放碗了。于是大家开玩笑说：

"李主任听说媳妇要他回家，连饭也吃不下啦。"

报告工作虽然滔滔不绝，可是平常是不爱多说话的。他说：

"哪里，我比你们又吃得快又吃得多！"

这倒是真的，不管是吃粗粮细粮，一概是又快又多。可是今天老张有意逗他，又说：

"大家说李主任今天是想媳妇了不是？"

"是。"

李主任说："是就是，我今年过年只回家两天，有一宿还跟保儿他娘吵了一架。三个孩子缠腿缠胳膊的，还有什么意思？那像老张媳妇狐狸精似的，一回去就是七八天，才带劲呢！"

大家没想到李主任也开起玩笑来了，都笑得喷了饭。可是他又正正经经地说了：

"快吃吧，吃了好生产啊。成天光叫老百姓做计划，闹生产，咱们的机关生产要闹不好才丢人哩！"

说着，脱去鞋袜，卷起裤褂，到猪圈里出粪去了。一面还嚷："大家快来呵！"

送着粪，郭科长的报告又来纠缠不清。他一想起老婆就有气，死不进步。对付落后群众有办法，对付自己的老婆反而没有办法了。送粪回来，路上老张跟他说：青年部的干事小王，上级要调他去做经济工作，他固执不愿去，需要跟他好好谈一谈。回家刚洗好脚，还没有坐定呢，小王找他来了。

"你先说说你不愿去的理由？"他先问小王。

"我没有做过经济工作，做不了。"

"再没有别的理由了？"

"没有了。"

"我看是还有吧。都说出来，好帮你一起解决。"

"我是没有了。"

"光是这一个理由容易解决。"李主任说。于是他解释目前工作需要，只能服从工作。这好像是"老一套"的理论，但这是实在情形。而且说：天下就没有学不会的工作，也没有学不会新的工作的人。接着他就举自己为例，说他这几年一直在区农会县农会工作，去年突然调他去当公营商店的经理。他起初也不敢去，不愿意去。但后来一想，到那里不是为了工作，就去了。嗯，料不到一年下来成绩挺好，调剂了内地贸易，扶助了私商小贩的大量发展；这还不算，还替公家挣了几百万块钱。

这些事实小王都知道，因此无话可说。

"再说我是个老粗，你高小毕过业，还怕什么？"

他等小王回答，小王不说话，他就等着。忽然腰里的虱子大肆活动起来，痒得要命。他翻开裤腰，一摸一个地卜卜地捏死。接连摸了有六七个，捏了两手指的血，最后把血抹在鞋头上，两手按着肚皮搓摩了好一阵，又说：

"你要想明白了，明天就走。"

"不！"小王固执说，"我不去……除非你也去！"小王的确是舍不得他。

李主任眯着眼睛笑了："你不是一个青年干事，好像是一个儿童团团员。"

"反正你怎么说我也不去！"

李主任愣了一会儿，突然站起来说："本来倒可以多待一天，你要不听说，明天就走！"过了一会儿，他又缓和下来说："你晚上想一想，就会想通的。一定明天吃了早饭走，我叫大司务给你烙两个饼⋯"

这时候天早已黑下来，七区甘河村的几个农民找他来了。从七十里以外赶来的，上午动身，此刻才到。小王给点上灯，退出去。李主任请他们几个在炕沿上坐下，亲自到伙房里打了开水请他们喝。

有区里的介绍信：大部分是关于当地回赎问题，小部分减租问题。现在开了春，都要送粪种地了，这些土地问题早在去年冬天就解决了的，可是特务分子从中破坏，现在地主都打了反攻。承当户佃户此刻去送粪种地，地主们也去送粪种地⋯⋯

李主任和他们谈到深夜，自己很少发表意见，启发他们自己去讨论。灯里的油都添了两次，问题逐渐明白了，可是大家的意见和考虑还是很多，拿不准一定的斗争方法，还没有坚强的信心，因此你一句我一句的，还是说个不完。大多数人愤恨自己阵营里的赵子和，不该因为受了一点打击，就被特务地主用几斗粮食和五亩不要租子的地就买过去了。有一个竟至大声地骂起来，说：

"赵子和啊赵子和，老子斗不过地主还怕斗不了你！"

李主任斜靠着桌子的上身急忙竖出起来，说：

"你们一讨论就光知道恨赵子和，恨他比恨地主还凶⋯⋯你们就不知道争取他！"

"争——取——？"

"为什么不能争取？一定要争取他回来！一定要！不争取他回来你们就胜利不了！"

所有的眼睛都望着他说话说得绯红的脸，闪闪地放光。

"不过我的意见也许是主观的，"他的声音低了一些，"大家还有意见可以再商量。"

"……"

这时候他突然感到困乏得要命，像要发疟子似的，浑身发冷，眼睛酸麻，头也昏痛，他伸了一个懒腰，想要尽力驱除这困乏，可是不行！……于是他趁大家不说话，就说：

"你们要是一时想不出意见，就都去睡吧，给你们早预备下铺盖了，有话明天再说。"

农民们嘴里答应，可是拖拖延延一个也不走，又开始嘀嘀咕咕地讨论起来。有的就说："李主任，你要是困你就先睡，咱们再在这里嘀咕一会儿，要商议平妥了才行哩，想不通了还要问你哩。"

头痛得太凶，他也顾不得脱衣服，就盖上被子躺下。农民们就把门关起来，都先先后后在他的炕边地上蹲下，放低了声音继续讨论。

刚迷迷糊糊地睡去，突然白天郭科长的报告和大家的哄笑又清晰地在耳边响。他不愿意想起的偏偏要想起，一恼就又睡不着了。过年的时候，他让所有的干部都先回家几天，自己在机关里留守，等大家回来了，真正的新年也早过去了，他这才回家了一趟。老婆孩子一见他回去先还喜欢，可是连给孩子吃的东西一点也没有买回去，老婆就生气了，孩子们也很失望。他走过集上的时候，倒是想买点麻糖什么的带回去的，可是一想身边就只有两百块钱，留着快有半年了，一直没有敢用，买了麻糖要一个钱也没有了怎么办呢？万一碰上要花个零钱。……再说现在减了租子，小孩过新年也不少吃的，因此就没有买。可是他不愿意把这些话对老婆申说，一见她那股"自私自利"的落后劲儿就生气。她光叨念着家里没人，最好不抗日回去种地，光养一个老婆三个孩子，她就不想想八路军要不来还不是逼得要上吊。再说，日本要打不出去，还有什么安生日子，什么老婆孩子哩！这些话，晚上睡在一块他到底对老婆讲了。可是老婆就是"自私自利"，八面不听。对落后群众有千千万万的耐心，可是对自己老婆却吃不住这股劲，要不然还叫什么"夫妻"哩……孩子们是谁也喜欢的，可是工作要紧，不要干部们给提了意见，那可受不了，宿了两宿就赶快回来了。……回……来……了……他着实困了，可是脑筋还跳了一下：抽空再回去一趟……再……一……趟……他真的睡着了。

约莫一个多钟头，他又突然醒来，似乎有人喊他。屋里的灯已经灭了，他以为是做梦哩，可是的确有人喊他。原来炕边的农民们还没有走，还在喊喊喳喳商量哩。有一个问题不能解决，喊醒他问他哩。

虽然疲劳得要命，可是他不好意思再睡了。有意说了一声："唔，你们还没有去睡啊。"就掀开被子起来了。再把灯点上，又把他们刚才商量的分析总结了一下，农民们的意见是一致了，搞清楚了，认为先要争取赵子和，越打击他事情就越坏，而且恰恰中了特务和地主们的诡计。可是他们就担心一点，特务地主们有钱有粮食有地，把赵子和买死了！

"咱们还是请李主任再详细说一说，回去就好闹了。"大家笑嘻嘻地说。

于是李主任尽量压制疲劳，振起精神，详详细细反反复复又说了许多。告诉大家只要问赵子和，是不是他甘心情愿因为一念之差把几年的抗日功绩和好名声就一笔勾销了，落到乌龟王八的卑鄙无耻的圈套里去？问他到底特务地主们利用他是为他好？还是大家真心诚意为他好？……这样，哪怕赵子和争取不回来！

这一席话，说得每个农民都眉飞色舞，精神焕发，于是大家都高高兴兴的有说有笑地到另外一间屋里去睡觉。好多人哧噗哧噗地抽着烟，好多人还诚心诚意地万分抱歉地对李主任说：

"李主任，你也睡吧，都是为了咱，叫你深更半夜的睡不好觉……"

李主任笑笑，没有说什么，拿着油灯站在门口送他们到西边一间屋里去。

等到李主任再躺下，吹熄灯，纸窗上已经开始透射出白光，晓风吹得窗纸忽悠忽悠地响，天就快明了。

这一回可真是睡得烂熟，呼呼的鼾声像牛吼一样。

小王回到自己炕上想了一深夜，把问题想明白了，决定明天走。可是青年性情，还憋不住一般说不出来的劲，决定天一明就走，不吃早饭，也不吃什么烙饼。这倒一点也不是和李主任闹什么气，就是憋不住那一股子劲。

天刚大明，他就背上背包来找李主任，李主任的鼾声像牛吼的一样。他推了他两下他也没有醒。此刻他就只有一种情绪，他舍不得离开李主任。一想心一酸，他就想不告而别。可是他的脚步刚跨出门就又缩回来了，他一面再推他一面喊：

"李主任，李主任……"

"唔，什么？"

"我走啦！"

"唔，"还有点迷迷糊糊，"怎么这么早就走？你真是小孩子。"

可是小王早走远了。

李主任掀开被子一骨碌跳下炕，大袄也来不及穿上，就追了出去。

初春的清早的风又冷又硬，他和小王两个人一前一后在冷风里奔跑着。风呛住了喉咙，但他仍然大声地连连地喊：

"你怎么也得吃了早饭走啊，你怎么……也得……吃了早饭……走……啊……"

小王流泪了，他不忍心再不停下了。等到李主任追上他，他说：

"我想不告诉你就走的，这么冷，你看你……"

"吃了早饭再走。"他还在喘气。

"我不饿。"又一股眼泪扑簌簌流下。

"你这个孩子……"声音也哽咽起来，"你要是真正不愿意去做那个工作我们再商量……"

"不是！我愿意！……你回去吧，我走了。"

他呆呆地站在冷风里看小王走了一节，突然想起了什么似的，忙着掏口袋。口袋的小黑布包里还有二百块钱呢，昨天夜里从刘家台赶回来，赶到半路很饿了，想买两个烧饼吃，他咬一咬牙也就没有买。现在，他掏出来，飞步又追上小王，把钞票硬塞给他：

"你拿着，不吃早饭，要走九十里路呢……"

一九四六年三月二十九日，写于张家口

煤
——煤能使废铁化成钢

李纳

【关于作家】

李纳（1920—2019），本名李淑源，笔名书元、那里等，云南路南县人，彝族女作家。1940 年奔赴延安，初入中国女子大学，后因热爱文学转入鲁迅艺术文学院（原鲁迅艺术学院，1940 年更名）文学系。历任中国作家协会作家支部驻会作家和人民文学出版社、作家出版社编审等职。1948 年赴鸡西煤矿采访后，写出了第一个短篇小说《煤——煤能使废铁化成钢》。有短篇小说集《明净的水》《撒尼大爹》《李纳小说选》等，长篇小说《刺绣者的花》出版后获得《人民文学》长篇小说奖。

【关于作品】

《煤——煤能使废铁化成钢》于 1949 年 2 月发表于《小说月刊》，那时，新中国尚未成立，但是解放区已经具备了新社会的雏形。把一个好人变成一个新人，不足以显出新社会的优越性；把一个小偷改造成一个新人，则足以显示新社会的优越性。黄殿文在旧社会做了小偷，耍钱、抽大烟、扎吗啡、逛窑子，沾染了各种恶习，具有浓重的痞气。新社会对他予以劳动改造，在陈主任和众工友的帮助下，不仅让他改掉了种种陋习，而且帮助他学会了劳动，在劳动中找到生命的价值，在生活中找到了幸福感，重塑了人格。新社会改造黄殿文的方式，就是尊重和爱。在运输组推车，他耍滑使奸，主任对他报以宽容；在仓库缝麻袋，他人前一套，背后一套，主任对他报以忍耐；他逃跑在外，很快被抓了回来，工友"大姑娘"为了照顾他的自尊，不点破他偷了自己钱的事实；陈主任找到他流浪的妻子孩子，接到矿上，安顿住房，帮他"成家"……于是，在种种感化和关爱之下，他终于战胜了自己的惰性，克服了重重困难，成长为劳动能手。尊重人，热爱人，让一个痞气十足的小偷蜕变成新人，这自然是对新社会最有力的赞歌。可以说，这个作品寄寓了那个时代的人们对于新中国的想象。

这个作品具有较高的艺术表现力。其一是情节设置的戏剧性。一边是黄殿文偷了工友的钱逃离了监狱，一边是陈主任把他居无定所的妻儿接进了矿区，两个事件同时进行，对比鲜明。其二是善用白描，人物言行极具表现力。黄殿文在仓库缝麻袋时，当着领导的面他缝针走线，领导一走，他消极怠工；他通过算账瓦解工友的斗志；他说笑，唱曲，把仓库变成戏院子……作家往往只需三言两语，就把人物性格的某个特点表现得活灵活现。

黄殿文是哈尔滨有名的小偷，外号叫"无人管"。他蹲过好几次笆篱子，但是毫不在意，他说："监狱就是我的家，长久不来，还想它呢。"

今年一月，又进了监狱，法院判他半年徒刑，送到矿山生产。

到矿山，他用锅灰把面一抹，躺在炕上哼哼，今天说骨头疼，明天说筋疼。人家吃饭他不吃，等旁人都上班去，他才偷着起来弄饭吃。这样过了半来月，有一天，工会陈主任到大房子去，正好他在炒菜，来不及爬上炕，只得搭讪说："主任，我病好了，过天把就能干活了。"

陈主任说："你也该干活了，要不，连饭也吃不成啦。"

他说："你分配吧——不过你不管饭我也能对付。"

主任说："你愿干什么活？"

他毫不迟疑地回答："叫我看水楼吧。"

主任纵声大笑起来："那是妇女和老头干的活，你年轻力壮的，还是挑点别的吧。"

他说："你说，只要是轻巧活就成。"

主任说："你去推煤车吧，三个人推一辆，你重活干不动，就和两个老工友推一辆。年青小伙，干点活有多好，为什么要犯那没出息的病？"主任从身上摸出一百块钱给他："去洗个澡，剪剪发。"

主任又告诉他，矿山新老工友待遇一样，只要劳动，就有钱花。

他嘴里哼哈答应，心里却说："我要钱干吗？在哈尔滨做一次'买卖'① 就是好几万，我还挨这累？"

第二天一大早，他就跑到工会去："主任，我今天干活去，你给我找条绳，我把棉袍扎上。干活要有个干活的样子！"

———————

①买卖：这里指偷。

224

主任赞赏地看看他："头发一剃，可不是一个挺干净利索的小伙子吗？"就给他找了一条绳，他把前襟扎在腰里，问："还要带什么家伙？"

主任说："不用了。"

他兴致勃勃地跨出门槛，拉开姿势，大声吼唱起来："我迈开大步往前奔，康唰勒唰……"

到运输股挂了号，把他分配和两个老工友推一辆车，谁知他不用力气，只做着推车的架子，嘴里哼着二簧，身子向两边摇摆，后襟直向两个老工友扫来。车推不动了，老工友说："你使点劲吧。"他说："这不是使劲？"

煤车怎么也推不过去，老工友把手一松，他也跟着松下来，说："老工友不是团结新工友吗？你们不推，我也没法子！"

后面来了一长串煤车，翻车的没有事干了，催促着。他就站在一旁喊："大家来帮忙呀！这挂车推不过去啦！"果然跑来几个人帮着推，他倒蹲在犄角上，一手拿一个大饼子，咀嚼着喊："注意点！不是闹着玩的，小心压住脚呀！"

运输组长见他老耽误事，就叫他回去，他正乐意这么办。于是跑到草甸子里睡了一觉，回去见了主任说："他们两个都不推，让我一人推，哪能推得动？我不敢批评他们，怕他们骂我'坏蛋'。"

主任说："你别撒谎了，我知道你偷了懒。明天可得要好好干活。重活干不了，我送你去仓库缝口袋。"

主任亲自把他送到仓库去，他缝起口袋来，手指伶俐，别人缝二十多针，他一只口袋就缝好了。主任见他像个干活的样子也挺高兴，临走嘱咐他好好干。

主任一走，他把针一撂，对那三个人说："你们是不是老娘们？这是老娘们干的活呀！"

大家也没理他，他说："你们愿听哈尔滨的事吗……"

大家说："你赶快缝吧，一会儿就晌午了。"

他一本正经地说："一分钱，一分货，十分钱，买不错，刨煤一天挣几千，咱们一天才挣千儿八百的；要认真干才是真傻瓜！"他把头凑到那三人跟前，问："你们愿听'小老妈开膀'吗？我唱一段给你们听。"

于是拉开嗓门唱："小老妈在上房打扫尘土……"引得那三人手下的针也动得慢了。

唱完后，他说："你们光听唱，不给钱行吗？唉，不给钱也行，你们三人缝的口袋分一份给我，我就天天给你们唱。"

股长一来，他赶忙装个样子，股长一走，他又把仓库变成戏院子。

下班时，见仓库里堆着些小笤帚，就顺手挑一把揣在袖里。走过合作社，只见猪肉刚捞上来，喷香！他走进去，佯装买东西的样子，把一大块肉偷走，连盖肉的布也拿走了。一回大房子，就叫："来吃肉呀！"有人问他："肉多少钱一斤？"他说："我一堆买的。"

有个工友叫杨立顺，因为他嗓门高，好说话，又姓杨，所以大家叫他"洋炮"。他看到坑上多了把新笤帚，在心里寻思："这玩意只有仓库有……"所以就问："这笤帚是谁的？"

"无人管"说："我的！"

"你哪里来的？"

他满不在乎地说："路上捡来的呗。"

另一个工友走过来说："这是仓库的东西。"

他气愤地说："谁见我从仓库拿来的？别血口喷人！在街上捡

点东西也犯法?!"

大家都围上来:"你拿了人家的,还不认错?连猪肉也保险是拿的!"

"你破坏了我们的名誉!"

他说:"名誉卖多少钱一斤?"

"斗争他!"

"斗争?只要不打就行。"

大家气得脸红脖子粗,说:"走,上工会去!"

他把棉袍一抖,拉长语调:"上工会就上工会,走呀!"见大家拿走了肉和笤帚,他半开玩笑地说:"你们说不勒大脖子①,这不叫勒大脖子叫什么?"

大家到工会,把赃物往桌上一撂:"主任,你瞧!"接着把事情叙述一遍。主任严厉地说:"黄殿文,你闹得太不像话了,几次破坏矿山的规矩。以后再拿人家的东西,把你送到警卫连!"他看到大家都很气愤,生怕真送警卫连。他想"光棍不吃眼前亏",躲过这一关吧,所以就说:"我错啦,我给你们赌咒,再犯错误就天打五雷轰。"

主任见大伙走开,就说:"老黄,你坐下来,咱俩唠唠。"

主任给他卷了一支烟,从闲谈中问到他的家世,他是双城人,在家里也种地,父母亲死了之后,就寄住在大爷家。当过几年兵,以后又想在哈尔滨混点事,但在伪满时代,没有个做官的亲戚,哪里也混不上事。住在旅馆里,和一班小偷打上了交道,没有钱,小偷就鼓励他出去偷,一回两回,觉得这买卖不错,一出去就有

---

① 勒大脖子:东北方言,指敲诈勒索,卡油。

钱花，往后要钱、抽大烟、扎吗啡、逛窑子……什么都来。结果老婆被大爷撵出来，到哈尔滨找到他，在店里租一间小房住着。他三五天也不回去，媳妇问他，他总用话支开去。他说："没有不透风的墙，日子长了，屋里的知道我干这个没出息的事，她哭着要寻死。我说：'我也是没有法子呀！'我答应她找事干，不再偷了。可是主任，不偷？除非我袋里装满钱。"

主任说："现在你媳妇的生活谁照管呢？"

他说："我也不知道。说不定被人家撵出来了。人过到这一步，什么人也顾不上啦。"

主任说："你和你媳妇感情怎么样？"

他眼睛一闪，垂下了头说："主任，我屋里的是个好女人，我对不住她……"

主任说："你应该为你妻儿想一想，在这里好好干活，把媳妇接来。"

他绝望地说："我现在是臭名传千里，再莫想抬头啦。人生一世，过一天少一天，混一日了一日。享福也是一天，蹲监也是一天，挨累也是一天……"

主任说："你这就不对啦。从前偷东西是没法子，旧社会逼的；现在是新社会，人人都得工作。你年纪不到三十岁，前程远大；像我这老头子，土都盖半截了，还越干越上劲。你好好干活，也和老工友一样能立功，又能减刑。"

他点点头。在肚里寻思："可也对——但是干活多受累！"

主任说："你下坑干活吧，坑里挣钱多，每月开七八万，手边也宽裕些。"

等他一走，主任立刻照着他说的地方给他老婆打个电报，希望她到矿山安家。

然而，这小子的脑子里却又塞满了"溜"的念头。"溜"总得要有盘缠。他早就看准睡在他身旁的工友的包袱，这人叫李子明，平时不爱说话，不会喝酒，样子和姑娘似的，所以大家都叫他"大姑娘"，叫惯了倒连真名都丢了。"大姑娘"有他特殊的爱好，他刨煤很起劲，每月开支八九万，他的钱都做了衣服。他有一双黄皮鞋和一身红绸里的衣裳，因为冷，收拾在包袱里，但他还是时时打开。"无人管"早就打它的主意。他也害怕被抓住，但又一转念头："抓住是他的，抓不住是我的。皮袄谁穿谁暖和，吃饭谁吃谁饱——八路军真可笑，讲民主，光用嘴，不疼不痒，当什么用？"

他把那包袱看准，在溜时一定"借"它当盘缠。

那天，他当真跟坑长下坑内，往坑内的道路走，泥水煤混合在一起，把不住就要摔跤。瓦斯灯的亮光只能照一小片，不小心就碰着头，他在心里骂："这个阎王路！哪个兔崽子发明下煤坑。"坑长却像走平道似的，一路告诉他："这里滑，那里有坑。"好容易挨到下面，坑长说："你坐着歇歇。"就把他分在"洋炮"和"大姑娘"的"掌子"①里干活，并且告诉他，"洋炮"就是小组长，不明白的事找他。他想："倒霉，和他一道——但是，不管了，反正我不能总待在这里。"

他看见爱漂亮的"大姑娘"满脸漆黑，只有两排牙齿是白的。他越看越不顺眼，在肚里骂："还高兴个×？也不照照自己的脸，装鬼都不用化装了。大洋炮，还总唱……"

"大姑娘"见他坐在镐把上不动，就说："瞅够了吧了？瞅也

---

①掌子：坑内采煤工人干活的场所。

瞅不下煤来。"

"洋炮"说:"上来,我教你刨。"一面把着他的手刨了几下。他说:"就是这样刨,容易,让我刨给你看。"

他拿起镐头,在煤上乱刨一阵,"洋炮"说:"你别像关公耍大刀一样,力量要用在两臂上。"

他把镐头一撂。"操他妈,这煤和生铁一样,凭我这胳膊就刨不下来。"又转向"洋炮","你能刨下我不能刨下,来,咱们俩摔个跤试试。"

"洋炮"说:"过几天再刨煤吧,把这些煤铲下去。"

他叽咕着:"出娘肚皮也没干过这活。七十二行,这叫什么行?"

拿起铁锹,像有千斤重。他把铁锹用力往煤里一插,煤和铁锹一齐滚到下边去。他大声嚷叫着:"铁锹掉下去啦!""大姑娘"说:"你这不是成心捣乱?!"

他说:"我手一松,它就掉下去啦。"

"大姑娘"不耐烦地说:"别吵吵,下去捡吧。"

他巴不得这句话,就扑通往下一纵,故意把头用力在地上一碰,失声大叫:"哎哟,我的头被煤碰破了。"蒙住头,"洋炮"一看,果真流血了,就说:"你上医务所瞧瞧吧。"

他真快乐,他的计划进行得很顺利。

当天"无人管"和"大姑娘"的包袱一块失了踪。过了两天,"无人管"的媳妇也到矿山了。

陈主任心里真着急。把她安置在大房子隔壁一间小屋里,劝她不用发急,男人过两天不回来,就找人送她回哈尔滨去。

女人只好住下来。她哪能睡得着?深夜了,只听见大房子里忽然吵闹起来,她清楚地听到主任的声音:"我告诉你跑不出去,穷人的江山穷人爱，儿童团三步一岗五步一哨，你能跑得了？现在你信我的话了吧？"

另一个声音："你为什么逃跑？叫你干活学好是坏事？矿山什么地方亏待你？"

许多声音："说呀，你为啥不说话呀！"

一个非常熟悉的声音说："我一时的错误……"

孩子被吵醒，她把孩子抱着走出来，一看，坐在坑上的正是她丈夫，她止不住流下眼泪。男子见了女人，大吃一惊："谁叫你来的？"

女人说："你打电报叫我来的！"

男人说："我哪里打电报叫你呀！"

女人拭擦了一下泪说："政府待你这样好，劝你学好还给钱，又给你接家眷，你还跑什么？这几年，我什么罪没有受过来？家里撵我，间壁邻舍笑我，要没有小丑儿，我早就一头扎死了！"女人搭搭答答地说："你不见以后，我黑夜白天盼，家里啥吃的也没有。我只好厚着脸领着孩子回大爷家，人家不肯收留。天黑了，还下着雪，我挂着孩子，不知道上哪里去。哭爷爷叫奶奶，小店又留下。政府说你在这里生产，我以为有指望了，卖了那床破被就来找你……"

女人简直说不下去，怀中的小丑儿也哇的一声哭起来。大家看看黄殿文，又看看女人，心里都难过起来。女人接着说："谁知你又逃跑，人家待你好，我一来就看在眼里了。你究竟安什么心？你是存心要让我娘儿们饿死？你到底把我们娘儿们安顿在什么地方？"

黄殿文焦急地说："得，得，别说了吧。"

大家劝解着："大嫂，你也别伤心啦，回去休息吧，好好劝劝老黄。"

"大姑娘"几次站起来要东西,但他看了这情形很心酸,他咬一咬牙说:"算了吧,我一个跑腿子的好张罗,他老婆刚来,权当送给他安家。"

第二天,黄殿文垂头丧气地去找主任:"我家里说什么也不回去,愿在这里落户,主任,你瞧我这吃的,住的……"

主任说:"住的你不用操心,早给你找好了,就是那所红砖房。你先支一万块钱买点油盐。吃饭的家具一会儿给你送去,炉子早就安好了。"

他笑着说:"谢谢你老。"

主任说:"现在你家里来了,你下坑去刨煤,多挣点钱。只要你在一月下足二十八个班,给你立一小功,减一月徒刑;往后生产要超过任务百分之三十,给你立一大功,减三个月徒刑。"

他为难地点点头。

主任又暗叫"洋炮"来说:"你和黄殿文一块干活,把他改造好了,给你立一小功。"

"洋炮"说:"我豁出一个月工钱不要,我来改造他。"

第一天,"洋炮"来催他下坑。先叫他做些零活,他常常歇下来,瞅着煤不动,"洋炮"也没有说他,只管一个人刨。下了班,也总和他一块闲唠。三天之后,黑板报上表扬了他,他觉得脸上有点光彩。

下晌休息时,他问"洋炮":"你早先是干什么的?"

"洋炮"说:"我也和你犯一样的病,在早,我是有名的麻菇匠,现在我算是安心生产了。民主政府不准有游手好闲的人,哈尔滨也没有咱们这种人的路了。"

他说:"干活也真难,土篮一搁到肩上,就不是味儿。"

"洋炮"说:"干几天就惯啦,只要你下决心,就是累也不觉累。""洋炮"诚恳地看着他说:"你这几天还是胡思乱想,你溜走也没有道,哈尔滨来了许多新工友,不是告诉咱们不准有闲人啦。咱们两人好好刨煤,能立功,又能参加工会。"

黄殿文想:"也对,出去再偷也偷不着,老婆又在这里。干吧,立了功,减了罪,再回去做个小买卖,刨煤这事干不了。"

他说:"你教我刨煤吧。"

"洋炮"举起镐头,一边刨一边告诉他:"力气要用在镐尖上,后把要死,前把要活,镐要拿得稳,刨要刨得准,才能刨得久,累了,左右手换换。"

不一会儿,刨了一大堆。

他也举起镐去刨,但煤却固执着不肯下来。他觉得有点惭愧,他抱怨自己:"这么粗胳膊,不能刨下煤来!"

"洋炮"说:"慢慢刨,别着急。"

他下定决心,把手膀也累肿了,手上起了血泡。还是咬着牙坚持下去。

一个月过去了,他没有歇一个班,立了一个小功。

这天,"洋炮"拿着一卷钞票放在他手里:"开支啦,咱俩开支十万,我和你对半劈。这是五万,你收下吧。"

他接过钱,是一卷五百元一张的红钞票,他拿在手里,像比过去拿在手中的钱要重得多,他装在口袋里似乎又比平常的钱轻多了。

他说:"老杨,咱们去割二斤肉,到我家包饺子,咱们好好唠一唠。"

他们穿过大道,上合作社去,买肉的人太多。他拼命挤到前面,他看看周围的人,他再不觉得比人矮半个头。他叫:"割二斤肉！”吃惊自己声音也有些变样，仿佛比平时高昂了。

他提着肉，买了酒。一路上看见人就招呼：“大哥，上哪去？”他觉得今天工人们好像不关心他，为什么不问他：“你的肉和酒是哪里来的？”

这是他生平第一件漂亮事呀！

为迎接五一，坑和坑，组和组展开集体立功连动。“洋炮”领着黄殿文、“大姑娘”和另外两个工友和四组竞赛。

坑内刨煤声、炮声、车声把说话的声音都淹没了。到处闪着瓦斯灯的亮光，没有一只手歇着。

“洋炮”是个熟手，镐头一下去，只见煤哗啦啦落个不停。煤刨得太多，车不够用，各处都嚷着：“车呀！”

老黄对“洋炮”说：“这片煤硬，用炮崩吧。”

“洋炮”说：“行，可是糟要掏得深些。”

黄殿文躺在煤层下掏槽，像鱼游在水里一样快乐。

炮轰隆响了，大块的煤崩下来。

“大姑娘”抢到了车，嚷着：“四组一共推出十车子，咱们得加油呀……”

顶煤的柱子密密地直立着，像一座大森林，有的已经压弯了，煤发出吱吱的声音。黄殿文一心要赶过第四组，他不顾生命的危险钻进去取煤。“洋炮”警告他说：“老黄，要冒顶①啦……”

他说：“不要紧，里面还有一两吨煤。不取出来不就糟蹋啦。”

两吨煤一会儿就被他抢出来了。

望着发光的煤，“大姑娘”高兴地自语着：“这一大堆，准能

①冒顶：煤塌下来。

超过四组了。"

黄殿文帮"大姑娘"装好了煤，看着一车、两车往坑外运，他格外兴奋，又重复他已经说过几十次的话："咱们现在吃煤、穿煤，国家用的是煤，哪一家离得了煤？煤真是宝贝呀！"

四月底总结，"洋炮"领导的组刨煤超过任务百分之五十，每人记了一次大功。

五一这一天，他一清早就去找工会主任："主任，请你到我家坐一坐。"

主任见他满脸笑容，忙说："好，我一会儿来。"主任到了他家门口，只见他用自己钉的小车推着孩子玩，见他来，赶忙丢开，把主任请到屋里。

屋里有自己钉的小炕桌、新炕席，桌上放着瓜子、糖、香烟，还有两只茶杯。他夫妇俩殷勤地让主任上炕。

主任说："今天是你的好日子，我还没有给你道喜，你倒先请了我。"

他说："主任，你真像我老爹！我屋里的常念叨你。"

女人说："你比我亲爹还强。"

主任说："这不是我的功，是共产党的功。俗话说：种大烟的多抽大烟的多，种高粱的多吃高粱的多。共产党提倡人人当好人，所以好人就多……"

女人说："咱们怎么也不能忘记共产党，他把废铁炼成钢了。"

主任说："你的刑期已满，你愿意回去吧？"

两人都说："我们说什么都不回去啦。"

男人说："今年我刨了一亩菜地，吃菜不用花钱，屋里的又给大房子里缝缝补补，一月也能挣两万多。你老看，外面跑着那几只小猪也是我的。我不领水袜子，屋里的用旧水袜子一改就能穿，又结实，又省钱。"

女人说："你老有钱花吗？没有就开口。"

男人虽然总是满足地微笑着，但心中似乎有一件事情没了，他替主任倒了茶，轻轻对女人说："你抱着小丑儿出去走走，主任不常来，我们好好唠唠。"

女人笑着说："你还有什么背人的事？"把小孩往背上一撂，出去了。

女人走后，屋里沉默起来，黄殿文像遇到难以解决的事，他犹豫着。然后在身上掏出一个纸包交给主任："主任，请你装起来。"

主任莫名其妙地顺从了他。他说："不瞒你老说，我这一万块钱留在身上，是准备和屋里的逃跑的。现在你老撵我我也不走，这钱倒成了累赘。请你老代我……"

主任困惑地问他："这是什么钱？"

他说："这是'大姑娘'的衣服钱啊！衣服我见'大姑娘'自己赎出来了。这事多亏你老没叫斗争我，逼我。要不，我屋里的是爱脸面的人，她也没脸再住下去。"他用双手抱住膝头："我和'大姑娘'在一个'掌子'干活，一看见他我心里就难过，请你老把这钱交给他，往后，我的头就能抬起来了。"

主任安慰了他："过去的事就当死了吧……"

这时女人和"大姑娘""洋炮"一块进来说："叫你开会领奖啦。"

他和大家一齐出去，刚要进会场时，他低声对主任说："主任，请你给我改号头①，要能批准我入工会我就更心足了！"

———————————

　①号头：犯罪的人和工人在经济上完全平等，就是号头不同。

ISBN 978-7-5488-4946-

9 787548 849469

定价: 56.00 元